KB196983

유방암 환자의 군가

이 책은 한미약품(주)의 지원으로 제작되었습니다.

# 유방암 환자의 군가

정진형·최상림·최세훈 외 35명의 의사들 지음

의사와 환자의 만남,
감동적이고 생생한 그날의 이야기

청년의사

# 차례

## 제5장 　　　　　　　　　　 다시 환자 곁으로

## 한미수필문학상 심사평 & 소개

# 제1장

## 벼랑 끝에 서서

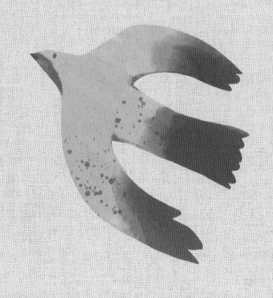

"반드시 일어나 힘껏 손을 내밀 것이다.
포기하고 주저앉아 일어설 힘조차 없는, 벼랑 끝에 선 모든 내 환자들에게."

# 미워도 다시 한번

의사에게 인생 환자가 있듯이, 의국에도 그런 환자가 있기 마련이다. 그런 타이틀을 무려 두 개의 과에 걸쳐 가지고 있는 환자가 있었다. 호흡기내과와 흉부외과 의국의 '인생 환자' 타이틀 2관왕을 성취한 사내. '비만 유발성 급성호흡곤란증후군'이라는 듣도 보도 못한 진단명을 가지고 중환자실로 들어와, 2달간의 기계호흡과 체외막 순환기(ECMO)치료 끝에 60킬로그램을 감량하고 당당히 살아난 역전의 사나이. 퇴원하는 날 의료진과 함께 찍은 사진이 흉부외과 의국에 자랑스럽게 걸려 있었다. 마지막 근황 또한 전설과도 같았다. 당시 주치의였던 전공의가 소화기내과 임상 강사가 되어 밤에 야식을 시켰는데, 다름 아닌 배달부로 온 그 환자와 마주쳤다는 것이다. 그것도 살이 확 빠진 모습으로. 물론 우연의 일치였고 두 사람 모두 적잖이 놀랐겠지만 훈훈한 미담이었다. 밤낮 새가며 살린 중증 환자가 걸어서 퇴원하고 사회에 완벽히 복귀했다는 뜻이니까. 그는 그렇게 잊을 수 없는 기억을 병원에 남기고 떠났다. 그렇게 떠났어야 했는데…….

새벽 3시, 누군가는 깊은 잠이 들 시간이지만 내과 당직에게는 한창 일할 시간이다. 나는 응급실 당직의로, 응급실에서 내과로 의뢰된 환자를 케어하는 중이었다. 그런데 환자 목록을 새로고침 하던 도중 익숙한 이름이 하나 보였다. 어디서 많이 듣던 이름인데…….

전설의 주인공이 거기 있었다. 난 곧바로 가운을 챙겨 입고 내려갔다. 왠지 모를 싸한 느낌이 배를 타고 흐르는 것을 느끼면서. 응급실에 도착하니 차라리 '덩어리'라고 표현하는 게 더 그럴듯한 거대한 몸뚱이가 구석의 침대에 누워 있었다. 환자의 가로 폭이 침대의 가로 폭을 이미 넘었다. 키가 작아서 가로와 세로가 엇비슷했다. 아무리 그래도 설마하니 하며 이름표를 보니 그분이 맞았다.

훈훈한 미담의 주인공은 어디 갔단 말인가. 침대의 체중계는 180킬로그램을 찍고 있었다. 베드의 측정 한계가 180킬로그램이라는 것을 그때 처음 알았다. 실제 몸무게는 그보다 더 되리라.

문진을 직접 해보니 더더욱 기가 찼다. 응급실에 실려 온 이유는 '고환이 부었어요'인데, 보아하니 부은 것이 아니라 욕창이 생긴 것이고 욕창이 생긴 이유는 며칠 전부터 살이 너무 쪄서 도저히 움직일 수 없었던 것이 원인이었다. 그것만 해도 황당한 이유인데, 더 큰 문제는 마스크로 산소를 최고 농도로 하고 있음에도 불구하고 산소포화도 수치가 90이 채 안 된다는 것이었다. 중증도로 따지면 이쪽이 훨씬 더 심각한 문제였지만 둘을 유발한 원인은 하나였으니, 통하는 게 있었다. 고도비만.

그 사이 동맥혈검사 수치가 나왔다. 산소 수치는 50으로 하한치인 60을 한참 밑돌았고, 이산화탄소 수치는 상한치인 45를 한창 웃도는 80이었다. 저산소혈증, 고이산화탄소혈증. 두 사신이 사이좋게 나란히 환자의 목에 칼을 들이대고 있었던 것이다. 그런데······

'아니, 어떻게 이산화탄소 수치가 이렇게 높은데 의식이 멀쩡한 거야?'

이산화탄소 수치가 높아지면 의식장애가 뒤따른다. '이산화탄소 혼수'라고, 의대생 때 배우는 상식이다. 그러나 눈앞의 환자는 상식을 비웃듯이 의식이 청명하기 그지없었다.

"환자분, 작년에는 배민 라이더 열심히 하셨는데 왜 이렇게 되셨어요?"

"제가 먹는 걸 너무 좋아해서요."

"환자분, 지금 당장 인공호흡기를 달아야 해요. 아니면 죽을 수도 있어요."

"아, 저 또 에크모 해야 해요?"

에크모. 심장이나 폐가 제 기능을 못할 때 일시적으로나마 환자를 소생시키기 위해 삽입하는, 말하자면 현대의학의 마지막 보루 같은 물건이다. 그런 물건을 꼭 저녁 식사 메뉴처럼 이야기하는 환자의 태도에, 나는 울 것 같은 심정에도 웃음이 나올 지경이었다.

"······ 그것도 달아야 할지 몰라요."

"제가 내일부터 식사를 줄이고 다이어트를 할게요."

"아니, 지금 당장 기관삽관 안 하면 돌아가실 것 같다고요."

"아, 그러면 내일부터 운동도 해볼게요."

고환에 욕창이 생길 정도로 고도비만인 환자가 어떻게 운동을 한다는 것일까. 제3자가 보면 만담이었겠지만, 나는 속이 터지기 일보 직전이었다.

"지금 당장 죽을 수도 있어요! 10분 안에 결정하세요. 인공호흡기 할지, 죽을지!" 옆에서 보호자가 추임새처럼 "야, 그래도 살고 봐야지"라고 한 마디 했다. 거의 절반은 윽박질러서 겁먹은 눈길의 환자에게 동의를 얻어냈다. 방금 본 동맥혈검사 결과지가 눈앞에 아른거려 도저히 평정을 유지할 수 없었던 탓이었다.

결국 기관삽관을 하고 인공호흡기를 연결했다. 그럼에도 처참했다. PEEP(호기말양압)를 아무리 세게 걸고 산소포화도를 아무리 올려도 호흡산증 개선이 되질 않았다. 이쯤 되니 덜컥 겁이 나서, 곧바로 2년 만에 속편을 찍게 될 운명에 처한 호흡기내과 중환자 담당 교수님께 연락했다.

"교수님. ○○(환자 이름)이 왔습니다."

연락을 받은 교수님의 대답은 간단했다. "몇 킬로야?"

"최소 180킬로그램는 되는 것 같습니다."

잠시간의 정적 속에서 나는 머리를 싸매고 고뇌하는 교수님의 모습을 떠올렸다.

"하……, 입원시켜. 그리고 처방창에 별표 여러 개 치고 써놔. TPN(정맥영양) 절대 금지."

그렇다. 환자의 호흡곤란의 원인은 바로 비만이다. 치료는? 다이어트다. 살을 빼서 흉곽을 누르는 질량을 제거한다면 증상은 호전될 것이다. 살을 빼려면 영양 공급을 하지 않으면 될 것이나 아무리 빠른 다이어트라 한들 단시간 안에는 불가능했고, 환자는 지금 당장 응급처치가 필요한 상황이었다.

"열나니까 CT 찍고, 고환에 생긴 욕창인지 농양인지 깊이가 얼마나 되는지도 확인해야 하니까. 진정제도 쓰고……."

그렇게 교수님의 오더를 하나하나 착실하게 해결하고 있는데, 앞에서 웬 전화를 받더니 응급의학과 전공의의 동공에 지진이 일어났다. 잠시 자리를 비웠던 그가 내게 다가오며 말했다.

"선생님, CT 통에 환자가 끼어서 안 들어갑니다. 제가 이런 경우는 처음 봤습니다."

응급의학과 전공의는 넋이 나간 표정이었다. 내 얼굴도 별반 다르지 않았을 것이다. 교수님에게 나쁜 소식을 전하니 탄식과 함께 "아니, 코끼리도 CT를 찍는 세상이잖아!"라는 절규가 이어졌다.

"교수님, 그건 코끼리용 CT를 쓰는 겁니다. 저희 병원 CT는 사람 전용입니다."

"그래……. 일단 입원시키고, 에크모도 생각을 해봐야겠네."

그렇게 환자는 2년 만에 중환자실에 돌아왔다. 그리고 나는 전임 주치의가 했었을 법한 숱한 고민들을 그날부터 그대로 다시 하게 되었다. 하나같이, 말 그대로 답이 안 나오는 고민들이었다. 인공호흡기를 달면 환자와 호흡기의 리듬을 일치시켜야 했다. 그래야 설정한 값대로 기계 환기가 이루어지기 때문이다. 그러기 위해서는 환자를 재워서 자발호흡을 없애야 해서 진정제를 투여했다. 몸무게가 몸무게이니만큼 투여되는 진정제의 양도 어마어마했다. 문제는 그날 아침에 일어났다. 교수님은 중환자실에 오자마자 곧바로 그 환자부터 보러 갔다. 그런데 당연히 깊은 잠에 들었어야 할 환자가 눈을 말똥말똥 뜨고 교수님을 바라보더니 인공호흡기를 낀 상태로 고개를 끄덕여 인사를 하는 것이다. "안녕하세요?"

교수님은 어이가 없다 못해 혼이 가출한 표정을 하고 계셨다. 그러면서도 오더는 잊지 않으셨다. "프로포폴도 달아."

그렇게 진정제인 미다졸람, 프로포폴이 가능한 최대 용량으로 투여되었지만 변화는 없었다. 환자는 여전히 말똥말똥 눈을 뜨고 거침없이 숨을 쉬고 있었다.

이어 흉부외과 교수님도 도착했다. 눈빛이 매우 착잡해 보였다. 필시 의국에 걸려 있는 사진과 침상에 누워 있는 환자를 비교하고 있었으리라. 하지만 뭐라 따질 겨를이 없었다. 굵다란 에크모 관이 다시 혈관을 통해 들어가고 기계가 돌아가기 시작했다. 문제는 그다음부터였다. 환자가 지나치게 비만이다 보니 에크모 관이 밀려 나오기 시작한 것이다. 그 굵은 관이 밀려 나오니 자연스레 피가 줄줄 샜다. 아침저녁으로 혈색소 수치가 1씩 떨어져서 끊임없이 수혈이 들어갔다. 흉부외과에서는 최소 하루 여덟 번씩 와서 에크모 관을 다시 밀어 넣고 봉합하고를 반복했다. 문제는 흉부외과는 당직 전공의가 없어서 교수 본인이 해야 한다는 것이다. "야, 나 일주일에 열 시간도 못 잤다." 절반쯤 시체가 되어버린 흉부외과 교수님이 비척거리며 남기신 유언 같은 말이었다.

주치의라고 다를 것이 있겠는가? 교수님께서는 이 환자에 집중하라고 평소에 열 명 보던 환자를 한 명으로 줄여주셨다. 그러나 아무리 약을 퍼부어도 자지 않고, 에크모는 밀려 나오고, 시도 때도 없이 기계장치 알람이 울리는 환자 앞에서 주치의의 선택지는 몇 개 없었다. 그저 현상 유지를 목표로 하는 것이다. 시간이 흐르며 환자의 살이 빠지고, 자연스레 회복하도록 기대하는 수밖에 없었다.

그렇게 모두의 정신을 쏙 빼놓으며 한 달이란 시간이 흘렀다.

일반적으로 기관삽관을 하고 일정 기간이 지나면, 기관절개술을 고려한다. 입이 아니라 목으로 관을 넣는 것이다. 관의 길이가 짧을수록 기계환기에서 이탈하기가 용이하고, 폐렴 가능성도 줄어들기 때문이다. 그런데 이 환자는 목이 짧고, 살집도 두터운 데다, 이미 기관절개술을 했던 기왕력이 있다. 그야말로 삼중고인 것이다. 그래서 만반의 준비를 거쳤다. 목 CT도 찍고(140킬로그램 정도가 되면 CT 통에 들어갈 수 있다는 것을 그때 또 처음 알았다) 전신마취를 하고 이비인후과 수석 전공의가 집도하기로 하였다. 기관절개술은 보통 20~30분 안에 끝나는, 이비인후과 저연차가 집도하는 간단한 술기이지만 그날만큼은 예외였다. 나는 에크모 기계와 함께 수술실로 이동하는 환자를 보며, 제발 별일 없기를 빌었다.

환자가 다시 중환자실로 돌아온 것은 무려 두 시간 후였다. 같이 온 이비인후과 수석 전공의의 숨은 거칠었고 온몸은 땀으로 젖어 있었다. 넋이 나간 그에게 듣자 하니, 수술실에서 마취과가 아무리 가스를 먹여도 마취가 잘 되지 않았다는 것이었다. 근이완제를 주었는데도 환자가 계속 움직여서 도저히 수술 진행이 불가능했다. 이비인후과 수석 전공의는 칼날 위를 걷는 기분으로 상관인 두경부외과 교수님을 호출했고, 마취과에서도 경험 많은 노교수님을 호출했다. 두 교수의 노력에도 불구하고 환자는 계속 움직였고, 움직일 때마다 목에서는 피가 튀었다. 겨우 수술을 끝내고 중환자실로 돌아왔을 때 이미 환자는 두 과의 악몽

이 되어 있었다.

"저희는 이 환자의 기관절개 한 곳을 절대 안 닫아줄 겁니다. 내가 면허를 걸고 기관절개술을 하게 될 줄은 몰랐어요. 한 번 닫으면 다시는 못 엽니다."

한숨을 푹푹 내쉰 이비인후과 전공의는 중환자실을 떠났다. 떠나기 직전, 결의에 찬 표정으로 돌아보며 한 번 더 강조한 것은 덤이다.

"진짜 못 합니다!"

다행히도 그 사건을 뒤로하고 환자는 회복 추세에 들어갔다. 기계호흡기를 천천히 이탈하고, 에크모도 완전히 뗄 수 있었다. 환자에게 있어서는 똑같은 경험을 두 번 한 셈이다. 심지어 퇴실 때의 몸무게도 비슷하다고, 교수님이 한 마디 했다.

나는 중환자실 담당이었기에, 환자가 병동으로 전실되며 주치의도 바뀌었다. 그럼에도 나는 전(前) 주치의의 책임을 다하기 위해서, 정확히는 끓어오르는 호기심을 주체하지 못하고 환자를 자주 보러 갔다. 퇴원 전날에도 일부러 챙겨 갈 정도였다. 재활치료를 받은 환자는 혈색도, 몸짓도 눈에 띄게 좋아졌다. 다만 이전 주치의도 똑같은 모습을 봤을 것이라고 생각하니 마냥 기뻐하며 보낼 수도 없는 노릇이었다.

"환자분, 다시 살쪄서 오시면 목숨 삼진 아웃이에요."

"알겠습니다, 선생님. 살려주셔서 감사합니다. 제 생명의 은인이십니다."

기관절개술 자리에 낀 코켄 튜브를 통해 들려오는 목소리는 다소 거칠었지만 충분히 알아들을 수 있었다. 순박하기 짝이 없는 눈동자와 어린애 같은 미소를 보니 더 다그쳐야 할지, 따뜻한 말이라도 건네야 할지 알 수 없었다.

그렇게 다음 날, 그는 한 차례의 요란한 기념 촬영 후 다시 병원을 떠났다. 여러 사람들의 인생 환자 기록을 한 번 더 갱신하며 말이다.

병원은 여전히 바쁘게 돌아간다. 나는 중환자실에서 다른 분과로 소속이 옮겨지고 새로운 업무에 적응하는 나날이 이어졌다. 그다지 큰 차이 없는 일상이다. 달라진 것은, 흉부외과 의국에 걸려 있는 사진이 2장이 되었다는 것과, 중환자실에 놓인 교수님의 청진기 통에 붙어 있는 "○○○ 교수님 청진기"라는 무미건조한 포스트잇 옆에 삐뚤삐뚤한 글씨가 담긴 감사 편지가 하나 붙었다는 것 정도다.

그가 잘 살고 있을지는 모르겠다. 하지만 나도 배달 음식을 시킬 때마다 문득 그가 생각난다. 언젠가 그와 마주치기를. 살을 쭉 빼고 천진난만한 미소를 입에 건, 라이더가 된 그와 마주하기를 아주 약간 바라는 마음은 있다.

제23회 대상 수상작이다. 글쓴이 정진형은 고려대학교안암병원 내과 전공의로 수상 소감에서 "내과 전공의 생활이 끝나가는 이 시점에, 힘들다면 힘든 3년 동안 큰 힘이 되었던 것은 같이 고생한 동기들의 존재, 그리고 서로 함께 고민하며 환자를 살리려고 노력하고 그 과정에서 얻은 보람이었던 것 같습니다. 그런 과정에서 역시 인생 환자 한 명쯤은 생기게 마련이고, 환자를 보는 과정에서 생긴 지식과 경험들을 동료들과 같이 나누고 하나씩 더 배우면서 더 나은 의사가 되어가는 것이 아닐까 합니다."라고 말했다.

# 아기가 향수를 먹었어요

진료실이 벌컥 열리며 두 사람, 아니 세 사람이 들어왔다.

아기 엄마는 울고 있었고 아기 아빠는 아기를 아기띠에 매고 들어왔는데, 두 사람 다 잠옷에 가까운 트레이닝복 차림이었다.

"아기가 향수를 먹은 것 같아요."

엄마가 울면서 떨리는 손으로 내민 것은 엄지손가락 크기의 작은 샘플 향수병이었다. 연한 핑크색의 향수가 가득 들어 찰랑거리는 것이 보였다.

곧장 아빠 품의 아기를 쳐다봤다.

막 10개월이 된 여자 아기는 별을 빼다 박은 듯 반짝이는 눈으로 내 목에 걸린 연두색 청진기만 쳐다보고 있었다. 향수병의 뚜껑을 열어보니 상큼한 꽃향기가 났다. 과연 호기심 많은 아기라면 한 번쯤 혀를 대어보고 싶은 향이었다. 잠깐 한눈을 판 사이에 아기가 향수병을 들고 있었는데, 뚜껑이 열려 있었고 입 주변에서 향기가 났다고 했다. 병에 거의 가득 들어 있는 상태로 내 손에 들어왔으니 정말 먹긴 했을까 싶었지만, 어쨌든 아기는 그렇게 현장에서 검거되어 진료실로 당장에 연행된 것이었다.

그렇게 부모와 대화하는 사이에도 꾸준히 내 목의 청진기만을 노리며 다가오고 있는 아기의 손에, 알코올 솜으로 한 번 더 소독한 청진기 한 쪽을 가져다 대자 덥석 잡으려 들었다. 그 움직임이 어찌나 재빠른지 하마터면 청진기를 정말 뺏길 뻔했다. 반응 속도와 근육의 운동 능력은 지극히 정상이라는 뜻이었다. 호흡음이나 목 안쪽도 정상이었다. 부모의 말대로 입 주변에서 지나치게 좋은 향기가 나는 것만 빼면. 다행히 이 날쌔고 호기심 많은 아기가 입을 댄 향수에는 크게 위험한 성분이 없었고, 진료 당시 상태도 양호했다. 나중에 응가에서 꽃향기만 조금 날 것 같다고 농담을 하자, 엄마는 그제야 눈물을 멈췄다. 밤새 구토나 설사, 의식이 처지는 증상 등이 나타나지 않는지를 관찰하도록 설명한 후 귀가하도록 했다. 그렇게 아이의 가족은 향기만 남기고 진료실을 떠났다.

가족이 떠나고 차트를 정리하다 말고 문득 인턴 시절이 떠올랐다. 응급실 당직을 서다 보면 만나는 가장 난감한 케이스 중 하나였던, 아무런 증상은 없지만 너무 운다는 이유로 응급실을 찾은 아기와 부모들의 엉망진창의 몰골. 극악의 업무 강도에 시달리다 새벽 3시가 넘어 겨우 선잠이 들려고 하는 그 찰나에 꼭 들이닥치곤 했기에, 천근만근의 몸을 질질 끌고 나가며 '아기가 우는 게 당연한 거 아닌가' 하고 속으로 툴툴거렸던 기억이 생생했다.

하지만 한 아이의 엄마가 된 이제는 안다. 울다 울다 목이 쉬어 쇳소리가 나고 얼굴도 터질 듯 시뻘개져서도 울음을 그치지 않는 아이를 부모는 안았다, 업었다, 유모차에 태웠다, 젖병을 물렸다, 별짓을 다 해가며 진땀을 흘리고 난 후에도 고민에 고민을 수백 번 반복한 끝에 응급실로 향했다는 사실을. 그게 바로 그들이 응급실에 당도한 시각이 새벽 3시가 되는 이유라는 것을 말이다. 하지만 정말 야속하게도 막상 차를 타고 응급실에 도착하면 아기는 열에 일곱 정도는 엄마 품에 잠들어 있다. 부모도, 의사도 민망해지는 그 순간에 아기는 거짓말처럼 숙면 모드다.

아무것도 모르던 인턴 시절에는 부모가 유난스러워 이렇게 잠만 잘자는 아이를 이렇게 득달같이 데려왔나 생각했지만, 이제는 자동차의 일정한 소음과 진동이 마법의 꿀잠 유도제라는 사실도 알게 되었다. 부모도 엄마, 아빠가 처음이라 정말이지 모든 게 낯설고 두렵다는 사실을, 이제야 직접 체험하면서 이해하는 중이다. 유난스러운 '맘충'이라는 단어가 가진 폭력성이 얼마나 많은 부모를 이유 있는 불안으로부터 위축시키는지도 비로소 알게 되었다.

의사는 진료실에서 하루에도 수십 명씩 환자를 만나기 때문에 그들의 불안에 필연적으로 무감해질 수밖에 없다. 그래서 더더욱 타인의 불안을 이해하는 노력을 게을리해서는 안 되는 것일지도 모르겠다. 환자와 의사의 관계로서가 아니라 동시대의 삶을 살아가는 사람으로서 환자와 보호자의 불안에 공감하고, 그 불안을 해소할 수 있는 근거 있는 방법을 제시하는 것까지가 진정한 진료의 범위가 아닐까 어렴풋이 생각해본다. 엄마도 처음이지만 의사도 처음이라 이렇게 중요한 것을 이렇게 천천히 배워간다는 것이, 참 죄스럽다.

향수를 먹었던 아기는 몇 달 후, 예방접종을 하기 위해 다시 내원했다. 아기 응가에서 꽃향기가 났었냐고 묻자 엄마는 빵 터져서 웃었다. 당연히 그 순간에도 아기는 내 연두색 청진기를 조몰락거리고 있었다.

제22회 장려상 수상작이다. 글쓴이 유은혜는 웰케어클리닉 원장으로 수상 소감에서 "우리가 진료실에서 환자들과 만나 보내는 그 짧은 시간은, 환자의 우주와 나의 우주가 우연히 만나 중첩된 찰나입니다. 그 찰나는 믿을 수 없을 만큼 희박한 확률로 우리 앞에 나타났고, 서로의 우주를 영원히 바꿔놓을 것입니다. 그러니 그 찰나에게 우리가 조금만 더 다정할 수 있다면, 그 다정함이 미시적으로든 거시적으로든 아무런 의미가 없다는 것조차 우리를 역설적으로 해방시키고 또 충만하게 해줄 것입니다."라고 말했다.

## 심장이 뛴다

     심장이 뛴다. 어른의 심장보다도 빠르게, 갓 태어난 불그죽죽하고 끈적한 작은 아기는 자신의 첫 목소리를 내뱉으며 "내가 태어났다"라고 세상에 알린다. 나는 작디작은 강한 움직임을 다행스럽게 생각하며 심장소리를 듣는다. 그 빠른 심장소리를. 성인 평균 심박수 60회보다 두 배는 빠르게 작은 심장이 뛴다. 어찌나 경이로운지, 또 한 사람의 삶이 시작되는 신호다.

     내가 소아청소년과를 선택한 이유는 어쩌면 남들이 생각하기에는 어설프고 하찮게 느껴질 수 있다. 아이들이 좋았다. 병이 나아서 집으로 가는 아이들이 어른들보다는 많았다. 학생 실습시간에 성인 중환자실에서 풍기는 욕창, 소독약의 그 오묘한 냄새가 죽음의 냄새처럼 느껴졌다. 아이들에게서는 죽음의 냄새가 덜했다. 그게 좋았다. 어설픈 이유로 이 길을 선택한, 어설펐던 그때의 나는 곧 당혹스럽게도 많은 아이들의 죽음을 바라봐야만 했다.

그중 가장 날 힘들게 했던 것은 선천성 심장병을 가진 아이들이었다. 어떤 생명들은 태어나자마자 죽음의 냄새를 풍기며 사그라든다. 세상에 나와 엄마의 품에 안기지 못한 채 신생아 중환자실로 끌려와 기관 삽관, 제대동맥관(UAC), 제대정맥관(UVC)을 넣고 여러 개의 검사들을 기다린다. 방금 아빠가 된 초췌한 남자는 축하 인사는 듣지 못한 채, 이름도 없는 그의 아이가 앞으로 겪을지도 모르는 감염, 후유증, 사망에 대한 이야기를 들으며 동의서들에 자신의 이름을 적어 넣는다.

심장이 뛴다. 심장은 두 개의 심방과 두 개의 심실로 이루어져 있고 피를 온몸으로, 또 폐로 보내며 끊임없이 뛰고 있다. 나도 당신도 그렇기에 살고 있다. 이 당연하고도 찬란한 기적이 모두에게 베풀어진 것은 아니다. 불행히도 1개의 심실을 갖고 태어나 3번의 수술을 받아야 하는 아이도 있고, 여러 개의 구멍이 막히지 않아 폐에 물이 차는 아이도 있다. 그들의 부모는 "당신의 아이의 심장이 이상하게 뛰고 있다"라는 말을 들을 때 어떤 표정을 하고 있었을까?

'삐- 삐- 삐-' 수많은 전자음이 신생아 중환자실을 가득 채운다. 내 손 한 뼘 남짓한 작은 몸에 붙여놓은 EKG, 산소포화도 측정기들은 작고 이상한 심장이 아직 뛰고 있다고 말해준다. 산전 초음파에서 대동맥 축착(Coarctation of aorta, CoA)으로 신생아 중환자실에 온 아기가 있었다. CoA는 심장에서 몸 전체로 피를 내보내는 대동맥이 좁아진 질병이다. 동맥관을 유지하는 약을 쓰면서 CT를 찍고 정해진 수술 날짜에 맞춰 수술만 하면 되는, 소위 '꿀환자'다. 밥만 먹이고 검사만 하다가 수술하러 보내면 되기 때문에 주치의로서는 그보다 평화로울 수가 없다. 하지만 그 '꿀환자'의 엄마는 매일 면회 시간에 눈물을 흘리고 돌아갔다.

대조적으로 평화로운 '꿀환자' 맞은편에는 커다란 '불행'이 놓여 있었다. 그 아이는 수술을 이미 한 차례 받았으나 심장은 여전히 이상했고, 양측 가슴에 꽂아놓은 흉관에서는 노란 물이 끊임없이 흘러나왔다. 자가호흡을 하지 못하도록 근이완제를 포함한 진통제와 함께, 심장을 어떻게든 뛰게 해보려는 수많은 약들을 그 작은 몸에 집어넣었다. 그 아이의 엄마는 단 한 번도 자신의 아이를 안아본 적이 없다. 면회 시간에 찾아와 울지도 않고 가까이 다가가지도 못한 채 하염없이 아이만 쳐다보다가 돌아갔다. 그 엄마는 내게 어떤 것도 묻지 않았고, 나 역시 어떤 말도 할 수 없었기에 함께 그 옆에서 끈적끈적하고 까만 불행을 바라보다가 자리를 떠났다. 떠나는 내 발걸음을 붙잡은 것은 맞은편 '꿀환자'의 엄마였다.

"금식은 힘들지 않을까요?" 눈물을 닦으며 묻는다.

"수액을 달고 있으니 괜찮아요." 대수롭지 않게 대답하는 나의 목소리 너머로 그 엄마의 마지막 간절한 부탁이 들려온다.

"교수님께 우리 아기는 여자애니까 흉터 안 남도록 예쁘게 수술해달라고 전해주실 수 있을까요?" 할 말을 찾지 못했고 표정을 어찌 지어야 할지 난감하다.

'당신의 맞은편을 한번 보시겠어요? 어떻게 저런 아이와 엄마 앞에서 그런 말이 나오시나요?' 차마 입 밖으로는 내뱉지 못하고 "교수님 만나면 말씀 전해드릴게요." 하고 무상하게 대답해본다.

그때의 나는 남의 큰 불행 앞에서도 자신의 '별것도 아닌 일'을 말하는 그 엄마가 얄미웠다. 결국 예쁜 흉터를 가졌는지는 모르지만 건강하게 뛰는 심장을 가진 자신의 소중한 아이와 함께 그 엄마는 집에 돌아갔다. 맞은편의 그 아이는 얼마 지나지 않아 3시간의 심폐소생술을 참아내던 엄마의 "이제 그만해주세요"라는 말과 함께 하늘로 돌아갔다. 그 작고 이상한 심장이 멈추고 난 뒤에야 못된 어른들은 작은 몸의 수많은 관들을 하나씩 뽑아준다. 깨끗한 배냇저고리도 드디어 입혀준다. 마지막에는 엄마의 품에 안겼을까?

4년 차가 되어 임신을 했다. 배가 부르며 일하는 것이 힘들었지만 아기는 건강했고 즐거웠다. 그래도 4년 차에 임신하여 일이 편해져서 다행이다, 속으로 쾌재를 부르며 부푼 배를 끌어안고 병동을 걸어 다녔다. 정밀초음파에서 '별것도 아닌 일'이 내게 나타나기 전까지는. 내 배에 초음파를 꽤 오래 대고 있던 산부인과 펠로우는 교수님을 불렀다. 교수님도 '별것도 아닌 일'이라는 말투로 "심실에 구멍이 있어 보이는데 크기도 크지 않아 보이고, 확실치 않다"라고 이야기했다. 심실중격결손(Ventricular septal defect)이었다. 수없이 봤고 수없이 설명했던 질환이다. 하지만 다시 교과서를 찾아 읽고, 소아청소년과 의사씩이나 돼서 부끄럽게 인터넷에 검색도 해봤다.

"수술만 하면 돼요. 간단한 수술입니다." "심장초음파 몇 번 보면서 사라지는 경우도 있으니 지켜보면 돼요. 간단한 수술입니다."라고 말했을 때 엄마들의 눈은 어땠었나? 재우는 약을 먹여서 초음파를 보고, 피검사를 하고, 배고파서 우는 아이를 달래가며 불면의 밤을 보낸다. 내 아이를 수술실에 남겨둔 채 수술실 복도를 걸어 나가는 일이 얼마나 괴로운 일인지, 그제야 생각했다. 너무 늦게 생각해보았다. 누군가의 큰 불행은 공감하기 쉬웠다. 하지만 작은 불행이 어디 있겠는가. 세상 그 어디에도 작은 불행이란, 별것 아닌 일이란 없었다.

　1박 2일간의 진통 끝에 결국 제왕절개를 했다. 아이가 태어난 날, 초음파를 봤더니 다행히도 아이의 심장은 구멍 없이 잘 뛰고 있었다. 자고 있는 아이의 발그레한 뺨과, 통통한 팔다리를 보다가 아직도 가끔씩 심장소리를 듣는다. 심장이 뛴다.

제21회 장려상 수상작이다. 글쓴이 유새빛은 소아청소년과 전문의로 수상 소감에서 "한미수필문학상 공고 이메일을 보고선 설레어 십 대 소녀로 돌아가 신나게 글을 쓰고는, 부끄러워 접수 마감일까지 열어보지 못했습니다. 마지막 날이 되어서야 불현듯 떠올라 아이를 재우고 노트북 앞에 앉아 오랜만에 마주한 내 글을, 내 아이를 씻기듯 조심스레 씻기고 꾸며 보낼 수 있었습니다. 엄마가 되고 나서야 내가 마주했던 수많은 엄마들의 눈빛이 떠올랐습니다. 나라는 의사가 누군가에게 위로가 되었다면 제 삶의 축복이었을 테고, 누군가에게 상처가 되었다면 이 자리를 빌려 사과드립니다."라고 말했다.

## 애기, 엄마

_____

수술대 위에 누워 있는 남자는 기묘하기 짝이 없었다. 서른이 넘은 나이가 무색하게도 남자의 키는 130cm가 겨우 될까 말까였다. 사실 키를 제대로 잴 수 있을지조차 의문이었다. 남자의 왼쪽 다리는 무릎 아래에서 끊어져 있었고, 남아 있는 오른쪽 다리는 뒤틀려 있었으며, 그 아래에 달린 오른발은 너무 작아 30킬로그램이 채 안 되는 남자의 몸무게조차 지탱할 수 없어 보였다. 누가 봐도 성인 남자의 것이라고 생각할 수 없는 몸이었다. 하지만 내가 남자에게서 느꼈던 강한 이질감과 위화감의 근원은 남자의 끊어진 왼다리도, 뒤틀린 오른쪽 다리도, 변형의 정도가 심해 팔이라기보다는 앙상한 나뭇가지 같아 보였던 양팔도 아닌, 남자의 수염과 음모였다. 남자는 어른이면서 어른이 아니었다. 남자의 몸은 분명 어른이 아니었는데, 실은 어른이었다. 나는 내 눈앞의 객체가 가지고 있는 이런 모순을 쉽게 받아들이기 힘들었다. 대체 이 남자는 무엇이란 말인가. 수술을 준비하고 있던 전공의에게 물었다.

"무슨 증후군이라고?"

"아까 말씀드렸잖습니까."

"그러니까 그게 무슨 증후군이냐고."

"…… 잊어버렸습니다."

분명히 조금 전에 한참 동안 구글링을 했었는데, 그새 전공의도 나도 병명조차 잊어버렸다. 처음 들어본 증후군이었다. 의사면허를 딴 지 15년이 지나니 내 전공 외에는 아는 것이 별로 없게 되었지만 그래도 학생 때 배운 질병은 자세히는 모를지언정 이름 정도는 기억하는데, 이 증후군은 정말 단 한 번도 들어본 적이 없었다. 단언컨대 우리나라에서 이 병을 진단받은 환자는 손에 꼽을 정도일 것이었다. 그리고 나는 그 몇 안 되는 환자 중 한 명의 배를 갈라야 하는 처지였다. 남자의 CT를 보고 또 보았다. 암인지 염증 덩어리인지 모를 부분과 커진 림프절을 제외하면 특이할 것이 없는 복부였다. '그래, 어차피 사람의 배야 다 똑같지 뭐.' 위화감을 애써 진정시키고 수술을 시작했다.

남자의 배 속은 예상보다 훨씬 심각했다. 충수돌기를 둘러싼 회장과 맹장, 에스상결장이 한 덩어리로 붙어 후복막에 단단히 고정되어 도저히 떼어낼 수 없는 상태였다. 이쪽저쪽 방향을 바꿔가며 접근을 시도했지만 소용이 없었다. 명백히 불가능한 것을 억지로 시도하는 것은 용기가 아니라 무모함일 뿐이라는 것을 나는 잘 알고 있었다. 나는 안 된다는 것을 인정하고 과감하게 물러설 줄을 알아야 한다고 배웠고, 지금이 바로 그때였다. 절제를 포기하고, 늘어나 있는 대장의 감압을 위해 소장결장 우회술과 에스상결장루 조성술만 시행하고 수술을 종료했다. 그것이 최선이었다.

수술장 상담실에서 남자의 부모와 마주했다. 남자의 어머니가 근심이 가득한 눈으로 나에게 물었다.

"어떻게 되었나요, 선생님?"

이럴 때는 빙빙 돌려서 말해서는 안 된다. 절망적인 사실을 정면으로 대하는 것이 두려워 변죽을 울리게 되면 설명하는 나도, 듣는 보호자도 모두 힘들어지기 마련이다. 단도직입적으로 모든 것을 설명했다. 점점 어두워져가는 표정으로 설명을 다 들은 어머니가 물었다.

"그러면 장루는 평생 가지고 살아야 하는 건가요?"

"그렇지요. 원발 병변의 절제가 어렵기 때문에 장루를 복원할 수 있는 가능성은 없다고 보시는 것이 맞습니다."

어두웠던 어머니의 표정이 묘하게 담담해졌다. 나는 그 담담함이 이름을 외우기조차 어려운 증후군을 가진 남자의 삼십 평생과 함께해 온 어머니에게 자연스럽게 체화된 체념과 수용인 것 같아 보여 더 슬펐다. 잠시 입을 다물고 생각에 잠겨 있던 어머니가 다시 말을 이었다.

"교수님, 한 가지만 여쭤볼게요."

"네, 말씀하세요."

이런 상황에서 보호자들이 하는 질문은 대개 앞으로 무슨 치료를 하느냐, 치료가 가능하기는 한 것이냐, 얼마나 살 수 있느냐 따위의 것이었다. 하지만 이어진 어머니의 질문은 나의 예상을 한참 벗어난 것이었다.

"뭐라고 설명해야 우리 애기가 실망하지 않을 수 있을까요?"

슬플 것도 감동적일 것도 없는 '애기'라는 단어에 나는 그만 울컥하고 말았다. 온전히 남자에게 바쳐왔을 어머니의 지난 삼십 년이 '애기'라는 말 한마디에 응축되어 아무런 설명 없이도 파노라마처럼 눈앞에 펼쳐졌다. 자식을 향한 사랑으로 버텨왔을 삼십 년 인고의 세월, 그 삼십 년이 비극으로 마무리될지도 모르는 모진 현실 앞에서도 자식의 마음의 상처를 먼저 걱정하는 끝없는 모정에 마음이 저려왔다. 하지만 어머니의 질문은 내가 대답할 수 있는 성질의 것이 아니었다. 나는 "글쎄요"라고 독백처럼 내뱉고는 슬픈 미소를 지었다. 어머니 역시 대답을 기대하고 물어본 질문은 아니었을 것이다. 새벽에 수술하느라 고생하셨다는 말을 남기고 일어나 상담실을 나서는 어머니의 등이 이렇게 말하고 있는 것만 같았다.

"그래요. 제가 모든 것을 안고 가야지요."

자그마한 체구의 어머니 등이 유난히 커 보여 물끄러미 바라보았다. 그렇게 한참을 바라보았다.

제22회 우수상 수상작이다. 글쓴이 이수영은 화순전남대학교병원 대장항문외과 교수로 수상 소감에서 "반가운 수상 소식을 듣고 그동안 썼던 글들을 찬찬히 다시 읽어보았습니다. 가슴에 새긴 환자들의 기억이 하나하나 떠오릅니다. 웃었던 기억보다는 울고 좌절했던 기억이 훨씬 더 많습니다. 아무래도 성공보다는 실패의 기억이 오래 남나봅니다. 환자를 살려보겠다고 시작한 외과 의사의 길인데 항상 그럴 수만은 없음에 절망하게 되는 것은 외과 의사의 숙명인 것 같습니다. 이번에 수상한 글 역시 제가 한계에 부딪혔을 때 마주친 한 남자의 어머니에 관한 글입니다. 아마도 제 마음속에 오래도록 간직하게 될 것 같습니다."라고 말했다.

# 폐경 유감 有感

"네에? 제가 폐경이요?"

미경 씨가 갑자기 울음을 터뜨렸다. 미간과 이마에 슬픔이 깊이 패었다. 마스크에 갇혀 있던 세월의 흔적이, 그 어여쁜 얼굴에 일시에 존재감을 드러내었다. 40대 후반이라기에는 너무 어려 보였던 그녀는 갑자기 노파 같았다. 그러고는 마법이라도 부린 것처럼 내 진료실의 일상 시간을 멈춰버렸다.

폐경은 더 이상 생리를 하지 않는다는 뜻이다. 이제 임신을 할 수 없고, 여성호르몬이 분비되지 않아 그로 인한 여러 가지 증상을 경험하기도 한다. 식은땀과 수면장애, 감정 기복 등의 전형적인 증상 이외에도 골다공증, 심혈관 질환의 위험이 높아진다. 많은 여성들이 생각지도 않았던 이 새로운 변화에 심적으로 저항한다. 심한 우울증은 드물게 자살 사고도 일으킨다. 내가 폐경이라는 단어를 내뱉은 순간, 견고하고 무거운 고통의 벽이 순식간에 그녀를 둘러쌌다. 답답하고 무거운 침묵 속에서 흐느끼는 미경 씨를 바라보다가 문득 친구가 생각났다.

"미경 씨, 제가 사랑하는 친구가 있었는데요. 내과 의사였어요……."

그런데 어느 날, 소화가 안 되고 배가 불러와서 초음파를 해보니 복수가 차 있었고, 정밀검사 결과 난소에 전이된 대장암 4기였다. 말기암 진단을 받은 그때 친구의 나이 45세였다. 그녀의 친정 엄마가 위암으로 돌아가신 나이였다. 친구도 '이제 열심히 건강검진을 해야지' 하고 생각은 계속 해왔다. 그러나 너무 바빠 막상 본인의 몸을 살피는 일은 자꾸만 미루고 있었던 것이다.

진단과 함께 친구의 투병생활은 '밴드'라는 SNS를 통해 생중계되었다. 50회가 넘는 항암치료 동안 그녀는 동기들에게 자신의 투병생활을 생생히 전했다. 기독교 신자였던 그녀는 주로 항암치료 중 다른 환자들에게 복음을 전하는 내용과 기도문을 올렸다. 아픈 바람에 쉬어서 좋다며, 사진 속에서는 세상 가장 즐거운 사람처럼 활짝 웃고 있었다. 몸뻬바지에 수건을 머리에 두른 차림으로 산딸기를 따 먹거나 밤송이를 까는 사진들이 올라왔다. 투병 초기 1~2년 동안은 대진을 나가 내과 환자들을 치료했다. 힐링 센터에서는 다른 환자들의 의학적인 상담과 사소한 병들을 치료해주기도 했다. 그녀는 말기암 환자가 되어서도 우리 동기 중 누구보다도 더 의사로서 열심이었다.

가끔 기적도 일어나지만, 대개의 암은 그 번식력이 무섭다. 3년이 지나자 항암제는 힘을 잃었고, 암세포가 직장 주변을 침범하여 장루를 만들어야 했다. 이때에 이르자 암성 통증은 일은커녕 마지막 보루였던 그녀의 수면까지 앗아갔다. 소변이 안 나오고 폐에 물이 차고 빈혈이 심해 입원한다는 소식이 올라왔다. 대개의 임상적인 경과에 따라 우리 의사 동기들은 올 것이 왔구나 생각했다. 곧 그녀는 쓰러져 혼수상태가 지속되었는데, 놀랍게도 다시 일어났다. 2주 만이었다. 코에 호흡기를 단 상태로 활짝 웃는 사진이 기적을 증명하는 양 의기양양해 보였다. 그녀는 다시 완치의 의지를 불태웠다.

'완치'라……, 친구는 상당히 똑똑한 내과 의사다. 말기암인 자신이 완치되지 못할 것이란 걸 누구보다 잘 알았을 것이다. 하지만 교과서의 온갖 수치에 100%는 없다. 친구는 0.1%에 매달렸다. 그녀의 가슴은 그녀에게 채근했다. '넌 더 살아야 해. 딸들도 아직 네가 좀 더 필요해. 그리고 넌 지금껏 공부하고 일하느라 네 인생은 살아보지도 못했어.' 친구는 죽어가면서, 그러나 살고 싶어 했다. 늙어가고 싶어 했다. 마약성 진통제로도 조절이 안 되는 통증도, 그녀는 살아만 있을 수 있다면 감내할 수 있다고 했다.

두 번째로 그녀가 쓰러졌다. 이번에는 간 전이로 인해 복수가 찬 것처럼 배가 불러왔고, 먹으려고 아무리 애를 써도 물조차 먹을 수가 없었다. 통제할 수 없는 고통이 덮쳐 마약성 진통제의 용량을 계속해서 올려야 했다. 그로 인해 거의 의식이 없다가 한참 만에 깨어난 친구가 여느 때처럼 SNS에 기도를 부탁하는 글을 올렸다. 먹을 수 있도록, 걸을 수 있도록, 그리고 코로나에 걸리면 치료를 못 하니 코로나에 걸리지 않도록 기도해달라고 했다. 여느 때처럼 웃으며 올린 사진 속 얼굴이, 그녀의 마음과 달리 일그러져 있었다. 그녀의 삶에 대한 집착을 질투라도 하듯 바투 다가선 죽음의 사자가 친구의 얼굴에 짙게 그림자를 드리우고 있었다.

"얼마 안 있어 친구는 세 번째로 쓰러졌어요. 우린 그녀가 이전처럼 또 웃으며 일어나길 기다렸어요. 하지만 여느 때와 달리, 이번에는 일어나지 못했답니다."

나는 환사에게 늙어가는 것이 소원이었던 의사 친구의 처절한 4년간의 투병 이야기를 마쳤다. 두 뺨을 당겨 내리며 심술을 부리던 공기가, 누군가 달래고 어루만져 주기라도 한 듯 두둥실 떠올랐다. 한결 숨쉬기가 편해졌다. 그새 미경 씨는 울음을 그치고 내가 건네준 화장지로 눈물을 닦고 코를 풀고 있었다. 마스크를 벗으니 이목구비가 전체적으로 조화로워 미모가 더욱 도드라졌다. 다만 반복해서 생겼음이 분명한, 울면서 드러난 얼굴의 여러 선들이 그녀의 굴곡진 인생행로를 대변해주고 있었다. 그녀는 드러난 감정이 부끄러운 듯 다시 마스크를 쓰며 조심스럽게 말했다.

"폐경이…… 너무 당황스럽긴 하지만, 자연스러운 현상이니까 받아들여야 되겠죠?"

피를 쏟아내는 초경의 놀라움도 컸고, 그것이 비록 건강과 출산의 보증이라곤 해도 귀찮고 아픈 일이었다. 그러나 30년 넘게 하다 보니 이젠 그 불편함에 길들여져 버렸다. 게다가 월경이 끝난다는 것이 의미하는 것은 노화다. 여성성의 끝이다. 제아무리 성형외과나 피부과가 뛰어나도 나이를 되돌리지는 못한다.

그러나 말기암 친구에게 노화는 끝이 아니라 삶 자체였다. 태어나면서부터 경험해온 삶만큼 우리가 길들여진 게 또 있을까. 그 삶에서 추방된다는 것만큼의 고통은 세상에 없었다. 천국의 약속도 위안이 되지 않았다. 폐경을 경험하고, 늙어가면서 고장 난 장기들을 고쳐가며 살고 싶었다. 살아만 있다면 약을 한 주먹씩 먹는다고 그게 뭐 대수인가. 속 썩이는 딸들이 자라면서 겪을 인생의 다양한 경험에 조언자가 되어주고 싶었다. 언젠가는 귀여운 손주도 안아보고 싶었다. 전에는 보이지 않던 들꽃의 아름다운 생명력에 감탄할 수 있을 만큼 늙고 싶었다. 할 수만 있다면.

말기암을 진단받지 않았기에 미경 씨는 결코 친구의 그 삶에 대한 열망을 온전히 알지 못할 것이다. 미경 씨의 인생에 어떤 고통이 있었기에 폐경이 그토록 그녀를 오열하게 했는지 나도 역시 모른다. 폐경을 머리로는 받아들인다 해도, 가슴으로 받아들이긴 당장은 힘들지도 모르겠다. 하지만 상담을 마친 후 미경 씨는 훨씬 안정된 표정으로 자리에서 일어났다. 나는 그녀가 폐경으로 인해 잃는 것 대신에, 삶으로 인해 얻는 것을 찾으려고 노력하기를 빌었다. 그렇게 미경 씨는 내 진료실을 뒤로하고 자신의 삶 속으로 다시 걸어나갔다.

제22회 장려상 수상작이다. 글쓴이 박천숙은 이생병원 진료원장으로 수상 소감에서 "친구가 그렇게 된 지가 아직 1년이 채 되지 않았습니다. 지난 5월, 기적 같은 치열한 4년간의 투병을 접고 벚꽃이 바람에 날리듯 그녀는 그렇게 갔습니다. 어떤 진단에 환자들이 겁을 먹거나 힘들어하면 나는 더 힘든 사람 얘기를 해서 그래도 당신은 괜찮다는 얘기를 하곤 합니다. 힘들 때마다 저 스스로에게 쓰는 방법이기도 하고요. 우리 환자들은 자신과 같은 나이에 말기암 진단을 받은 의사 얘기에 위안을 얻습니다. 그렇게 내 친구 미라는 천국에 가서도 내 진료실에서 환자분들의 마음을 치유하고 있네요."라고 말했다.

# 확률과 선택

　　　　　　"열 명 중 세 명은 결국 안구를 적출합니다."

　나는 아이들의 눈에 생기는 암인 망막모세포종을 진료한다. 2만 명이 태어나면 한 명꼴로 생기는 병이다 보니, 이제 우리나라에서는 일년에 보통 열다섯 명 남짓의 환자가 발생한다. 저마다 병원을 찾는 이유는 다양하다. 눈 속에 하얀 점이 보여서 오기도 하고, 사시로 알고 지내다 병원을 찾기도 한다. 소위 '큰 병원'인 대학병원을 찾은 부모의 얼굴에는 걱정이 한가득이다. 아이의 눈 속에 덩어리가 있다는 말은 이미 들어서, 인터넷에서 잔뜩 글을 읽은 터다. 눈에 암이 있으면 안구를 통째로 들어내는 안구적출술을 할 수 있다는 내용도 이미 알고 있다. 평균적으로 우리나라에서는 생후 1~2년 내에 망막모세포종이 진단되는데, 어느 부모가 그 어린아이의 눈을 잃을 수 있다는 것에 걱정이 없을 수 있을까 싶다.

요즈음에는 열 명이 망막모세포종으로 진단되면 한 명의 부모가 안구적출술을 첫 치료로 결정한다. 30년 전에는 달랐다. 그때는 열 명 중 여덟 아이의 부모가 수술을 선택했다. 이제 할 수 있는 다른 선택으로는 항암치료가 있다. 항암치료를 결정하면 일단 몇 개월간 치료를 받을 때는 안구적출술을 생각하지 않게 된다.

그런데 마냥 선택을 미룰 수 있는 것은 아니다. 문제는 항암치료를 받는 동안 항암제에 듣지 않는 새로운 종양이 생길 때 다시 드러난다. 한두 번은 항암제를 바꿔볼 수 있지만, 결국에 더 쓸 약이 없어지면 안구적출술을 할 수밖에 없다. 약에 듣지 않는 암이 눈 밖으로 전이되면 눈을 잃는 것이 문제가 아니라 아이가 죽을 수 있기 때문이다.

이때 의사도 보호자도 다시 첫 선택의 순간을 떠올리게 된다. 그때 수술을 했어야 했던 것이 아닐까? 그랬다면 수개월 동안 항암치료를 받느라 아이가 고생하지 않았을 텐데. 그동안 받았던 항암치료의 의미는 무엇이었을까?

현대의학의 기초는 근거중심의학이다. 임상 연구를 통해 과학적인 근거를 찾고, 그에 따라 의학적 판단을 내린다. 망막모세포종에서도 이전의 연구를 통해 알고 있는 정보가 있다. 영어 알파벳으로 A부터 E까지 질환의 중증도를 나누게 되는데, 좋은 쪽에 속하는 A 병기의 경우 치료를 하였을 때 안구적출술을 하지 않고 눈을 지킬 확률이 90%가 넘는다.

반면, 나쁜 쪽에 속하는 E 병기의 경우에는 50%가 채 안 된다. 그런데 다시 생각해 보면, A 병기의 경우에도 10% 정도의 아이들은 종양이 재발하고 항암치료에 실패해서 결국에는 안구적출술을 받게 된다. 오히려 처음에는 기운 빠지는 진단을 받았던 E 병기의 종양을 가진 아이 중 반은 안구를 지키는데 말이다.

외래 진료실에서 눈 검진을 하고, 입원하여 전신마취하에 다시 검진을 하고, MRI(자기공명영상)까지 찍고 나면 이제 선택을 해야 한다. 오른쪽 눈에만 있는 E 병기의 망막모세포종을 가진 아이라고 하면, 치료를 잘 마쳤을 때 안구를 지킬 확률은 아무리 좋게 보아도 50%다. 마침 망막의 중심부를 침범하고 있어 시력 예후는 굉장히 불량하다. 빛을 어렴풋이 느낄 수 있다면 다행일 것이다. 아빠와 엄마를 옆에 앉혀두고 컴퓨터 모니터에 검사를 하나씩 보여주면서 설명을 시작한다. 돌이 갓 지난 여자아이는 검사를 위한 금식에 지쳐 짜증내며 울기만 한다. 울음소리를 뚫고 눈을 잃어버리더라도 아이의 목숨이 가장 중요하다는 이야기를 계속하지만 '딸 바보'인 아빠는 듣지 않는 투다. 그의 눈에는 반도 안 차 있는 물컵이 아니라, 반이나 차 있는 물컵이 보일 것이다. 항암치료를 하면 그 예쁜 눈을 지킬 수 있는데, 안구적출술을 할 생각은 눈곱만큼도 없다.

딱히 보호자를 마음 약하다 탓할 수도 없는 일이다. 50%의 확률인 상황에서 하는 선택에는 사실 확실한 결정을 이끌어낼 근거가 없다. 동전 던지기나 홀짝 맞추기처럼 본인의 선택을 믿고 갈 수밖에 없다. 물론 이 판은 판돈이 좀 크다. 내가 가장 사랑하는 아이의 눈이 걸려 있으니 마음이 편하지 않다. 밤새 뒤척이며 고민을 해도 선택의 순간에는 주저하게 된다. 울음도 터져 나오고, 누구를 향하는지 알 수 없는 원망도 가득하다.

안구적출술은 선택을 하기 전의 고민이 무색할 만큼 단순하다. 결막을 절개하고, 눈 주위의 근육을 자르고, 시신경을 자르고, 동그란 안구 보형물을 넣고, 다시 결막을 꿰매면 끝이다. 물론 중간중간 숙련된 기술이 필요한 부분이 있지만, 그 일은 의사의 몫이니 우리의 선택에 영향을 주지 않는다. 누구는 항암치료를 하기 싫어서, 누구는 눈을 잃게 하기가 싫어서 각자의 선택을 하게 될 뿐이다. 동전을 던졌고, 자신이 보았다고 믿기로 한 면을 따라 선택을 한다. 앞면이 맞는지 뒷면이 맞는지를 아는 것은 인간의 몫이 아니다.

그 무기력함이 나는 처음부터 싫었다. 안과 전공의 1년 차 때, 유독 이름을 바꾼 아이들이 많았다. 한 달마다 입원을 하는 터라 분명히 아는 얼굴인데, 이름이 달라진 아이들. 어린 나이에 암에 걸린 아이의 운을 바꿔주고 싶은 어느 어른의 마음 때문이었을 것이다. 그런데 망막모세포종은 운이 나빠 생긴 병이 아니라, 무작위로 일어난 유전자 돌연변이가 원인이다. 그것까지 운이라고 해야 하는 것일까? 엎지른 물을 담을 수 없는 것처럼, 이미 일어난 유전자 변이를 이름을 바꾼다 한들 돌릴 수 없다. 부모라고 모르는 것은 아니었을 것이다. 다만 아무것도 해줄 수가 없기 때문에, 법원에 가면 할 수 있는 이름 바꾸기라도 한 것이겠지. 세상에 던져진 우리에게 다른 방법이 없으니.

50%의 확률은 동전 던지기이지만, 그 확률을 높일 수 있다면 그때부터는 우리가 이길 수 있는 게임이 된다. 우선 MRI에도 초음파 검사에도 잡히지 않는 1밀리미터도 안 되는 작은 종양을 발견해서 레이저로 없애는 것이 급선무다. 이것은 사람이 할 수 있는 일이다. 가장 뛰어난 의사는 누구인지 알 수 없겠으나, 마음만 먹으면 가장 열심히 들여다보는 의사가 될 수는 있는 법이다. 모든 사람이 저마다의 자리에서 자신

의 일을 하는 것처럼, 나는 여기에 속하였으니 내 몫의 일을 하는 것이다. 어쩌면 아이의 부모 옆에 있는 나의 존재가 그들이 어떠한 선택을 할 때 하나의 이유가 되었을 수도 있다.

더 나아가 조금 길게 생각하면, 왜 우리는 다른 사람이 만든 약으로 우리 아이들을 치료해야만 하는 것일까? 더 잘 치료할 수 있는 약이 있다면, 지금과 같은 고민은 의사와 보호자 모두 하지 않아도 될 것이다. 그 약을 우리가 만들고 우리 아이들에게 처음 사용할 수도 있을까? 이 지점이 연구하고 실험하는 의사인 '의사과학자'가 필요한 순간이다.

세포 실험을 하고 생쥐 실험을 하면서 보냈던 사람들이 어느 한두 질환에 푹 빠져서 그 질환만 생각하며 지내다 보면 새로운 돌파구가 반드시 열린다. 현대의학의 역사에는 그러한 사례가 꽤 많다. 이는 앞으로도 무수히 반복될 것이다.

사람이 죽는 것을 보기 싫어 안과 의사가 되기로 선택했다. 그런데 안과 의사로는 유일하게 아이가 죽는 것을 1~2년에 한 번씩 봐야 하는 망막모세포종을 보는 의사가 되었다. 우는 아이는 밉지만 아이의 빛나는 눈이 예뻐서 아이의 눈을 보는 소아안과 의사가 되었는데, 일 년에 열 개의 눈을 적출하는 의사가 되었다. 우리나라에서 망막모세포종으로 목숨을 잃는 아이가 없기를 바라는 마음에 십여 년 전 내가 선택한 연구하는 의사의 길, 다소 치기 어린 마음에 한 그 선택이 나를 전혀 다른 길로 이끌었다.

아이들의 부모가 했던 선택이 그랬듯, 내 선택에도 함께해 줄 누군가가 있기를 바란다. 그렇게 되면 너무 늦지 않게 새로운 해결책이 나올 수도 있다. 그래서 우리의 선택이 아이들과 부모에게 더 높은 확률의 근거가 되었으면.

제23회 우수상 수상작이다. 글쓴이 조동현은 서울대학교 의과대학 해부학교실 교수로 수상 소감에서 "저는 외래를 세 시간씩 화요일, 금요일 오전에 보고, 목요일 오후에는 수술실에서 3~4시간 정도 눈 검사를 합니다. 나머지 시간에는 공부하고 실험하면서 과학자로 살고 있습니다. 진료를 하면서 느끼는 한계를 뛰어넘어 보려 연구를 하고 있는데, 별다른 재주도 없이 의사과학자의 길로 뛰어들어 때로는 고민도 됩니다. 더 많은 분이 이 길을 선택하면 큰 힘이 되겠습니다. 또 더 많은 분이 관심을 가져주셔도 감사하겠습니다. 한두 개의 질환을 마음에 두고 쭉 연구하는 의사과학자는 결국에 그 질환에 관한 문제를 해결할 수 있을 것입니다. 저는 망막모세포종을 열심히 진료하고 열심히 연구하면서 살겠습니다."라고 말했다.

# 각자의 파란만장

    산전 진찰 소견은 계속 정상이었다. 엄마는 이전에 유산했던 적도 없었고, 건강에는 자신 있는 편이었다. 이제 막 두 돌이 지난 첫째도 순산했기에 이번에도 당연히 그러리라 기대했다.

  운명의 공격은 출산을 두 달 정도 앞둔 시점에 갑자기 찾아왔다. 알 수 없는 이유로 태아의 모니터가 급격히 흔들렸다. 제왕절개로 급히 아기를 꺼냈지만 초음파로 들여다본 아기의 머릿속은 안타깝게도 이미 상당한 출혈에 이은 수두증이 진행 중이었다. 검사 결과도 충격적이었지만, 더 놀라운 것은 부모의 반응이었다.

  "아기를 포기하고 싶어요. 아무런 처치도 하지 말아주세요."

  귀를 의심할 수밖에 없었다. 보통 갑작스러운 병이나 조산으로 인해 아기의 치명적인 상태를 처음 설명할 때 납득하지 못하여 한사코 괜찮다는, 나아질 거라는 대답만을 원하는 부모의 격한 반응에는 늘 진땀이

나지만 그래도 이해는 간다. 나도 아이가 있고, 그를 포기해야 한다면 삶이 무너지는 기분일 테니까. 그런데 이런 뜬금없는, 지극히 냉정한 반응이라니.

"영상 결과가 안 좋긴 합니다만, 결과는 누구도 장담할 순 없어요. 장애가 남을 가능성이 많아도 그렇지 않……,"

"아니요, 우린 이 아이를 살리지 않겠습니다. 수술이나 처치에 동의하지 않을 거예요."

들을 필요도 없다는 듯 단호하게 대꾸하는 엄마에게는, 알고 보니 선천적으로 장애가 있는 동생이 있다고 한다. 지금은 시설에 들어가 있지만 긴 세월 온 가족의 희생이 요구되었고, 중증 장애인으로 사는 것이 무슨 뜻인지를 누구보다 잘 알고 있는 그였다.

어떤 엄마인들 내리사랑이 없겠는가. 또 이토록 혐오와 차별이 일상인 사회에서, 자식에게 적어도 심각한 결점은 없길 바라는 것 역시 인지상정이다. 그렇지만 아기는 이미 생사의 고비를 넘겨 안정기에 접어들었다. 여기서 수술적 치료를 하지 않더라도 그는 계속 살아갈 것이다. 그저 장애의 확률과 정도만 올라갈 뿐.

그래도 부모들은 강경하게 버텼다. 의료진 및 병원 사회사업실과의 면담과 설득이 이어졌고, 아동 학대를 언급하는 법조인들의 경고도 가세했다. 이런 와중에도 소란의 주인공은 그저 천진한 얼굴로 매일 하루만큼의 시간을 새겼고, 그를 보고 있자니 불현듯 또 다른 기억이 떠올랐다.

어느 토요일 오전, 주말 당직의 시작이었다. 입원 환자도 많지 않은

데다 상태도 다들 안정적이라서 제법 느슨한 마음이었다.

"이제 병상이 좀 차야 되는데……."

아뿔싸, 생각만 한다는 것이 그만 입으로 나와버렸다. 환자가 많든 적든 정해진 근무 시간에 따라 일정한 급여를 받는, 제 아무리 속 편한 월급 의사라지만 요즘 같은 출산 절벽의 시절에는 아무래도 신경이 쓰인다. 국가의 미래를 걱정하는 거시적인 우국지정이 그 표면적인 이유라면, 당장의 일자리 보전이라는 개인적이지만 더욱 절실한 문제도 있었다. 아무리 그렇다 해도, 한가한 티를 내면 꼭 바쁜 일이 터진다는 징크스가 있기에 그런 말을 해서는 안 되었다. 근거는 없어도 좀처럼 빨간 펜으로는 이름을 쓰지 않는 것처럼.

아니나 다를까, 나른함을 깨고 울리는 휴대폰 화면은 익숙한 응급실 번호를 띄웠다.

"방금 집에서 낳은 아기인데 25주밖에 안 되었답니다. 구급차에서 CPR(심폐소생술)을 하면서 오는 중이라는데요, 거리가 멀어서 30분은 걸린답니다!"

맙소사.

내 지식과 경험의 깜냥 속에서 태아 나이 25주의 분만은 설비와 인력이 준비된 상태에서 일어나야만 하는 사건이다. 십중팔구 1킬로그램도 채 안 되는 이런 아기에게는 출생과 동시에 적극적인 호흡 보조와 함께 습도 및 체온 유지가 필수적이기 때문이다. 초기 치료가 잘 되었다고 하더라도 여러 합병증 때문에 생명의 불씨가 쉬이 꺼질 수 있는 것이 초미숙아인데, 구급차에서의 처치만으로 30분 넘게 버틸 수 있을까? 걱정스러우면서도, 솔직히 마음 한편에서는 이미 디오에이(도착 시

사망 상태)를 선언하고 있었다.

잠시 후, 출입구가 소란스러워지며 한 무리의 사람들이 우르르 몰려든다. 오렌지색 유니폼들에 둘러싸여 조막만 한 주인공은 보이지도 않는다. 축 늘어진 800그램짜리 아기의 모습은 영장류라기보다 양서류에 가깝다. 지체할 것 없이 손톱만 한 입을 벌려 빨대 같은 튜브를 넣는다. 명함 크기의 가슴에 진동한동 청진기를 대보는데 웬걸, 느리긴 해도 분명 익숙한 그 소리가 들린다. 앰부(호흡주머니)를 쥔 손에 몇 번 힘을 주니, 거무죽죽하던 아기의 피부색도 발갛게 생명의 징후를 드러내기 시작한다.

오후 내내 후속 처치들을 하고 나니 어느새 땅거미가 졌다. 열대식물원처럼 김이 서린 인큐베이터에 바짝 얼굴을 붙이니, 싸릿대 같은 팔다리지만 제법 버둥거리는 것이 보였다. 뻐끔뻐끔 입술도 달싹이며 소변도 보기 시작했다. 갈 길이 구만리이지만 안정적인 모니터 숫자에 일단은 한시름 놓았다. 조금 전 만난 아기 엄마의 말이 귓가에 맴돈다.

"우리 아기 괜찮은 거죠? 나와서 잘 울었단 말이에요. 잘 닦아주고 덮어줬어요."

칠삭둥이도 안 되는 꼬맹이가 울어봐야 얼마나 잘 울었겠나, 헛웃음이 나면서도 사연 깨나 있으려니 했지만 짐작보다 더 암담했다. 사기죄로 수감 중인 아기 아빠와 소년원에 있는 아기의 누나(전남편과의 아이)와 조울증을 진단받은 아기 엄마가 등장하는, 막장 드라마에서나 볼 법한 신파. 산부인과 차트에는 조기 진통의 병력과 함께 '치료 거부' '탈원'이라는 기록도 있었다. 진절머리가 나는 사건들 때문에 친지들은 다 떨어져 나갔고 엄마는 그렇게 혈혈단신, 핏덩이를 낳아 탯줄을 자르고 구급차를 부른 것이다. 그리고 이 모든 상황에도 불구하고 아기는 열심히 살아남는 중이었다.

나를 보자마자 읍소하는 엄마는 몹시 초라해 보였다. 단지 산모라는 이유보다는 그 삶의 굴곡으로 생긴, 나이보다 많은 눈가의 주름이, 몸에 밴 흡연의 흔적이, 항정신성 약물의 부작용인 듯 느릿느릿 쥐어짜는 음성이 디욱 안타깝다. 그래도 그 사람이 바로 아기에게는 절대적인 후원자이자 무조건적인 사랑의 원천이었다. 상식을 뛰어넘는 혹독한 시련들로 인해 임신 기간 내내 술, 담배를 지속하고 치료를 거부했을지언정, 모성은 여전히 압력솥처럼 끓고 있었다.

그 덕분인지 아기는 놀랍게도 큰 합병증 없이 3개월여 만에 집으로 돌아갔다. 예후를 좀먹는, 초미숙아에게 흔한 뇌 백질연화증이나 동맥관 개존증, 괴사성 장염도 없었다. 망막병증이 생겨 레이저치료는 받았지만 그 결과도 양호했다. 첫돌 무렵까지 정기적으로 외래에서 만나온 아이는 살도 제법 붙고, 잘 걷고, 똘똘해 보였다. 사랑을 받고 자라는 태가 났다.

그런데 엄마는 곧 교도소에 가야 한다고 말한다. 알고 보니 아기 아빠와 연루되어 이미 재판이 진행 중이었고, 결국 징역을 살게 되었다고 한다. 법적으로 생후 18개월까지는 교도소에서 아기를 키울 수도 있지만, 어차피 그 이후에는 친인척이나 양육시설로 보내야 하므로 미리 떼어놓고 타지에 있는 종교기관에 임시 양육을 부탁하기로 했단다. 이건 또 무슨 날벼락인가. 기구한 팔자에 안타까움을 넘어 맥이 탁 풀렸다. 그들과의 인연은 그렇게 끊어졌다.

강인했지만 조금 무모했던 그 엄마를 떠올리자, 지금 이들의 고집 또한 그녀와 다를 게 없는, 사랑의 한 형태라는 생각이 들었다. 얼핏 비정하고 이기적인 결정처럼 보이지만, 그 동기가 단순한 부모 자신들만의 안녕이나 욕심 따위가 아니라면? 결국 가장 힘든 것은 아픈 본인일 터, 사랑하는 아기에게 고통뿐일지 모를 평생을 짊어지우려 하는 부모의 입장이 되어본 적 없는 내가, 감히 그 행위를 평가해서는 안 되는 것이 아닐까? 여기까지 생각이 미치자 무엇이 옳은 것인지, 아니 애초에 이런 문제에 옳고 그름이란 게 있는 것인지조차 알 수 없게 되었다.

　한참을 버티던 부모는 결국 마지못해 치료에 동의하였고, 일차 수술을 마치고 앞으로의 기나긴 치료를 위해 연고가 있는 다른 병원으로 떠났다. 엄마는 퇴원 전까지 아기를 볼 때마다 눈시울을 붉히면서도 그에게 말을 많이 걸지는 않았다.

　내가 본 것은 여기까지다.


　내년부터는 우리나라에서도 출생통보제, 보호출산제가 시행된다. 상반기를 떠들썩하게 했던 미신고 출생 아기들의 충격적인 실태조사 결과에 따른 제도적 보완인데, 비교적 늦은 감이 있고 예상되는 부작용들도 있지만 어쨌든 소아과 의사의 입장에서는 반가운 소식이다. 방치되는 아기들을 품는 최소한의 장치가 마련된 것이니까. 그렇지만 결코 근본적인 해결은 아니다. 정책이 지켜주는 것은 그들의 생명일 뿐, 삶은 아니기에. 우리가 더욱 집중해야 할 지점은 자식을 사지로 내몬 부모들에 대한 피상적인 단죄가 아니라, 부모임에도 그들에게 유일한 것이었던 '포기'라는 선택 자체에 대한 공동의 고민이다.

모든 고통의 무게는 결국 당사자만이 온전히 느낄 수 있다. 제아무리 가까운 사이라 할지라도, 타인은 그것을 평가할 자격이 없다. 앞서 밝힌 사연들 역시 어설픈 도덕적 판단이나 단순한 교훈 같은 것을 말하고자 꺼낸 것은 아니다.

난 그저 그 이야기들의 결말이 궁금할 뿐이다. 어떤 삶이든 행복의 순간들이 분명히 있다고, 각자의 파란만장 끝에 오롯이 피어나는 미래가 아직도 헷갈리는 내게 그런 확신을 심어주길 바란다. 그래서 인생의 긴 여정을 가장 절망적인 형태로 시작해야 하는, 앞으로 만나게 될 모든 아이들과 그들의 가족에게 말해주고 싶다. "세상에 있는 모든 형태의 불행은 어쩌면 우리에게 온갖 방식의 사랑을 보여주려는 것인지도 모릅니다. 그렇지 않다면 이렇게 다양한 모습의 불행이 생길 리 없을 테니까요" 하고, 조용하지만 분명한 목소리로.

제23회 장려상 수상작이다. 글쓴이 이동준은 인제대학교 부산백병원 소아청소년과 NICU 전담전문의로 수상 소감에서 "이 글에서는 위기의 저출산 시대를 맞아, 우리가 '일반적'이라고 당연히 여기는 정상 출산의 반대편에서 생을 시작하게 되는 가족들의 모습을 나누고, 태어남과 살아감의 의미를 되새겨보고 싶었습니다. 서툰 글임을 잘 알고 있지만 선정해주신 이유는 바로 이러한 의중을 헤아려주신 것이라 생각합니다. 최고의 격려이자 채찍으로 여기고 그 취지대로 환자와 깊이 공감하고 관계를 회복하는 의사가 되도록 더욱 노력하겠습니다."라고 말했다.

# 벼랑 끝에 서서

#1

아기가 왔다. 소아과가 없는 우리 병원에서는 어린 환자를 보는 일이 드물기에, 아기가 오면 다들 "어머 깜찍하다, 귀엽네"라며 호들갑스러운 반응을 보이곤 한다. 그런데 병원 문을 열고 유모차에 비스듬히 기댄 채 들어선 그 아기에게는 달랐다. 모든 사람의 표정은 일순간 굳었고 입은 벌어졌지만, 그 속에서는 침묵만이 쏟아졌다. 진료실 안까지 들릴 정도로 거친 숨을 몰아쉬며, 여윈 몸에 비해 무거워 보이는 털옷을 걸친 아이의 목에서 작은 관(管)이 보였기 때문이다. 하얗고 가느다란 아기의 목 앞으로 삐죽 튀어나온 그것은 T-tube(기관절개관)였다. 기도 호흡이 어려운 후두암 환자에게 있을 법한 관을 두 돌도 안 된 아기의 목에서 보다니, 모두의 얼굴에 당황한 기색이 역력했다. 우리의 표정을 읽은 엄마가 입을 열었다.

"태어날 때 태변(胎便)을 흡입했어요. 작은 병원이라 치료가 늦어졌고, 대학병원에 도착했을 땐 아이에게 인공호흡기를 달아야 한다는 말을 들었어요."

자가호흡이 불가능한 환자의 경우 인공호흡기(ventilator)로 산소를 공급한다. 치료가 길어져 2주가 넘어가면 기도가 좁아지는 걸 막기 위해 목의 중앙 부위를 절개하고 플라스틱 관을 꽂는데, 대부분은 점차 호흡훈련을 하고 숨결이 강해지면 빼주게 된다. 그 후 봉합 부위 상처는 자연히 아물고 환자는 입과 코를 통해 숨을 쉴 수 있다. 하지만 누구에게나 기회가 공평하게 주어지는 것은 아니다. 그 아기가 그랬다. 아기의 몸은 힘든 세상을 버텨내기에는 약했고, 그 틈을 바이러스가 공격했다. 삶과 죽음의 고비를 여러 번 넘겨야 했고, 반복된 폐렴과 좁아진 기도 때문에 목에 낀 관을 제거하기가 어려웠다고 했다.

그 와중에도 대학병원이 있는 도시를 떠나 시골로 온 건 엄마의 선택이었다, 경제적 부담도 있었지만 '합병증' '위험' '죽음'이란 말이 벗어날 수 없는 그물처럼 둘러쳐진 그곳에선 더는 희망을 볼 수 없다는 이유에서였다. 하지만 강한 의지 뒤에 보이는 엄마의 숨겨진 어깨는 처져 있었고 눈빛은 흔들렸다.

도시를 벗어나 공기가 맑다고 옮겨 온 시골에서도 세균은 약한 아기를 그냥 두지 않았다. 목에 있는 관을 뺀다는 건 사치였고, 잦은 폐렴을 이겨내기도 벅찬 시간이었다. 병원이 집이 되고, 집은 오히려 잠시 묵어가는 여관이 되었다. 반복되는 입원에 아기가 삶과 죽음의 고비를 넘길 때면 엄마의 가슴은 매번 녹아내렸지만, 꺼질 듯 흔들리는 작은 촛불은 바람이 지나가면 언제나처럼 희미한 불빛을 되살리곤 했다.

희망을 품는 것이 때론 죄책감이 되어 돌아오는 경우가 있다. 완치를 기대하기 어려운 질병으로 고통받는, 더구나 그 아픔을 가까이에서 매일 지켜봐야 하는 부모에게서다. 때론 포기하고 싶은 마음 때문에 드는, 고통을 겪는 아이에게 아무것도 해줄 수 없음에, 그리고 그런 갈등을 겪고 있다는 데 느껴지는 죄책감이 아기의 엄마를 더욱 벼랑 끝으로 내몰았을지 모르겠다. 그해 겨울은 땅도 메말라갔다. 농업용수를 확보하기 위해 긴 수로 공사가 진행되었고, 병원에도 잦은 단수가 통보되었다. 물이 부족한 탓인지 아기도, 엄마도 점점 겨울 나뭇가지처럼 앙상히 메말라갔다.

벼랑 끝에 설 때가 있다. 구부러지고 거친 세상을 걷다 보면 옴짝달싹도 못 하는 지점에 도달하곤 한다. 어둠이 내린 보이지 않는 길로 발을 내딛기도, 깎아지른 절벽으로 뒷걸음질치기도 어려울 때 우린 어떤 선택을 할까? 아마 한두 번은 힘을 내 전진하겠지. 역경을 딛고 일어선 누군가는 책 한 권쯤을 쓰거나, 무용담으로 자랑할지도 모르겠다. 하지만 벼랑 끝에 절벽이, 돌아가면 낭떠러지가, 또 예상치 못한 장애물이 길을 막고 있다면 과연 선택은 어떻게 달라질 수 있을까?

입춘이 지났지만 봄은 발길을 늦췄다. 추위는 어린 생명에겐 치명적이다. 아기의 목에 꽂힌 작은 대롱에서는 죽음이 임박한 거친 숨소리가 쏟아졌다. 힘겨운 들숨과 날숨이 좁은 관을 통해 지날 때면 꺼져가는 어린 생명의 신음이 응급실을 채웠고, 엄마의 세상은 온통 노란빛으로 변해버렸다. 다급한 발소리, 삑삑거리는 하이톤의 기계음과 당황한 얼굴들, 회색의 구름이 드리워진 2월의 아침은 그렇게 엄마를 벼랑 끝에 주저앉히고 말았다. 좀처럼 맑은 하늘은 보이지 않았고, 미세먼지까지 겹쳐 진료실에는 늘 전등을 켜놓아야만 했다. 일기예보에서는 기약 없다는 아나운서의 멘트만이 힘없이 흘러나왔다.

그날도 아침부터 자욱한 먼지가 내렸다. 내내 아기 곁을 지키던 엄마의 모습이 보이질 않았다. 전화마저 연결되지 않자 누군가의 입에서 포기란 말이 흘러나왔고, 초조한 수간호사가 핸드폰을 들었다. 그녀의 손에 든 폰에는 이런 문자가 적혀 있었다. "당신이 포기하지 않는다면 우리도 그럴 거예요."

연락이 닿지 않던 엄마는 붉은 노을을 등지고 나타났다. 길어진 그림자는 제법 아침보다는 힘차게 땅 위를 걸어왔다. 안도의 긴 숨이 여기저기서 터져 나왔다.

"나무를 봤어요. 벼랑 끝에 서 있는……."

땅속 깊숙이 뿌리내린 채 거센 바람과 폭우에도 꿋꿋이 자라고 있는 절벽 위 나무 한 그루를 만났단다. 척박한 땅에서 단단한 바위를 뚫고, 목마름을 견디며, 추위를 이겨내는 모습을 한참을 넋 놓고 바라보았단다. 아래를 보지 않고 오직 벼랑 위만 바라보며, 기도하듯 쭉 뻗은 팔을 하늘로 향하고 있는 그 나무에서 희망의 열매 하나를 따왔다고 말했다. 오랜 침묵이 이어졌다. 우린 아무도 왜 그녀가 절벽에 갔는지, 또 그 나무가 어디에 있는지는 묻지 않았다. 대신 가만히 그녀의 손을 잡아주었다. 아기 엄마는 다시 한번 절망의 끝에서 포기하는 대신, 비록 눈에 보이는 오아시스가 신기루라 할지라도 고통을 느끼며 뜨거운 사막을 걷는 쪽을 선택했다.

일곱 번의 태양이 온몸을 불살랐고, 여섯 날의 어둠이 가슴을 얼어붙게 만들었다. 힘든 그 시간 속에서도 꺼질 듯 꺼질 듯 살아나는 작은 촛불의 끈질긴 생명력이 우리를 버티게 하는 힘이 되었다. 기적은 일어날 수 있기에 생긴 단어였다. 아기의 눈이 반짝였다. 그건 마치 깜깜한 밤하늘을 가로지르던 별똥별 같았다. 소원을 빌었다. 꺼져가는 생명을 살릴 수만 있다면 어떤 일이라도 하겠노라고. 그때였다. 나와 아이의 삶의 곡선이 조우(遭遇)한 것은.

생명의 신호가 파도처럼 요동치며 아기의 호흡이 돌아왔고, 맥(脈)은 삶의 궤적을 다시 그려나갔다. 우린 목에 있는 좁은 관을 통해 염원을 담은 숨결을 불어 넣었다. 따스한 체온과 체온이 연결되고, 희망의 불씨는 되살아났다. 봄이 오는 소리가 들렸다. 얼어붙은 대지에 온기를 머금은 바람이 스치고, 수많은 생명의 들숨과 날숨소리가 텅 비었던 공간을 채웠다. 아기의 숨소리는 날이 갈수록 강해졌고, 새장같이 가늘고 연약한 가지들은 싹을 틔울 만큼 굵어졌다. 우리는 새로운 꿈을 꿀 수 있었다. 봄기운이 엄마의 얼굴에도 드리울 때쯤, 난 깊숙이 묻어두었던 희망을 다시 꺼내 보였다. 그제야 우리는 벼랑 끝에서 겨우 한 걸음 앞으로 나아갈 수 있었다.

두 번의 겨울이 스치듯 지나갔다. 바이러스도 그리고 절망도 아기와 엄마의 몸을 다시 찾아들었지만, 우린 충분히 이겨낼 힘을 갖게 되었다. 아기의 숨결이 강해질수록, 엄마에게 있던 회색의 그림자도 옅어졌다. 마지막 남은 관을 제거하던 날, 엄마는 내 손을 꼭 잡은 채 그동안 쌓아왔던 눈물의 둑을 터뜨렸다. 아이는 이제 제법 자라 의사가 된다는 꿈을 이야기하고, 난 힘든 의사는 왜 되려고 하느냐며 실랑이를 한다. 무슨 일을 하든 행복하면 된다는 빤한 잔소리에 아이가 활짝 웃는다. 우린 절망의 끝에서 또 한 걸음 멀어졌다.


#2

2019년 겨울, 난데없는 코로나바이러스 공격에 전 세계가 마비됐다. 확진자와 사망자의 숫자는 기하급수적으로 늘었고, 공포가 확산되었다. 의심의 눈초리들만이 텅 빈 거리를 활보했고, 위로를 전하는 손과 입은 전파자란 미명하에 묶이고 막혀버렸다. 끝없는 겨울이 이어졌고 봄과 여름은 소리 없이 스쳐 지나갔다. 찬 기운은 병원도 예외 없이 파고들었다. 매출은 반 토막 났고, 직원들의 급여는 동결됐다. 힘든 시간이지만 감원 없이 이겨내자는 의견에 모두가 동조했다. 백신 생산의 희소식도 잠시, 의료진을 필두로 시작된 접종은 많은 부작용을 일으켰다. 입원까지 해야 하는 직원이 생겼고, 뉴스에서 연일 백신 부작용 사망자가 보도되면서 두려움은 현실이 되었다. 엎친 데 덮친 격으로 코로나는 맹렬히 우리를 공격해왔다. 셀 수 없이 진행된 코로나 확진 검사로 얼굴은 콧물과 눈물범벅이 되었고, 방호복 사이로 쉴 새 없이 흐르는 땀은 한겨울에도 피부에 땀띠를 선사했다. 하지만 무엇보다 두려운 건 코로나 감염과 그로 인한 죽음에 대한 공포였다. 모두가 함께이지 않았다면 버텨낼 수 없었을 것이다.

세상은 '위드 코로나'로 잠시 어둠이 걷히는 듯했지만, 또 다른 변이 바이러스의 출몰은 희망을 다시 절망으로 바꿔놓았다. 벼랑 끝에 내몰려 주저앉고도 싶었다. 누구나 다 그런 마음이었을 것이다. 그럼에도 불구하고 우린 물러나지 않았다. 백신 부작용으로 입원을 경험했지만 부스터샷을 신청했고, 밀접 접촉자로 격리되어 회복된 후에도 다시 병원으로 돌아왔다. 눈물과 콧물을 흘리며 온몸을 덮은 땀띠를 두꺼운 방호복 속에 감춘 채, 벼랑 끝에 깊게 뿌리내린 한 그루 나무처럼 굳건히 버텨냈다. 누군가에게 희망의 열매를 건네줄 수 있기에, 또 '벼랑 끝에 서서 모든 걸 포기하고 주저앉았을 때조차도 누군가는 손을 내밀어 세상 쪽으로 한 발자국 끌어주기를 간절히 소망한다'는 진실 하나를 믿기 때문에.

어둠과 고통의 이 시간도 언젠간 지나가겠지. 아니, 살면서 다시 벼랑 끝에 설 날이 있을지도 모르겠다. 한 발도 나아가지 못하고 주저앉아 버리고 싶은 생각이 들 때도 있겠지. 하지만 난 그때마다 오늘을, 기쁨에 울던 아기 엄마의 눈물을, 또 어느 벼랑 끝에 서 있을지 모를 나무 한 그루를 기억할 것이다. 그리고 반드시 일어나 힘껏 손을 내밀 것이다. 포기하고 주저앉아 일어설 힘조차 없는, 벼랑 끝에 선 모든 내 환자들에게.

제21회 우수상 수상작이다. 글쓴이 박관석은 신제일병원 원장으로 수상 소감에서 "힘든 고비를 넘길 때마다 포기하고픈 순간에도 굳게 제자리를 지키던 우리를 보며 힘을 냈다는 엄마의 감사 고백을 들으며, '세상에 흔들리지 않아야 하는 존재 하나쯤은 있어야 하지 않을까, 또 왜 그것이 우리 의료진이어야 하는가'란 이유를 코로나19 대유행의 어려운 시기를 지나며 다시 한번 돌아보는 계기가 되었습니다."라고 말했다.

# 제2장

# 시간은 다르게 흐른다

"사망진단서 서명을 멈추겠습니다.
다시 환자 옆으로 가겠습니다!"

# 마지막 재회

"이게 몇 년 만인가?"

사회적 거리두기가 해제된 이후, 처음으로 온 가족이 모인 추석날이었다. 그새 아이들은 한 명 빼고 다 초등학생 고학년이 되어 자기네끼리 테이블을 차지하고, 어른들만 따로 모여 앉았다. 서로 어떻게 지냈는지 이야기보따리를 풀고 있는데, 아버지가 지갑을 주섬주섬 만지시더니 '사전연명의료의향서 등록증'을 꺼내시는 것이 아닌가.

"나랑 너희 엄마는 보건소에 가서 이거 다 작성해놨으니까, 혹시 나중에 잘못되면 절대 아무것도 하지 마라."

70세도 안 되신 부모님이 예고 없이 말씀하시니 당황스러웠지만, 행여 자식들이 병시중하느라 고생할까 결정하신 것 같아 이 또한 내리사랑이라 여겼다.

연명치료, 올 한 해 무수히 내뱉었던 단어다. 그동안 수화기 너머로 이 단어를 들었던 자녀들의 마음은 어떠했을까. 사실 대부분의 보호자는 연명치료가 무엇을 의미하는지도 알지 못했다. 그때 연명치료에 대한 의학용어를 단숨에 쏟아내며 당장 그에 대한 답을 해야 될 것 같은 분위기로 몰아갔던 나 자신을 돌이켜보면 낯이 뜨거워진다. 연명치료 거부 의사를 밝힌 환자의 경우, 응급상황이 발생할 때 의료진이 적극적인 치료를 하지 않으면 그만큼 업무 강도가 줄 것이라는 얄팍한 마음 또한 숨길 수 없었다.

코로나19 7차 유행의 정점을 지나가는 지금, 우리는 코로나와 더 친숙해졌다. 코로나19 델타 변이 확산으로 병상가동률이 초비상이었던 2021년 12월, 델타와는 비교할 수도 없는 오미크론 쓰나미 경보에 온 나라가 긴장하고 있었다. 보건당국에서도 병상 확보가 시급하던 그때, 우리 병원은 2022년 1년간 코로나 거점 전담병원으로 병상을 다 내놓았다.

코로나로 인해 두 번이나 코호트 격리를 겪어 코로나 환자 관리에 대해 예방주사를 맞은 병원 식구들이었지만, 2월부터 폭증하는 환자는 이제껏 경험하지 못한 파고였다. 많게는 하루에 40여 명씩 우리 병원으로 신규 환자가 배정되었다. 사망률이 높게 예측된 요양시설과 요양병원의 기저질환 어르신들이 대다수였고, 환자가 입실하기 전 환자별 역학 조사서 및 선별 질문지가 공유되면 의료진이 가장 눈여겨보는 것은 연명치료 여부와 백신 접종력이었다.

오미크론 변이가 전국을 휩쓴 초봄이었다. 요양시설에 계신 80대 이상 분들 중 백신을 맞지 않은 할머니, 할아버지들은 마치 백내장으로 자신들의 수정체가 혼탁해지듯 흉부 CT 검사에서 대부분 '간유리음영'이라는 전형적인 코로나로 인한 폐렴 소견이 나타났다. 또한 산소포화도 저하도 동반되어 치료제 투여와 함께 산소치료는 일상이 되었다.

누가 '오미크론이 가볍다' 했던가? 입원 환자 수가 100명이 넘어가면서 중증으로 악화되는 환자가 기하급수적으로 늘어났다. 그에 따라 환자들의 산소요구도가 높아지며 점점 원내 가동 산소 발생기의 한도 용량에 육박하기에 이르러 전전긍긍했다.

요양시설에서 확진되어 우리 병원과 같은 코로나 거점병원으로 배정될 경우, 보호자들은 환자의 상태를 알 수 없어 답답해했다. 환자의 상태와 검사 결과를 주 보호자에게 매일 전화로 면담하는 것이 의료진의 주된 업무 중 하나가 되었다.

"보호자분, 어르신의 폐렴이 악화되고 피검사에서 염증수치가 많이 증가했습니다. 지금 산소요구도 또한 점점 높아져서 비강캐뉼라로 분당 4리터까지 주다가 마스크 10리터로 올렸습니다. 점차 호흡수도 빨라지는데요. 이제 고유량 산소 주입기를 달아야 될 것 같습니다."

"고유량 산소 주입기요? 그게 뭔가요? 그거 하면 이제 좋아지나요?"

"쉽지는 않습니다. 저희가 산소치료뿐만 아니라 렘데시비르(코로나치료제)와 스테로이드에 항생제까지 쓰고 있어요. 그런데 보유량 산소 주입기를 적용하는데도 포화도가 떨어지면 그다음은 기도삽관 후에 인공호흡기를 달아야 됩니다. 사실 여기서부터 연명치료라고 합니다만 혹시 가족분들은 연명치료까지 동의하시나요, 아니면 거부하시나요?"

대부분 고령 환자의 보호자들은 "연명치료는 하지 않겠다"라고 답했다. 그러면 환자의 의무기록 오른쪽 상단에 'DNR(+)'이라고 모든 의료진이 볼 수 있게 메모해둔다. 누구의 뜻이었을까? 치매 어르신이 그나마 판단력이 남았을 때 혹여 닥칠 자신의 어두운 미래의 선택지를 알렸을까? 아니면 자식들이 상의해서 다수결로 정했을까?

"우리 부모님은 연명치료 거부 의사를 평소에 저희에게 말씀하셨어요"라고 답하는 보호자는 열에 하나였다. 그나마 자녀들이 여럿 있는 경우 무거운 짐을 나눠실 수 있지만 홀로 노모의 연명치료 여부를 결정해야 하는 외동딸의 떨리던 목소리는 아직도 잊을 수 없다.

코로나 감염에 가장 취약한 어르신들을 보호하기 위해 요양시설 접촉 면회가 금지되는 바람에 대부분의 보호자들은 지난 2년간 부모님을 뵙지 못했다. 설상가상으로, 코로나 감염으로 위중하다는 변고를 들으니 마지막 얼굴이라도 한 번 보고 싶은 것이 인지상정이지 않겠는가. 병원 내부 회의에서 위독하신 분들께는 방역복을 착용해서라도 면회를 시행하자고 의견이 모아졌다.

청결구역에 위치한 진료실에서 각종 검사 결과를 모니터에 띄워놓고 환자의 상태에 대해 보호자에게 설명했다.

"여기가 환자의 오른쪽 폐입니다. 정상 부분은 이렇게 검게 보이는데요, 어머님의 폐는 이렇게 뿌옇게, 그리고 하얗게 보이죠. 양쪽 모두 80% 이상 침범한 것 같습니다."

의학적 지식이 없는 보호자가 보기에도 확연히 이상을 감지했는지 한숨과 함께 무거운 발걸음을 이끌고 오염구역으로 향했다.

"보호자분, 일단 저랑 같이 병동으로 가실 거예요. 5분 정도 어머님을 보시고 나오면 좋겠습니다."

병동 앞에서 TV로만 보던 level D 방역복을 입으려니 보호자도 다소 긴장한 얼굴이 역력하다. 수년 만에 자식을 만나지만 방역복을 착용하니 환자 입장에서는 직원인지, 보호자인지 구분할 방도가 없다. 청결구역에서 오염구역으로 이어지는 문들을 열고 중증구역으로 이동했다.

수액이 주렁주렁 매달려 있고, '삐삐' 소리를 내는 모니터 기계, '푹푹'거리는 보유량 산소 주입기 속에서 환자는 자식의 목소리를 알아차릴까?

"엄마, 저예요. 엄마, 괜찮아요? 이렇게 되기 전에 자주 찾아갔어야 하는데, 미안해요. 흐흑……, 사랑해요. 그리고…… 고마웠어요."

치매 어르신은 멀뚱멀뚱 쳐다보며 라텍스 장갑을 낀 딸의 손을 만졌다. 코로나바이러스를 차단하는 마스크와 페이스 실드마저도 50년간 쌓인 모녀의 정까지 막을 수는 없었다. 엄마는 수십 년 전의 고사리 같은 딸의 손을 기억하고 있을까. 그제야 '이 환자분도 누군가의 어머니이자, 누군가의 아내였구나' 하고 다시금 깨닫게 된다.

마지막이 될 수도 있는 눈물의 재회, 그렇지 않길 바랐지만 현실은 냉혹하다.

보유량 산소 주입기는 쉴 새 없이 환자 비강으로 FiO2 100% 산소를 분당 60리터씩 넣어주지만, 결국 폐가 제 역할을 하기 위해서는 환자의 횡격막과 주변의 근육들이 버텨내야 했다. 하지만 삐쩍 마른 노구의 호흡수가 점차 빨라지고 얕게 숨을 내뱉다가 어느 순간 숨이 멎는 그때, '숨졌다'라는 단어의 본래 의미를 마주한다. 보유량 산소 주입기를 환자에서 떼어 내며 "어르신 참 고생 많으셨습니다"란 인사로 마지막 회진을 돈다.

"2022년 3월 15일 14:30분, OOO 사망하였습니다."

지난 1년간 수많은 환자들이 이렇게 세상과 하직했다.

대부분의 요양시설에서 온 환자들은 이레에서 열흘 정도 입원치료 후 기존 시설로 돌아갔다. 코로나19 감염으로 입원 시 국가에서 전액 부담했기에 일정 기간이 지나면 퇴원 권고가 떨어졌고, 합병증에 대한 치료는 환자와 보호자의 몫이었다. 하지만 요양원보다 추가 비용이 더 드는 병원으로 전원이 어려운 가정들이 많았다. 요양원으로 복귀하면 돌아가실 수 있다고 잔뜩 겁도 줬지만 자신들의 삶의 무게가 더 무거웠다. 설득이 되지 않을 때, 괜히 자녀들에게 자책감을 주는 것 같아 더 이상 권하지 않았다.

만나야 될 때가 있다면 헤어져야 될 때도 있는 법이지만, 과연 '어디까지가 최선이며 최적일까?' 지난 1년간 머릿속을 맴도는 풀리지 않는 숙제다.

상한 갈대를 꺾지 않고 꺼져가는 등불을 끄지 않을 다짐으로 오늘도 질문한다.

"연명치료에 동의하십니까?"

---

제22회 우수상 수상작이다. 글쓴이 이도홍은 의정부마스터플러스병원 재활의학과 전문의로 수상 소감에서 "아무리 막으려 해도 코로나바이러스의 거듭된 변이로 저지선이 뚫리고 이미 진행된 폐렴으로 입원한 환자가 나빠질 때, 인간의 지식과 의료의 한계를 느끼기도 했지만 이 또한 거스를 수 없는 자연의 섭리인지도 모르겠습니다. 수년 뒤, 우리나라가 초고령 사회로 진입 후에 이런 감염병이 재유행 시 막대한 의료비와 한정된 의료 자원을 어떻게 분배하는 것이 적절한지, 지난 3년간의 경험이 훌륭한 길잡이가 되길 바랍니다."라고 말했다.

# 거북이의 눈물

　　　　　한 통곡이 끝나면 새 울부짖음이 이어지는 정적 같은 시간이었다. 해안가 그물에 칭칭 걸린 채 아무런 미동도 없이 모래 위에 박혀 있는 거북이 사체를 본 순간.

　저녁에 집에서 차를 마시다가 뉴스를 보았다. 제주도 비양도 인근 해안가에서 죽은 지 15일 정도 지난 것으로 파악된 푸른 바다거북이 사체가 발견되었다는 것이었다. 멸종 위기에 처한 바다거북이의 보호가 절실하다는 뉴스였다. 바닷가에 어지럽게 버려진 어획 도구들, 여러 가지 덫이나 올가미, 주낙 자망 등에 걸린 거북이들에게 절망적인 장면들이 끊임없이 지나갔다.

　알에서 새끼가 깨어나는 모습, 어린 거북이들이 모래사장을 지나 바다로 기어가며 넘어지고 엎어지는 모습과 모래사장에 박힌 거북이 사체 장면이 오버랩되어 지나갔다.

그 순간, 거북이와 죽음 하나로 뭉뚱그려지는 오래된 한 사람이 떠올랐다.

그를 만난 곳은 범천4동 안창마을, 소위 산동네 판자촌이었다. 마을이 언제 생겼는지는 정확히 알 수 없지만 부산에 신발사업이 호황이던 시절, 인근 공장에 다니던 사람들이 집을 지어 형성된 마을이라고 한다. 연탄 리어카가 겨우 들어가던 골목길을 따라 올라가다 중덕쯤에 그의 집이 있었다. 그의 집 바로 옆에 주말마다 하는 무료 진료소가 있었는데, 거기에서 그를 처음 보았다.

그의 성은 김가였다. 사십대 중반으로 키는 작았지만 체구가 아주 좋았다. 힘이 장사였다. 온몸에는 푸른 용 문신이 선명했다. 술을 많이 마셨다. 술을 한번 마시기 시작하면 밥을 먹지 않고 술로 방 안에 쓰러질 때까지 마셨다. 술을 마시지 않은 날에는 갑자기 착해진 아이처럼 조용했다. 초등학교에 다니는 딸과 아들이 한 명 있었는데, 부인은 아이들이 어릴 적 도망을 가버린 상태였다. 주위 사람들은 그를 '거북이'라고 불렀다. 아마 손발이 엄청 크고 힘이 좋아 무섭기도 하지만 평소에는 늘 온순해 거북이를 닮았다고 생각한 것 같다. 그의 직업은 노가다 십장이었다. 건물 공사를 할 때 작업을 안전하고 효율적으로 하기 위해 꼭 필요한 비계 작업, 일명 아시바 작업을 하는 것이었다. 가끔 사람이 떨어져 죽기도 하는 위험한 일이었다. 날씨에 영향을 많이 받아 비가 오거나 바람이 불면 작업을 하지 못하고 쉬어야 했다. 그런 날이면 그와 같이 다니는 사람들이 모여서 술판을 벌이곤 했는데, 술판의 끝은 항상 싸움이었다. 동네가 다 시끄러웠다. 칼부림이 나지 않고 끝나면 그나마 다행이었다.

조금이나마 그를 좀 더 알게 된 것도 술 때문이었다. 그가 술을 먹고 방 안에 피를 토하고 쓰러졌다는 것이었다. 좁은 방 안에 이불이고 옷이고 온통 피로 범벅이었다. 그를 데리고 근처 병원 응급실로 갔다. 술로 인한 간경화와 구토로 생긴 식도 정맥류 파열 때문이었다. 아주 심한 상태는 아니었지만 병원에 일주일 넘게 입원이 필요했다. 입원해 있는 동안 그를 찾아오는 사람은 그의 아이들뿐, 아무도 없었다. 병원에 입원해 있는 동안 자주 같이 있을 시간이 생겼다. 본인의 어렸을 적 이야기와 조폭 생활을 했던 이야기 등 여러 이야기를 했다. 그중에서 아직까지도 기억이 생생한 이야기가 있다.

부산 형제복지원 이야기였다. 80년 전두환 정권 시절에 부랑아들을 사회에서 격리시켜 계도 및 선도한다는 목적으로 거리에서 마구잡이로 잡아다가 시설에 감금하고 잔혹한 일을 자행한 사건을 말한다. 그도 초기에 그곳으로 잡혀갔다고 한다. 그곳은 군대와 다름없는 조직이었다. 힘 좋고 순해 보이는 그는 바로 반장으로 선임되어 간부가 되었다고 한다. 그가 하는 일은 주로 처음 잡혀 오는 사람들이 말썽을 부리지 못하게 패서 순하게 만드는 일이었다. 혹여 높은 담을 넘어 도망가려다 잡히기라도 하면 가혹한 징벌이 있었다고 한다. 주로 쇠못이 박힌 각목으로 죽을 때까지 팼는데, 살이 다 찢어지고 피가 튀어 거의 죽었다고 했다. 다른 사람들이 다시는 그런 생각조차 못하도록 잔인하게 했다고 한다. 형제복지원에서 발표한 사망자만 오백 명이 넘는다고 하니, 그 안에서 무슨 일이 얼마나 일어났는지 상상이 가질 않았다.

그보다 더한 일이 있었다. 복지원 안에는 아이들과 여자, 남자를 분리하기 위해 설치된 철조망이 있는데, 어느 날 그 철조망 너머에 딸과 아들이 있는 것을 보았다는 것이다. 철조망을 사이에 두고, 그들은 그렇게 서로 만났다. 그때 딸은 여덟 살이었고 아들은 다섯 살이었다. 아버지가 갑자기 잡혀가고 아이들도 그 뒤에 잡혀간 것이었다. 여기서 잡혀갔다는 말은, 실은 경찰이 와서 시설에 데려다준 것이다. 그때는 경찰들이 부랑아를 잡아서 시설에 넣어주면 상점이 주어져 승진하는 데 도움이 되었기에 서로 혈안이 되어 아이고 어른이고 가리지 않고 거리를 배회하면 무조건 잡아갔다고 한다. 그는 그렇게 3년 넘게 그곳에 잡혀 있었다.

있는 힘을 다해 살려는 사람처럼 그는 병원을 퇴원하면서 한참 지나도록 그칠 줄 모르는 울음을 쏟아내며 중대 결심을 했다고 말했다. 술을 끊기로 했다는 것이었다. 그 다짐으로 머리도 삭발하고 술은 전혀 입에 대지도 않았다. 일도 열심히 나가고 아이들에게 잘 대해주려고 애도 썼다. 아이들에게도 그에게도 정말 평온한 날들이었다. 그의 모습은 찻잔에 고인 물처럼 고요하고 평온해 보였다.

그러나 삶의 무게를 바꾸는 일이 얼마나 어려운 일인가. 어느 날 그가 술에 잔뜩 취해 있었다. 일하는 곳에서 싸움이 있었다는 것이다. 임금 체불로 건설업자와 불화가 계속 되다 결국 폭력을 행사한 것이었다. 그렇게 시작된 술로 인해 그는 다시 예전의 생활로 돌아가고 말았다. 몇 달이지만 그래도 그런 일이 있고 난 후로부터는 술을 먹고 나면 무척 괴로워하고 자책하는 말을 자주하곤 했다. 술을 다시 마시기 시작한 후부터는 폭력이 더 심해졌다. 폭력성이 심해져 아이들도 무서워 도망가기 일쑤였다.

어느 날 새벽이었다. 다급한 연락이 왔다. 그가 죽었다는 것이었다. 그가 집 입구에 목을 매고 자살을 했다는 것이다. 그의 집은 판자문을 열면 작은 부엌이 있고 그 안에 작은 방이 있는 쪽방의 전형적인 집이었다. 그는 부엌 입구 낮은 처마에 목을 매고 자살을 했다. 그의 죽음을 예상한 사람은 아무도 없었다. 아무리 있는 힘을 다해 종종거려도 도저히 벗어나지지 않는 제 삶, 팽팽하게 끌려가던 목줄을 그만 자신이 당겨버렸는지도 모른다.

연탄재와 쓰레기들이 어지럽게 얹어진 달동네의 추운 맨땅 위에 그는 그렇게 드러누워 있었다. 하나의 생에 그토록 단단하게 결박되었던 몸 위를 햇빛과 바람만 한가롭게 어정거리고 있었다.


좁고 구불구불한 골목길 안 판잣집 양철 지붕 아래, 세상을 향해 사납게 짖던 그의 울음이 둥글게 뭉쳐 있었다. 자신의 힘으로는 도저히 벗어날 수 없었던 현실과 마주한 거북이처럼 죽음으로밖에 벗어날 수 없었던 그의 울음이 고인 자리가 점점 선명하게 보였다.

그의 장례식이 끝나고 나니 아이들이 문제였다. 보호자가 없었다. 어릴 적 도망갔던 엄마를 어렵게 수소문해서 부산 근교 김해에 살고 있다는 것을 알게 되었다. 엄마에게 가는 아이들을 보니 오랫동안 떨다가 깨어져 버린 유리창처럼 툭 건드려주기만 해도 주저앉을 것만 같았다.

넘어지고 뒤집어지더라도 거북이 새끼들이 그러했듯이 바다를 향해 한 걸음 한 걸음 나아가길, 아버지와 거북이가 헤엄치며 눈물을 훔쳤던 바다가 아니라 자유롭고 잔잔한 바다 속에서 늘 평안하기를 기원해본다.

제21회 장려상 수상작이다. 글쓴이 채명석은 부산OK의원 원장으로 수상 소감에서 "늘 사라지는 저물녘은 부드러운 침묵이었다. 침묵 속에서 긴 장대를 쥔 낚시꾼처럼 시간의 강을 건너고 있다. 내일은 또 오늘처럼 지나갈 것을 생각하며 저물녘 지는 해를 바라보고 있다. 지나간 시간은 물속에 잠겨 있는 파도처럼 소리 없이 솟구쳐 눈물과 안타까움을 주고 사라져 간다.' 그를 생각하며 나 자신을 다시 바라볼 수 있어 너무나 소중한 시간이었습니다. 화상으로 많은 아픔을 겪었던 그도 지금은 아무런 아픔 없이 웃는 모습으로 잘 지내고 있길 바랍니다."라고 말했다.

유방암 환자의 군가

# 마지막 소원

"소원이 하나 있는데 들어줄 수 있을까요?"

가쁜 숨을 몰아쉬던 환자는 병실을 나가던 내 손을 꼭 잡았다. 검고 거친 피부, 움푹 파인 볼과 앙상한 손가락 그리고 주위를 떠도는 오래된 냄새가 곧 다가올 할아버지의 죽음을 암시해주는 듯했다. 마지막을 향해 쏜살같이 지나가던 시간도 잠시 멈춘 그 순간, 간절한 염원을 담은 그분의 새까만 눈동자만이 어두운 병실 안에서 빛을 발하고 있었다.

2차병원의 내과 의사로 20년 넘게 근무하다 보니, 죽음을 앞둔 환자들의 유언 같은 소원을 자주 듣곤 한다. 보통의 그것은 낯선 곳으로의 여행, 하지 못했던 일에 대한 소망, 맛보지 못한 음식에 대한 갈망 등 우리가 흔히 예상할 수 있는 버킷리스트 같은 것들이기도, 또는 가족들과의 평범한 아침 식사, 매일 지겹게 출근하던 직장으로의 복귀, 보고 싶은 사람에 대한 그리움이었다. 아마 죽음의 순간을 마주한다면 내 소원도 그중 하나일지도 모르겠다. 그러기에 할아버지의 소원도 별반 다르지 않게 그 언저리 어디쯤엔가 있으리라 추측했다. 하지만 예상은 한참이나 빗나가고 말았다.

소원이란 말을 막상 꺼냈지만, 할아버지는 주저하고 있었다. 어쩌면 담도암이 폐까지 전이되고 흉수까지 차 거친 숨을 고르기 위해서였을지도 모르겠다. 격자무늬의 병실 천장을 응시하던 그분의 눈이 다시 내게로 돌아오는 데는 한참의 시간이 더 걸렸다.

"부탁을 말씀해보세요. 가능하면 들어드릴게요."

간절함을 외면할 수 없었던 나는 대책도 없이 고개를 끄덕이고 말았다. 긍정의 신호에 마디숨을 내쉬던 그분도 용기를 내서 예상치 못한 소원을 천천히 꺼내놓았다.

"실은 어렸을 때 철부지 짓을 좀 했습니다. 당시 친구들과 어울려 다녔고, 모두가 그러는 통에 어쩔 수 없이 등에 문신을 새긴 적이 있습니다. 그걸 지우고 싶어서요."

오래 살고 싶다는 소망이나 그도 아니면 편안한 죽음에 대한 욕심도 아닌, 그저 몸에 새긴 작은 문신을 없애고 싶다니. 의아했지만 사연이 있을 법한 느낌이 들었다.

"무슨 이유인지는 몰라도 왜 진즉에 없애지 않고 이제 와서 그걸 지우려고 하시나요?"

회한이 섞인 눈빛을 허공에 고정한 채, 긴 한숨을 내쉬던 할아버지께서는 그간의 삶에 대한 감춰진 이야기를 내 앞에 풀어놓기 시작했다.

"그동안은 제 삶이 너무 고달팠습니다. 젊은 날 한때의 방황으로 선택할 수 있는 길은 좁을 수밖에 없었어요. 계절이 지나는 것도, 아이들이 커가는 모습도 모른 채 지나가버린 시간은 제게 문신에 대한 존재조차 떠올리지 못하게 만들었습니다. 그런데 죽음 앞에 서니……."

문신을 떠올리지도 못할 정도로 힘들고 굽이치던 그분의 삶, 종착역에 다다라서야 뒤를 돌아보게 되었고 그때 생각난 것이 등에 새긴 젊은 날 어둠의 표식이었다.

"그런데 생각해보니 제가 죽고 나면 염(殮)을 할 텐데 문신이 마음에 걸려요. 제 딸에게는 못났던 아빠의 과거를 보이고 싶지 않아 이렇게 부탁을 드리는 겁니다."

치부를 드러내고 싶지 않은 심정은 충분히 공감이 갔다. 누군들 자신의 어두웠던 과거를 보여주고 싶을까. 하지만 약속과는 다르게 난 고개를 가로저을 수밖에 없었다. 할아버지의 병환이 도저히 허락할 수 없는 상황이었다. 산소공급장치를 코에 낀 채 언제라도 숨이 멎을 수 있는 분을 피부 시술 때문에 병원 밖으로 모시고 나간다는 건 불가능해서였다. 다음 날부터 할아버지의 간절한 눈빛은 더 강해졌고, 급기야는 식사를 거부하면서까지 자신의 고집을 굽히지 않았다.

"어휴, 법 없이도 사셨던 분이 그깟 문신이 무슨 대수라고. 제발 몸 상하기 전에 식사라도 좀 하세요."

침상 곁에 계시던 할머니의 입술은 바짝바짝 말라만 갔다. 다행히 며칠 동안 계속된 할머니의 끈질긴 설득과 간호사들의 달램으로 고집을 꺾으셨지만, 그래도 할아버지는 회진 때만 되면 늘 내게 애처로운 눈빛을 보내곤 했다.

그런 일이 있은 지 얼마 후, 할아버지의 등에 심한 통증이 생겼다. 오랜 침상 생활로 생긴 욕창 때문이었다. 치료를 위해 어쩔 수 없이 엎드리게 한 후 등을 보게 되었다. 그때 내 눈에 들어온 것은 할아버지가 그토록 지우기를 열망하던 어떤 문신이나 젊은 날의 잘못에 대한 표식이 아니었다. 긴 시간 반복되어 긁히고 헤어진 상처 위에 덧대어 생긴, 노을을 닮은 붉고 두꺼워진 피부뿐. 쉼 없이, 오랜 세월 묵묵히 짐을 지고 나른 탓에 그곳에는 아버지로서의 무게만이 고스란히 새겨져 있었다. 난 그분의 등을 스마트폰으로 찍어 보여드렸다. 그러자 말없이 사진을 보던 그분은 빙그레 웃음을 띠셨고, 며칠 후 편안히 눈을 감으셨다.

50년이 넘도록 자신과의 선한 싸움을 싸운 할아버지, 과거를 되돌릴 수는 없었지만 반복하지 않기 위해 노력해온 그분의 삶이 진한 여운을 남기는 밤이었다.

돌아오는 길, 나도 그간의 내 삶을 돌아보게 되었다. 분명 그 길 위에는 화려한 꽃들도, 잘 자란 나무도, 그리고 예쁘게 꾸며진 조형물들도 많이 보였다. 하지만 군데군데 어두운 그림자가 드리워진 응달에는 마주하고 싶지 않은 할아버지의 문신과 같은 것이 숨겨져 있었다. 감추고 싶고 드러내 보이기 싫은, 그리고 차마 마주할 용기를 내지 못하는 것들이.

벌써 내딛는 발 앞에 어둠이 내린다. 앞으로 남은 길을 가면서 나는 어떤 선택을 해야 할까? 덕지덕지 문신으로 뒤덮인 길은 아니어야 할 텐데. 오늘 밤의 진한 여운이 가시기 전에, 과거에 대한 후회로 점철되거나 어쩔 수 없었다고 변명하며 감추기에 급급한 길 대신 내 안의 또 다른 나와 치열한 싸움을 벌이는 길을 선택해야겠다.

비록 힘겨운 싸움이겠지만 그로 인해 생긴 상처와 딱지들로 잘못 새겨진 문신들이 가려질 만큼의 시간을 보내야겠다. 그리고 누구도 피할 수 없는 그 길의 끝에 섰을 때 뒤를 돌아보며 웃을 수 있는 그런 내가 되길 소원한다.

어느덧 내가 향한 길 위에는 어스름한 산그림자가 드리워지기 시작했다. 가을은 제법 이른 저녁이 온다. 노을이 서서히 내려앉은 그 길 위에는 오래전 할아버지의 등에서 보았던 검붉은 세월의 흔적이 또렷이 새겨지고 있었다.

제23회 장려상 수상작이다. 글쓴이 박관석은 신제일병원 원장으로 수상 소감에서 "등에 문신을 새겼던 한 할아버지의 마지막 소원, 젊은 날의 어두웠던 시절에 대한 흔적을 없애달라던 그분의 유언을 들으며 제가 걸어온 길을 돌아보는 계기가 되었습니다. 삶의 마지막 순간에 나는 무엇을 후회하게 될까? 어떤 것들에 미련이 남을까? 그리고 살아온 길을 돌아보며 미소 지을 수 있는 내가 될 수 있을까? 현재의 나에게 던지는 이런 여러 가지 물음 앞에 서게 되었고, 글을 쓰며 하나씩 답을 찾아가는 시간이었던 것 같습니다. 어쩌면 그 답을 알고 있지만 실천하지 못할 뿐이었을지도."라고 말했다.

# 사망진단서

#1
"선생님, 어제 사망진단서를 세 장이나 작성하셨네요. 고생하셨습니다."

아침 콘퍼런스에서 충혈된 눈으로 전날 환자들에 대해 말한다. 세 번 사망 선언을 하고, 사망진단서 세 장에 서명해야만 하는 상황을 담담히 말한다. 낮 시간에 작업 도중 높은 건물에서 추락한 환자, 스스로 목숨을 끊은 환자, 오토바이 사고로 가슴과 배에 피가 나서 수술 중에 버티지 못하고 사망한 환자였다. 마지막 환자의 사망진단서에는 새벽 1시에 한 생명을 마무리하는 도장이 찍혀 나갔다. 총 세 장의 사망진단서에 면허번호와 사망 선언을 한 의사의 서명이 적혀 나갔다.

나도 지금껏 수없이 많은 사망진단서를 썼으며 앞으로 내 면허가 있는 한, 얼마나 더 쓸지 미지수다. 하지만 어떤 사망진단서도 흔쾌히 쓴 적도 없고, 다시 쓰고 싶다는 생각이 들지 않는다. 의사면허를 가진 내가 바라고 해야 하는 것은 사망진단서 서명이 아니라 환자가 회복해 건강히 걸어 퇴원하게 만들어주는 것이다. 수많은 사망진단서가 내 머리를 맴돌고 떠났지만, 너무나 쓰고 싶지 않았던 사망진단서 한 장과 나도 모르게 쓰고는 지워버린 부끄러운 사망진단서 한 장이 내 마음 한편에 계속 남아 있다.

"상태가 계속 안 좋아지면 연락 주세요. 바로 오겠습니다."

사고 직후 달려온 회사 관계자들은 어디론가 전화하더니, 수술 직후 주치의인 내 설명을 듣는척만 하고 자기들이 하고 싶은 말만 한 후 병원을 떠났다. 그 순간 두 다리를 잃고 몸뚱이만 남은 청년은 어떻게든 살아보겠다고 중환자실에서 몸부림치고 있다. 청년은 '코리안드림'을 선물해주리라 믿어왔던 회사 사람들이 이 정도로 매정할지는 몰랐을 것이다. 이미 두 다리는 몸통에서 분리된 상태이고 인공호흡기에 피와 약물이 주렁주렁한 상태로, 마음만은 간절히 다시 고향으로 돌아갈 꿈을 꾸고 있다. 사망진단서를 쓰기 싫었다. 어떻게든 두 다리를 잃어버린 저 청년을 살려야겠다는 마음뿐이었다. 영화 〈국제시장〉에서 독일의 어느 탄광에서 운명한 우리네 할아버지, 아버지들처럼 저 청년을 허망하게 보내기 싫었다.

"기계로 골반 압착 받는 20대 환자입니다. 혈압도 잡히지 않고 의식도 없습니다." 숨이 넘어갈 듯한 119 구급대원의 말과 동시에 밀어닥친 그 청년은 나와 1박 2일을 함께하였다. 다음 날, 내가 그렇게 쓰기 싫었던 그 서류를 쓸 수밖에 없는 상황이 왔다. 수없이 쏟아붓는 피와 수액, 약물에도 그 청년은 버티지 못했다. 몸통과 두 다리가 분리되어 있는 청년의 마지막 살아있다는 생명의 끝자락을 보여주던 모니터 숫자도 방금 0으로 바뀌었다. 집에서 연락을 받겠다며 냉정히 말하고 떠난 회사 관계자는 다른 상사와 함께 왔다. 그들은 청년의 목숨이 궁금하지 않았고, 원하는 것은 단 한가지였다.

"서류 주세요."

회사 관계자의 말을 정확히 풀어 말하면, "사망진단서 빨리 주세요."였다. '빨리'라는 단어가 그들 눈에 또렷이 쓰여 있다. 함께 일하는 회사 동료를 추모하기 위해서가 아니라, 어떻게든 빨리 사건을 처리하고 마무리하고자 내뱉은 차가운 한마디였다.


#2

머릿속으로 사망진단서를 작성하고 있다. 직접사인은 다발성 장기부전, 아니면 패혈증이라고 써야 하나. 썼다 지웠다를 반복한다. 직접사인은 다발성 외상, 구체적으로 개방성 골반뼈 골절이라고 써야 맞다. 이어지는 원인에는 교통사고, 칸이 길게 더 있으면 '25톤 트럭에 깔려 뭉개짐'이라고 쓰고 싶었다. 잊을 때가 되면 다시 쓰는 사망진단서이지만, 어떻게 써야 한 사람의 마지막을 정확히 기록할 수 있을지는 언제나 고민이다. 어쩌면 트럭에 깔려 으스러진 골반 사진을 사망진단서에 첨부해야 가장 잘 설명할 수 있으리라 생각한다. '외인사' '사고' 칸을 체크한 후 사고 시간과 장소를 적으면 마무리된다. 그렇게 머릿속에서 사망진단서가 마무리되어가던 중, 그녀의 머리맡에 있는 모니터 알람

소리가 크게 울려 내 머리를 한 대 때렸다. 그녀는 살아있다. 썩어가는 골반, 다리 근육, 피부를 바라보며 동시에 모니터로 그녀의 혈액과 피부에서 자라는 고약한 균을 보니 암담했다. 그나마 균에 맞는 항생제가 남아 있다는 사실이 위안이 되었다.

지난가을이다. 소리가 아니라 뼈와 살이 으스러지는 절규다.

"너무 아파요. 허벅지, 다리가 너무 아파요. 아파 죽겠어요."

"이제 자게 해줄게요. 지금부터 안 아프고 잠들게 해줄게요."

그녀를 강제로 잠들게 하고, 입안에 관을 억지로 넣어 인공호흡기에 숨을 맡겼다. '아파 죽겠어요'는 그녀가 이 세상에서 내는 마지막 목소리가 아니고, 분명 다시 살아나서 고통스러운 절규가 아닌 아름다운 목소리로 다시 말하리라 나는 믿었다. 그러나 최악의 경우, 마지막 그녀의 목소리를 들은 사람이 내가 될지도 모른다는 두려움은 항상 있었다.

인간이 어디까지 다칠 수 있는지 한계를 보여주고, 몸이 '산산조각 으스러진다'라는 말은 그녀에게 해당한다. 사람의 몸은 내부 장기와 뼈를 보호하기 위해 근육, 피하지방, 피부로 단단하게 겹쳐져 있다. 그녀는 자신의 몸보다 수백 배 무겁고 커다란 트럭에 깔렸다. 골반뼈 반쪽이 으스러지며 한쪽 골반부터 엉덩이, 허벅지에서 다리까지 피부, 근육이 떨어져 나갔다. 119 구조대에 실려온 그는 한쪽 엉덩이부터 허벅지까지 피부가 덜렁거리며 피가 줄줄 흐르고 있었다. 뼈부터 치료를 시작해야 할지 골반 근육, 피부, 혈관 중 어디부터 시작해 살려내야 할지 도저히 가늠이 안 됐다. 25톤 트럭에 깔린 그의 몸통에 골반과 허벅지가 붙어 있는 자체가 기적이었다.

허겁지겁 달려온 가족, 남편은 환자의 상태를 듣고 무작정 울기만 했다. "꼭 살려주세요"라고 말하며 눈물만 하염없이 흘렸다. 나는 남편을 보며 "25톤 트럭에 깔렸는데……"라며 말끝을 흐렸다.

　오직 생존을 위해 치료를 하나하나 시작했다. 피부와 근육 일부 봉합, 골반뼈 임시 고정, 인공항문 수술을 했다. 수술하는 동안 그녀는 잘 버텨주었다. 하지만 나는 입, 코, 목에 관이 주렁주렁 달린 아내를 보며 매일 눈물만 쏟아내는 그녀의 남편에게 어떤 말도 할 수 없었다. 남편은 어제도 오늘도 같은 말만 한다. 고개를 푹 숙이고 뚝뚝 떨어지는 눈물을 훔치며 말한다. "꼭 살려주세요. 꼭 살려주세요."

　"살아있다는 게 기적입니다. 최선을 다해 치료하겠습니다." 나 또한 매일 같은 말만 반복했다.

　새로운 문제들이 생겨났다. 살아있다는 자체가 기적인 그녀의 피부, 근육, 뼛속으로 파고드는 감염을 도저히 막을 수 없었다. 썩어가는 근육과 피부를 수차례 도려내는 중에 의식이 없어지고 동공 반응이 사라졌다. 처음 다칠 때 허리뼈 안 척추신경을 싸고 있는 막이 손상되었다. 썩어가는 엉덩이 근육이 가까스로 버티던 그 막까지 쳐들어가 뇌척수액이 쏟아져 나왔다. 뇌를 보호하는 뇌척수액이 빠져 뇌가 붓고 의식은 없어졌다. 설상가상보다 더하게 생명의 끝자락 낭떠러지로 떨어지고 있는 그녀다. 엉덩이, 허벅지가 썩고 뇌가 부어가면서 의식 없는 그녀는 깨어나지 못하고 있었다. 내 눈앞에서 그녀의 몸이 썩어가며 저 깊은 뇌 속까지 생명의 추를 갉아먹고 있다.

　나도 모르게 마음속으로 그녀의 사망진단서를 적고 있었다. 피부이식 전문 의료진과 시설이 부족한 이곳에서 계속 치료하는 건 불가능하다고 판단하여, 썩어가는 피부와 근육이라도 살리기 위한 마지막 희망으로 화상 전문병원으로 전원가기로 결정하였다. 나와 매일 울음으로 함께 치료하던 남편은 전원 직전 마지막 남은 눈물을 울컥 쏟으며 꾸벅 인사했다.

"나중에 와서 꼭 인사드리겠습니다."

눈물과 함께 마지막 인사를 남기고 떠나버린 남편과 그녀가, 나도 모르게 쓴 사망진단서와 함께 내 머릿속 어딘가로 사라졌다.


"안녕하세요."

그녀가 환하게 웃으며 말한다. 내가 머릿속으로 사망진단서를 썼던 그녀가 내 앞에 있다.

외래 환자 명단 화면에 그녀의 이름이 있다. 지난가을 기억에서 지우고 싶은 이름이다. 울부짖는 목소리와 비참하고 잔인하게 으스러진 골반과 허벅지가 아직도 생생하다. 중증외상 환자가 해가 지나 외래 진료를 예약하는 경우는, 대부분 미처 받아가지 못한 서류나 보험회사 직원이 대신 진료 기록을 받으러 올 때다. 다시 생각하고 싶지 않은 처참했던 그날을 생각하며 나는 혼자 괴로워하고 있었다. 나는 환생을 믿지 않는다. 믿는 종교도 없고 권역외상센터에서 중증외상 환자들의 수많은 죽음과 내가 쓴 사망진단서 날짜는 결코 변하지 않기 때문이다. 문이 열리고 휠체어를 타고 방긋 웃으며 남편과 함께 들어오는 그녀가 보인다. 지난가을 사고 직후 잠들기 직전 마지막 그녀 모습을 기억하기에 단번에 알아봤다. 이 병원을 떠나기 전 여러 관들을 꽂고 퉁퉁 부은 얼굴과는 달리 너무나도 건강한 모습이다.

내 머릿속 구석에 들어 있는 사망진단서를 얼른 찢어버렸다.

우리는 삶의 마지막 한 장 서류에 관해 생각해야 한다. 인생은 손을 움켜쥐고 태어나서 펼치며 마감한다. 동시에 출생증명서와 사망진단서에 적힌 의사 서명으로 하나의 삶이 시작되고 마감된다. 그 서류 한 장을 어떤 이는 빨리 받아서 처리해버리려고 하고, 다른 누군가는 어떻게든 받지 않고 생명의 끈을 더 이어가려고 한다. 한편에서 그 서류를 쓰는 사람은 어떤 내용을 쓸까 고민하기도 하며, 미리 머릿속에 써보기도 한다. 누군가는 매일 반복해서 쓰지만, 받아들이는 가족은 절대로 받고 싶지 않은 한 장의 종이다.

우리 삶을 서류 한 장으로 마무리할 수는 없다. 그리고 어느 누구도 그 서류를 강요할 수 없다. 삶에 대한 의지, 생명에 대한 목적은 누구에게나 평등하다. 비록 골반 아래가 으스러지고 부서진다 하더라도 가슴 안에 심장은 누구보다 뜨겁게 뛰고 있다. 서류를 재촉하며 빨리 사건을 마무리하고 싶은 그 이기적인 회사 관계자들에게 보란 듯이 청년의 심장이 뛰고 있으며, 두 눈 속에 고향을 그리워하는 마음이 아직 남아 있다는 것을 보여주고 싶었다. 하지만 나는 사망진단서에 '직접사인: 다발성 장기부전, 원인: 대량출혈, 개방성 골반골절, 작업 도중 깔림'이라는 글자밖에 적어내지 못했다. 적을 수 있는 빈칸이 더 있다면 '육신은 사망하였지만 청년의 영혼은 아직 살아있어, 고향 네팔로 떠났습니다'라고 적어내고 싶다.

청년이 떠난 후 수없이 많은 사망진단서에 내 서명과 면허번호가 찍혀 나갔다. 청년이 떠났던 가을이 다시 온 어느 날, 나도 모르게 심장이 뜨겁게 뛰는 그녀의 직접사인을 무엇이라 적을지 고민하는 나를 발견하고 스스로 반성했다. 사망진단서에 적어내는 직접사인과 그에 따른 원인이 한 삶을 마감하는 마지막 서류이며, 거꾸로 그 환자의 문제를 한 줄로 적어내는 것이다. 내 면허는 사망진단서를 쓰기 위한 것이 아니라 어떻게 하면 환자를 살려서 가족의 품으로 행복을 위해 가는 역할을 하기 위해 필요하다.

우리 중 누구도 삶의 마지막을 알지 못한다. 마지막 순간이 자신에게 다가올 때까지도 생명의 끝맺음인 사망진단서의 서명을 잠시 멈추고 다시 환자를 생각하며 의사와 환자를 연결한 마지막 끈을 놓지 않는다면 환자는 살 수 있다. 낭떠러지 끝에 서 있는 환자와 가족이 유일하게 기댈 수 있는 주치의가 희망을 버리지 않는다면 반드시 살아 돌아온다.

"사망진단서 서명을 멈추겠습니다. 다시 환자 옆으로 가겠습니다."

제21회 장려상 수상작이다. 글쓴이 문윤수는 대전을지대학교병원 외과 교수로 수상 소감에서 "글 제목 〈사망진단서〉처럼 사망진단서를 작성하고 마지막 클릭, 전자서명을 한 날에는 무거운 마음이 가득합니다. 무거운 마음 한편에는 대신 더 많은 환자들을 위하고 살리려 노력해야 한다는 채찍으로 알고 있습니다. 글에 나온 마음속에 사망진단서를 작성하였지만 살아난 환자는 지금도 건강히 잘 회복하여 건강하게 살고 있을 것이라 믿습니다. 그리고 다시 한번 환자에게 감사드립니다."라고 말했다.

## 운명의 무게, 430g

병원이 삶과 죽음 사이에 놓인 간이역이라면, 그 입구는 응급실이라고 할 수 있다. 사람들은 언제나 갑작스럽게 와서 어디론가 홀연히 떠나곤 했다. 역 입구는 운명을 기다리는 손님들로 인해 늘 소란이 끊이지 않았다. 그날도 마찬가지였다. 응급실에 와보니 응급의학과 선생님이 한쪽에서는 사고를 당해 피를 흘리고 있는 환자를 처치하고, 다른 한쪽에서는 심장정지 환자를 심폐소생술 하느라 정신없었다. 나는 그 난장판을 가로질러 달려갔다. 도착한 곳은 응급실 접수처, 어떤 남자가 잔뜩 화가 난 상태로 고함을 치고 있었다.

"이게 다 산부인과 진료를 늦게 봐줘서 그런 거 아니야! 급하다고 해서 응급실에 왔는데도 말이야, 어? 내가 절대로 가만히 안 있을 거야!"

응급실에서 호출을 받았을 때 대략적인 상황을 들어서 각오는 하고 있었으나, 그의 모습을 보니 가슴이 두근거리고 입술이 뻣뻣해지는 것을 어찌할 수가 없었다. 나는 침을 꼴깍 삼킨 뒤 남자에게 다가갔다. 그는 응급실로 온 산모의 남편이었다. 산모는 그동안 별다른 이상 증상이 없었는데, 오늘 다니던 산부인과 의원에서 갑자기 자궁 입구가 열렸다며 조산할 수 있으니 빨리 대학병원을 가보라고 해서 온 것이었다. 아마도 '자궁경관무력증'을 말하는 모양이다. 의원은 산모에게 대학병원에 가서 자궁 입구를 묶어주는 수술을 하면 아기를 살릴 수 있다고 말했다. 의원이 분명 낙관적인 부분만 말하지는 않았을 것 같지만, 남편은 아무튼 그랬다고 주장했다. 그런데 산모가 응급실에 도착하여 한두 시간을 대기하는 사이에 양수가 터져버렸다. '조기양막파열'이었다. 하필이면 그때 말이다. 산모의 주수는 불과 20주밖에 되지 않았다. 분만예정일은 임신 40주이므로 딱 절반된 시점이고, 의학적으로 '유산'으로 정의되는 기준을 이제 막 넘긴 시점이다. 오도 가도 못하는 상황이었다.

허망하나 한편으로는 의사도 억울한 일이다. 양수가 언제 터질지는 아무도 예상할 수 없고, 심지어 원인조차 알 수 없다. 양수는 응급실을 가는 중에 터질 수도 있고, 산부인과 진료를 보고 입원한 뒤에 터질 수도 있다. 아무리 따져봐도 이 상황을 설명해줄 수 있는 단어로는 '운명'밖에 떠오르지 않았다. 그러나 야속한 운명은 의사와 환자만 남겨놓고 한 발짝 물러나 지켜볼 뿐이다. 남편에게는 당장 어떠한 설명도 의미가 없었다. 그의 분노가 절박한 외침임을 모르는 것도 아니었다. 그저 나는 세찬 비처럼 욕을 맞을 수밖에 없었다. 첫 만남부터 말이다.

남편을 어찌어찌 달랜 뒤 응급실 진료 구역으로 돌아와 산모에게 갔다. 그녀는 남편과는 달리 오히려 차분해 보였다. 눈물로 젖은 휴지를 꼭 쥔 손에 눈길이 갔다. 우선 상황을 확인하기 위해 산모를 초음파실로 옮겼다. 초음파를 보기 전에 아래를 확인해보니 검사를 더 진행할 필요도 없을 정도로 물이 줄줄 새고 있었다. 혹시나 질 분비물을 착각한 것이 아닐까 하는 일말의 희망은 여지없이 무너졌다. 나는 진찰 결과를 산모에게 설명했다. 이 와중에도 시트는 계속 젖고 있었고 베개 또한 마찬가지였다. 불 꺼진 초음파실에서 그저 태아의 심장 소리만이 공허하게 박동했다. 그녀는 내게 물었다.

"선생님, 저랑 아기는 어떻게 되는 건가요? 어떻게 하면 좋죠? 제가 할 수 있는 건 뭐든 다 할게요!"

'조기양막파열의 치료'라고 말하는 이런저런 방법이 있긴 하지만 결국은 시간이 약이다. 얼마나 많은 시간을 태아에게 공급해줄 수 있을까. 현재 교과서는 태아 생존의 최저 주수를 24주로 보고 있다. 따라서 24주 이전의 조기양막파열은 분만을 권장하는 편이다. 즉, 안타깝지만 사산이다. 그러나 간혹 기적은 일어난다. 어디서 23주, 아니 22주 태아도 태어났는데 살렸다더라 하는 뉴스의 주인공이 나도 될 수 있을지 모른다. '20주도 2주만 더 끌면 22주인데, 조금만 더 끌면 23주인데, 24주인데……' 하는 식으로 셈을 해본다. 최선을 다한다느니, 한계에 도전한다느니, 포기하지 않는다느니 하는 그런 멋있는 태도 같은 것이 아니다. 통계적인 운명을 알지만, 눈앞에서 뛰고 있는 생명을 보면 항상 생기는 미련이었다. 그러나 의사가 아무리 발버둥을 쳐도 운명은 무심하게 자기 할 일을 하곤 했다. 양수가 터진 산모는 대부분 일주일 내에 분만하며, 오래 끈다고 해도 한 달을 넘기기 어렵다. 산모는 고작 20주, 의사가 '혹시나'라고 희망을 주는 것이 되레 고문일지도 모른다.

설명을 들은 산모는 한동안 말을 잇지 못했다. 각오는 했겠지만 설마

이 정도였을 줄은 몰랐을 것이다. 이제는 눈물마저 흘리지 못했다. 가망이 없으니 빨리 포기해야 하는 건지, 끌겠다고 해도 지금으로부터 얼마나 버틸 수 있을지, 그렇게 하면 희망의 끝자락이라도 간신히 붙잡을 수 있기나 하는지 고민하는 시간이 나와 산모를 무겁게 짓눌렀다. 그녀는 잠시 눈을 감았다 뜬 뒤 떨리는 목소리로 말했다.

"선생님……, 전 그래도 해보는 데까지는 하고 싶어요……."

산모가 이 말을 하기까지 얼마나 많은 생각을 했을까. 짧은 정적마저 너무나 길게 느껴졌다. 그러나 그리 결정했다면 그녀의 향후 일정은 더욱 가늠할 길 없는 긴 기다림이 될 것이다. 그 끝이 언제가 될지, 그리고 기다리고 있는 건 무엇일지 나도 알 수 없었다. 내가 해줄 수 있는 건 어쩌면 그녀의 각오를 응원해주는 것뿐일지도 모르겠다.

"네, 알겠습니다. 사실 저번에 비슷한 상황의 산모분이 있었는데 의외로 오래 끌었어요. 아기는 어쩔 수 없이 미숙아로 태어나긴 했지만 지금도 신생아 중환자실에서 크고 있고요. 기적을 바라야 하는 상황은 맞지만, 산모분이 포기하지 않겠다고 결정하셨다면 저도 최선을 다할게요!"

그러나 현 상황에서 치료는 기적으로 향하는 희망찬 발걸음보다는 절망에서 도망치는 치열한 발버둥에 가까웠다. 목표는 어떻게든 임신상태를 하루라도 더 끌어서, 만일 태아가 나오더라도 생존할 수 있는 주수까지 버티는 것이다. '버틴다'라는 단어에 담긴 처절함은 이루 말할 수가 없는데, 산모가 할 수 있는 건 그저 침대에 누워 있는 것뿐이었다. 서로 다른 이 긴박감은 일상을 기묘한 엇박자로 변주했다. 하루가 지나갈 때마다 안도의 한숨을 쉬는 한편, 기존의 통계연구를 통해 예견

된 운명의 날이 다가오는 것을 불안한 마음으로 지켜보았다.

　다행히 일주일이 무사히 지나갔다. 매일 회진을 돌며 "오늘도 괜찮지요?"라는 대화만 하는 것도 다소 식상한 느낌이 들어 산모와 이런저런 이야기를 좀 더 나누기도 했다. 20대 후반부터 30대 중반까지 자신의 학문과 직업의 성취를 위해 노력했고 이제야 좀 여유가 생겨 어렵게 가진 아기라는 이야기, 아무리 생각해봐도 일도 무리한 적 없고 산전 진찰도 그전까진 정말 아무런 문제가 없었다는 복기(復棋), 16주에 아기의 예상 성별을 알게 되었을 때의 감동 등을 말이다. 여느 평범한 임신 이야기 같은 것일지도 모르지만 우린 마치 지나간 일을 추억하듯 대화를 나누었다. 회진의 끝은 늘 비슷한 인사였다.

　"그래요. 그럼…… 오늘도 누워서 파이팅이에요!"

　산모가 입원한 지 일주일 하고 3일이 지났다. 잘하면 이대로 24주까지 끌 수 있을지도 모른다고 생각하며 출근했다. 어쩌면 긴장이 좀 풀린 것일지도. 그러나 병실에 도착해보니 산모의 상태가 평소와는 좀 달랐다. 피가 섞인 분비물도 나오고 배도 조금씩 아프다고 했다. 자궁수축 모니터를 보니 수축이 있었다. 항생제와 자궁수축억제제 같은 약은 이미 입원할 때부터 계속 들어가고 있어서 더 해줄 수 있는 게 없었다. 아무래도 운명의 날은 오늘인 듯했다.

　21주 3일, 태아는 400g이 될까 말까 해 보였다. 생존 가능성이 없다는 건 잘 알지만, 뉴스를 찾아보면 항상 기적을 말하므로 혹시나 하는 마음이 생겨 소아청소년과 교수님께 문의를 드렸다. 산부인과는 소아청소년과에 항상 빚을 지고 있는데, 무리한 부탁을 또 드리려니 죄인이 된 기분이지만 어쩔 수가 없었다.

"교수님 항상 부탁만 드리게 되니 죄송합니다. 다름이 아니라 지난주에 20주 조기양막파열되어 입원 중인 산모가 있는데, 오늘이 21주 3일이고 태아 예상 체중은 430g 정도인 상황입니다. 태아 생존이 어려운 상황인 것은 산모도 충분히 알고 있고 그런데도 최대한 끌어보길 원하여 입원해 있었는데 아무래도 오늘 분만하게 될 것 같습니다……. 그래서 많이 이르긴 하지만 혹시 소아청소년과에서 소생 시도를 해볼 수 있는 상황인지 문의드립니다."

교수님은 내 말을 끝까지 다 들은 뒤 차분히 말했다.

"선생님, 21주 3일은 아닌 거 같아요. 그러니 혹시나 하는 마음으로 추가적인 검사나 처치, 수술을 하는 것도 안 하시는 것이 좋겠어요. 저희가 만에 하나라도 소생술을 한다고 하더라도, 산과학 지침에서 그 주수는 생존이 어렵기에 끄는 것도 권장하지 않는 걸로 아는데……."

"네, 교수님. 저도 지침은 잘 압니다. 그런데 만약이라는 게 있지 않습니까. 의외로 어찌저찌 더 끌면 애매하게 생존 가능성이 있는 주수가 될 것 같기에 문의드렸습니다."

"네, 알겠습니다. 제가 산모분 면담은 하겠습니다. 저희가 소생술을 할 수 있지만, 신생아 중환자실조차 못 들어갈 가능성이 높아요. 아무리 생각해도 21주는 아니에요, 선생님. 적어도 22주는 넘기고 우리 다시 이야기해요."

소아청소년과 교수님과의 대화는 일단 그렇게 마무리되었다. '우리 다시 이야기해요'라……, 아무래도 그런 날은 올 것 같지 않았다. 그날 저녁 산모의 복통은 강도가 더 심해지고 규칙적으로 발생했다. 의사가 아니라도 진통임을 알 수 있었다. 어제까지만 해도 따뜻한 보금자리였던 자궁은 태아를 밀어내는 거센 파도를 만들고 있었다. 격류 앞에 무기력하게 서 있는 나의 역할은 그저 결론을 지어주는 것이었다. 사망이 아닌 어떤 죽음의 선고를 한 단어씩 지르밟았다.

"산모분, 그동안 너무나 잘해줬고…… 저도 가능한 할 수 있는 건 다 했고…… 아마 아기도 최선을 다했을 겁니다. 그러나 이번은…… 여기까지인가 봐요."

산모는 울지 않았다. 입술을 굳게 다문 채 고개를 한 번 끄덕였다. 때가 임박하자 우리는 장소를 옮겨 태아를 맞이할 준비를 했다. 내진하자마자 느낄 수 있었던 건 태아의 발이었다. 태아는 거기까지 빠져나와 내 두 손가락을 톡톡 차고 있었다. 여느 상황이었다면 "이 녀석! 발차기 솜씨가 축구 선수감이네!"라고 했을까? 그러나 난 이별을 마중 나온 사람이었다. 산모가 힘을 몇 번 더 주자 태아는 미끄러지듯 빠져나왔다. 축 늘어진 태아를 받아 포에 옮기면서 산모에게 혹시 태아를 보고 싶은지 물어봐야 하나 고민하던 그때,

"끼잉—"

갓 태어난 포유동물 같은 소리가 들렸다. 산모가 이걸 들었을까. 괜히 들어서 그녀의 가슴이 무너지는 건 아닐까 싶어 순간 당황스러웠다. 그녀의 반응을 살짝 살폈으나 알 수 없었다. 태아는 이후 더는 움직이지 않았다. 조금 전 울음소리가 세상에 나온 태아의 첫인사이자 유언이었다. 이름 없는 존재로 몇 초뿐이긴 했지만, 그것도 '인생'이었음을 말하는. 난 태아를 포로 덮어주었다. 그리고 그 위로 손을 올려 잠시 토닥토닥하며 마음속으로 유언에 답했다.

'고생 많았는데 미안…해……. 잘 자렴, 아가……'

그날 밤, 일정을 마치고 병원을 나가는 길에 산모의 남편과 마주쳤다. 걸어오던 그의 표정이 허망한 듯 씁쓸해 보였다고 생각하는 건 단지 내 기분의 투사일 뿐일까. 그는 나를 보고는 응급실에서의 첫 만남을 기억하는지 멋쩍게 "수고하셨습니다"라고 인사하였다. 나도 "고생 많으셨습니다"라고 고개 숙여 인사한 뒤 어디 가시는 길인지 여쭤보았다. 그는 장례식장이라고 했다. '아, 그렇구나' 하고 보니 그의 옆에 서 있는 병원 직원이 눈에 들어왔다. 직원은 보자기에 싸인 작은 상자 하나를 양손으로 들고 있었다. 내용물이 무엇인지 말하지 않았으나 무게는 분명 430g일 것이다. 생도 신고하지 못했는데 죽음을 신고한다는 건 시작이 없는 끝처럼 무언가 결여된 느낌을 지울 수가 없었다. 차트에도 기록되지 않는 태아의 인생은 어디에 보관해야 알맞은 것일까. 적어도 그와 나의 인연만큼은 덜어내어 가슴속에 담아 두기로 했다.

제21회 장려상 수상작이다. 글쓴이 허지만은 고려대학교안산병원 산부인과 교수로 수상 소감에서 "인생은 '사망 선고'로 끝나지만, 시작은 언제부터인가는 오래된 논쟁거리입니다. 다만 서류상으로는 출생 신고부터 사회적 인생의 시작이라고 할 수 있겠습니다. 모든 환자와 산모가 태어날 때부터 사회로부터 부여받은 주민등록번호와 이름을 가지고 병원에 옵니다. 신생아 또한 태어나자마자 번호를 부여받고 입원합니다. 그렇기에 '이름 없이' 병원에 와서 '번호 없이' 갔던 인생에 대해 한번 같이 생각해보고 싶었습니다. 그 모호함과 애절함 등을 말입니다."라고 말했다.

# 언제든, 어디에서든

퇴근 후, 너른 백화점 안에서 여러 번 길을 헤매다 결국 안내도를 보고서야 유아동 코너를 찾을 수 있었다. 보기만 해도 분유 냄새가 나는 것 같은 나풀대는 작은 옷들이 주변에 수없이 널려 있었다. 잠시 머뭇대다 가장 가까이 있는 매장으로 들어갔다. 웃는 낯의 직원이 재빨리 따라붙었다. '선물'이라고 입을 떼자마자 질문이 이어졌다.

"지금 아기가 몇 개월이죠?"

"36주 4일이요."

"아, 애가 아직 태어나지 않은 건가요?"

"아뇨, 아기가 미숙아예요."

"어머, 그러시구나. 아기 엄마가 걱정이 많으시겠네요."

호들갑을 떠는 중년의 직원에게 대충 웃으며 고개를 끄덕였다. 맞다. 이주연 아기는 미숙아다. 32주 5일로 태어난 아기. 상태가 그리 나쁘지 않아 한동안 신생아 중환자실의 중간 구역에 있다가 지금은 정상아실로 자리를 옮긴 아기. 한 손바닥에 다 들어오는 동글동글한 머리통과 조그마한 얼굴이 귀엽기 그지없고, 얇게 진 쌍꺼풀과 오뚝한 코가 조화로운 아기. 나는 수수한 배냇저고리를 권하는 직원에게 고개를 저었다.

"저기에 있는 핑크색 양이 그려진 걸로 하고 싶은데요."

"저건 유기농 면이라 다른 것보다 가격이 좀 나가는데. 선물용으로야 뭐, 너무 좋죠."

나는 유기농 면 배냇저고리와 그 위에 입힐 우주복, 아이를 감쌀 외출용 이불에 모자, 양발, 신발까지 모조리 다 보여달라고 했다. 한참을 고민하다가, 가장 비싸고 좋은 것들로 계산했다. 양손 가득 쇼핑백을 들고 백화점을 나섰다. 택시 기사에게 병원 주소를 말하고 나서 좌석 시트에 깊게 몸을 묻었다. 곱게 포장된 아기 옷들을 보자 마음이 기쁘기보단 착잡했다.

신생아실에 도착한 나를 보자 당직 간호사가 의아한 표정을 지었다.

"선생님, 퇴근한 거 아니었어요? 뭐 잊고 가셨나요?"

"아뇨, 저기…… 이거."

나는 잠시 주춤대다가 양손에 든 쇼핑백을 간호사에게 내밀었다. 쇼핑백의 내용물을 확인한 간호사가 한층 더 의아한 표정을 지었다.

"아기 옷이네요? 이거 선생님이 사셨어요? 왜요?"

"그게, 내일……."

"네?"

"이주연 아기 가는 날이 내일이잖아요. 옷이라도 새 것을 입혀 보내는 게 모양이 좋을 것 같아서, 그래서 백화점 간 김에 그냥……."

주절주절 변명하듯 말을 잇는 내 손을, 어느덧 가까이 다가온 간호사가 가만히 모아 잡았다. 전해져오는 체온이 따뜻했다. 그녀는 다 알겠다는 듯 고개를 끄덕였다.

"이주연 아기, 선생님이 많이 예뻐하셨죠. 무슨 마음인지 알겠어요. 아기들 퇴원할 때 다들 새 옷 입고 가는 거 보고 사 오신 거죠?"

나는 말없이 고개를 끄덕였다. 입을 열었다가는 목 멘 소리가 나올 것 같았다. 그 옷의 주인인 이주연 아기는 내가 지난 한 달 동안 참 예뻐했던 아기였다. 나는 전공의 2년 차였고 전체 신생아실 주치의를 맡은 지 두 달이 조금 넘은 상태였다. 신생아 중환자실의 일은 언제나 벅찰 만큼 많았지만 나는 매번 시간이 날 때마다 이주연 아기에게 손수 분유를 먹였다. 당직 날 밤이면 품에 오래오래 안아 토닥이며 잠을 재웠다. 내가 잠잘 시간도 부족했지만 평온하게 눈을 감은 모습이 너무 예뻐 품에서 내려놓고 싶지 않았다.

그렇게 예쁘고 고운 아기인데, 그동안 아무도 면회 오는 사람이 없었다. 아기의 엄마와 아빠는 모두 고등학생이었다. 결혼한 상태도 아니었고, 의도치 않은 임신이었기에 누구도 아기를 키울 수 없다고 했다. 결국 아기는 아무도 찾지 않는 신생아실에서 한 달을 보낸 후 다음 날이면 아동복지회로 떠나게 되어 있었다. 그동안 그런 아기들을 보지 않은 것은 아니었지만, 이상하게 유독 이주연 아기에게는 마음이 갔다. 마치 누구도 자신을 원하지 않은 것을 알기라도 하는 양 잘 울지도 않고, 울어도 금방 멈추던 아기. 조심스레 안아주면 얼굴을 내 품 쪽으로 돌리고 새근새근 금방 잠에 빠져들던 아기. 분유를 먹인 후 가만히 세워 안고 있을 때면 풍겨오던 그 달달한 아기 냄새가 얼마나 사랑스러웠던가.

그런 착하고 예쁜 아기가 그저 아무 무늬 없는 뻣뻣한 흰 옷을 입고 병원을 떠나는 것이 나는 못내 마음이 쓰였다. 그러니까 내가 산 아기 옷은 이주연 아기를 위한 처음이자 마지막 선물이었다. 떠날 때만이라도 누구 못지않은 좋고 예쁜 옷을 입고 가라고, 그러고 싶어서.

"선생님, 어쩜 이렇게 잘 어울리는 걸 골라오셨나 몰라. 너무 예쁘네요."

간호사들의 호들갑에 나는 슬쩍 새 옷을 입은 아기를 돌아보았다. 조금은 큰 듯한, 하지만 색과 무늬가 들어간 새 옷을 입은 아기는 정말 귀엽고 예뻤다. 아무것도 모른 채 천진한 표정으로 옷소매 부분을 빨고 있는 아기를 잠시 쳐다보다가, 얼른 핑계를 대고 신생아실을 빠져나왔다. 새 옷을 입은 것을 보면 마음이 괜찮을 줄 알았는데 어쩐지 더 서글퍼졌다. 저렇게 귀여운데, 저렇게 사랑스러운데…… 심란함에 나는 그날 밤 맥주 두어 캔을 앞에 두고 오래도록 잠들지 못했다. 고작 내가 해줄 수 있는 일이라곤 옷 한 벌 사주는 것밖에 없구나, 하는 생각이 자꾸만 맴돌아서.

다음 날은 내내 일에 집중이 되지 않았다. 이주연 아기가 떠나기로 한 시각은 오후 한 시경이었다. 나는 서둘러 신생아실 보호자들과의 오전 면회를 마쳤다. 점심을 먹으러 가자는 동기들에게 핑계를 대고 신생아실에 남았다.

"선생님, 마지막으로 한 번 안아주세요."

복지사가 밖에서 기다리고 있는 와중에 간호사가 주변에서 서성대는 내게로 이주연 아기를 내밀었다. 일부러 아침부터 아기 쪽으로 눈을 돌리고 있지 않던 차였다. 보면 마음만 더 아플 것 같았다. 나는 어색하게 웃으며 고개를 저었다.

"괜찮아요. 저기 복지사님도 기다리고 계시는데 얼른 가야죠."

"그러니까 어서요, 선생님. 아기도 선생님을 마지막으로 보고 싶어할 거예요."

나는 머뭇대다 아기 쪽으로 고개를 돌렸다. 내가 전날 사온 옷을 입고 조그만 양말에 모자까지 쓴 아기는 평소보다 몇 배는 더 귀해 보였다. 그 모습을 보자, 차마 더는 외면할 수가 없었다. 나는 아기를 받아들어 품에 꼭 끌어안았다.

"어머나, 아기가 웃네요. 얘 웃는 거 처음 보네."

나는 가만히 아기를 쳐다보았다. 처음보다 살이 붙은 아기의 얼굴에 미소와 함께 조그만 볼우물이 패여 있었다. '어쩐지 눈이 마주친 것 같아' 하고 생각한 순간 아기가 까르르, 하며 소리 내어 웃음을 터뜨렸다. 정말 간호사들의 말대로 처음 보여주는 웃음이었다. '이곳이 천국이라면 이 아기는 천사겠구나' 싶을 정도로 아주 맑고 천진한 웃음이었다. 나는 아기를 마주보며 같이 웃어주었다. 그동안 나와 신생아실 식구들이 살뜰히 보살핀 이 아기가 새로운 삶을 향해 떠나는 길이 슬프지 않도록. 언제든, 어디에서든 행복하기를 바라며.

♣ 환자의 이름은 가명을 사용하였습니다.

제21회 장려상 수상작이다. 글쓴이 우샛별은 동탄연세소아청소년과 전문의로 수상 소감에서 "제가 사온 새 옷을 입고 떠나는 아기를 보며 기도했습니다. 아기가 입은 첫 옷이, 제가 정성을 담아 고른 저 옷이 부디 아기를 좋은 곳으로 인도하기를. 그리하여 앞으로 펼쳐질 아기의 삶에 행복한 일만 가득하기를. 언제든, 어디에서든. 이것은 아주 짧게 만났다 헤어졌지만 여전히 그 아기를 기억하는 한 의사의 소박한 소망입니다."라고 말했다.

# 창밖에 핀 여름꽃은 당신인가요?

그날도 어김없이 암병원의 길고 복잡한 복도를 걷고 있었다. 병원의 복도는 환자들의 이야기와 운명이 교차하고, 각자의 고통과 희망이 얽히고설킨 곳이다. 그 무게만큼 나의 발걸음은 가볍지 못했고, 그것을 이겨내려 괜스레 발걸음을 재촉하던 나는 분명히 지쳐 있었다. 눈부시게 비치는 햇살에 무심코 내다본 창밖에는 이름 모를 여름꽃이 피어 있었다. 따뜻한 햇볕 아래 살랑거리는 여름꽃 풍경을 보자, 나도 모르게 탄성이 흘러나왔다. 그리고 그 소리는 나를 그때로 돌려보냈다.

몇 해 전 여름, 나는 외과 주치의로서 바쁜 나날을 보냈다. 내가 만난 환자들은 자신의 병마와 맞서 싸우며 매일같이 시련과 도전을 맞이했다. 하지만 세상은 예측할 수 없는 바람처럼, 때로는 우리의 바람대로 흐르지 않았다.

그녀는 50대 초반, 삶의 한가운데에서 위암과 복막전이(배 안을 덮고 있는 막에 암이 퍼진 상태)라는 너무도 무거운 진단을 받고 우리 병원의 문을 두드렸다. 그렇기 때문에 처음 그녀를 만나기 전, 나는 그녀의 병실 앞에서 잠시 숨을 고르며 마음을 다잡아야 했다. 이런 경우 수술을 통해 암 덩어리를 제거하는 것은 시작에 불과했고, 회복이 이루어진 후에는 더욱 험난한 항암치료의 길이 기다리고 있었다. 그녀와 같은 환자들은 몸과 마음이 다 지쳐 있기 마련이다. 그래서 그들의 얼굴에는 희망보다 절망이 더 깊게 새겨져 있고, 나에게는 항상 부담이었다.

이윽고 문을 열었을 때, 그녀의 공간에서는 전혀 예상도 못했던 콧노래 소리가 들려왔다. 물론 그녀의 야윈 얼굴에서는 병의 흔적이 고스란히 묻어 나왔지만, 그녀의 눈빛과 표정은 내가 환자들에게 갖고 있던 이미지와 달리 여름 햇살 같은 밝음이 느껴졌다.

"선생님이 제 주치의이신 거죠? 제가 멀리서 왔고, 병원도 낯선데 잘 부탁드려요."

나에게 미소를 지으며 악수를 청하는 그녀의 목소리는 차분하면서도 절망에 물들어 있지 않았다. 처음에는 '혹시 현재 상태를 잘 모르고 있나?'라고도 생각했지만 그런 것은 아니었다. 여러 가지를 묻고, 설명하는 동안 그녀는 자신이 처한 상황과 또다시 대면하면서도 담담하고 의연한 태도를 잃지 않았다. 내가 설명하는 동안 그녀는 진지하게 경청하며, 때로는 깊은 생각에 잠기기도 했다. 그녀의 첫인상은 금잔화를 닮아 있었다. '밝고 아름답지만 숨겨진 슬픔과 아쉬움'이라는 꽃말을 간직한 여름꽃.

이윽고 수술 날 아침이 밝았다. 나는 새벽의 고요 속에서 수술 전 상태를 살피고자 그녀의 병실을 찾았다.

"잠을 잘 못 잤는데 괜찮겠죠?"

아무리 밝은 그녀라 해도 목소리에는 불안과 두려움이 서려 있었다.

"한잠 자고 일어나면 모든 게 꿈처럼 지나가 있을 거예요."

어깨를 토닥이며 건넨 나의 말에 그녀는 약간의 안도감을 찾은 듯 보였다. 수술은 복잡했지만 순조롭게 진행되었고, 수술 전 검사 결과처럼 복막에는 전이가 보였지만 다른 장기는 영향을 받지 않았다. 그녀가 다시 의식을 찾았을 때 통증과 수술 후 연결된 여러 장치에 신음하는 모습이 안타까웠지만, 역시 그녀답게 매일 방문할 때마다 표정은 점점 더 밝아졌고, 미소가 늘었다. 수술 부위를 소독하면서 조금 오래 머물 때는 소소한 삶의 이야기를 나에게 들려주었다. 그리고 현재 격려를 받기만 해도 모자랄 텐데, 나에게 얼마나 고생이 많으냐며 격려를 나눠주기까지 했다.

수술 후 넷째 날, 갑작스러운 복부 통증과 열로 그녀의 상태가 급속도로 악화되었다. 고통을 줄이는 치료와 함께 긴급히 진행한 CT 검사에서, 정작 수술 부위는 괜찮았는데 가슴에 작은 덩어리가 발견되었다. 추가 검사 결과, 이는 기존 위암이 퍼진 것이 아니라 별도로 생긴 유방암이었다. 지금도 심각한데, 정말 하늘도 무심하게 '중복암'까지 겹친 것이다. 앞으로 힘든 항암치료를 이겨내기 위해 희망을 북돋아 주지는 못할망정 이런 소식을 전하는 것은 내게는 정말 무거운 짐이었다. 의사로서 피할 수 없는 숙명이고, 이전에도 겪어본 상황이지만 이번만큼은 도무지 내키지 않았다. 지방에서 일을 하고 있어 자주 오지 못하는 그녀의 남편에게 먼저 전화로 나쁜 소식을 알렸다. 내 말을 듣고 이어진 짧은 침묵, 이윽고 뗀 그의 목소리에는 말로 표현할 수 없는 감정의 무게가 담겨 있었다.

"부디 아내에게는 아직 말씀하지 말아주세요."

남편의 선한 얼굴과 아내를 아끼던 모습이 기억나 더욱 안쓰러웠다. 향후 치료 계획이 정해질 때까지 일단 환자에게는 알리지 않기로 했다.

회진을 가서 그녀가 이끄는 밝은 분위기에도 나는 잘 웃지 못했다. 혈액종양내과와 협진을 하며 치료 방침 설정을 위해 여러 가지 검사들이 추가되었다. 그녀가 예상하지 못한, 예정되지 않았던 검사가 추가되니 당연히 위화감을 느꼈을 것이다. 수술 부위를 소독하는 중에 그녀가 담담한 목소리로 물어왔다.

"선생님, 나 어디가 더 안 좋은 거죠? 선생님이 말해줄 때까지 기다릴게요."

다음 날, 치료 방침이 정해졌고 유방암 수술이 필요하다는 소식을 전했을 때 그녀는 놀라움보다는 담담한 수용을 보여줬다.

"어휴. 유방암 수술하면, 그럼 더 안 예뻐지겠네."

그녀는 여전히 위트를 잃지 않았고, 의연하게 받아들였다. 나는 그런 모습에서 희망을 보았고, 그녀가 잘 이겨내리라 믿었다.

한편으로 중복암이라는 비전형적인 암의 경과가 있어서 수술 전 뼈 스캔과 양전자 단층촬영을 진행했다. 이 검사들은 뼈와 신체의 다른 부분에 암이 퍼져 있는지를 보는 영상검사다. 복도에서 검사를 하러 가던 그녀를 우연히 마주쳤는데, 이전과 달리 불안함이 느껴졌다.

"또 안 좋은 것이 나오면 어쩌죠?"

그녀의 물음에, 힘들지 않은 검사니까 씩씩하게 다녀오라고 격려하며 손을 잡아주는 정도밖에 할 수 있는 것이 없었다. 우리가 할 수 있는 것은 그 정도였다. 검사의 정식 결과 판독은 하루이틀 시간이 걸리기 때문에 그 사이 내가 먼저 영상을 들여다보았다. 창밖은 여전히 맑은 여름날이었지만, 어느덧 먹구름이 나만을 뒤덮고 여름비로 내 마음을 적시고 있었다.

먼저 나온 뼈스캔 결과는 불행하게도 뼈전이가 의심된다는 것이었다. 그날은 하루 종일 바빠서 저녁이 되어서야 그녀 곁으로 갈 수 있었다. 차라리 일이 덜 끝나서, 더 늦어졌으면 하는 바람도 있었다. 그녀의 곁으로 가는 길, 나의 마음은 무거웠다. 그녀는 수술 부위의 실밥 제거와 소독에 집중한다는 핑계로 시선을 마주하지 못하고 피하는 나를 눈치챘다. 여느 때와 같은 담담한 목소리가 귓가에 들렸다.

"선생님, 저 괜찮아요. 말씀해주세요."

나는 여전히 그녀를 바라보지 못하고, 허리뼈에 안 좋은 소견이 보인다고 조심스럽게 상태를 설명했다.

"아, 그래서 요즘 내 허리가 아팠구나. 이제 이유를 아니 시원하네요." 그녀는 특유의 유머와 함께 미소를 나에게 건넸다. 하지만 내가 그녀에게 전할 수 있는 것은 수술 부위는 깨끗이 나았다는 작은 위로뿐이었다.

다음 날, 양전자 단층촬영 결과를 확인하는 것이 두려웠다. 마치 대학 합격 여부를 확인하는 수험생처럼 실눈을 뜨고 판독 결과를 확인했다. '설마, 잘못 봤겠지' 하고 이번에는 두 눈을 힘주어 뜨고 봤지만 당연히 결과는 달라지지 않았다. '위암의 뇌전이 의심'이란 문구 앞에 헛

웃음이 나왔다. 그녀에게 비할 수 없지만 이 소식을 전하는 것은 내게도 큰 시련이었다. 병실에 들어가 창밖을 바라보고 있는 그녀에게 어디 불편한 데는 없는지, 덕분에 괜찮았다는 상투적인 인사가 오고 간 후 잠깐의 침묵이 흘렀다.

"선생님, 검사 결과가 나온 거죠?"

나는 말없이 고개를 끄덕였고, 다시 정적이 우리를 감쌌다. 그녀는 나에게서 시선을 거두고, 다시 창밖을 바라보며 검사 결과는 나중에 다시 듣겠다는 이야기를 전해왔다. 조금씩 떨리는 뒷모습에 인사를 전하고, 다음을 기약하며 나는 물러났다.

그녀와 가족의 의견을 종합하여, 결국 추가 항암치료는 하지 않는 것으로 결정됐다. 그날 밤, 그녀는 당직 근무 중인 나를 찾아와 자신의 상황을 다시 한 번 설명해주길 요청했다. 나는 지금까지의 검사 결과를 화면에 띄우고, 현재 상황에 대해 그녀의 속도에 맞춰 설명을 했다. 그녀는 검사 영상 속에서 유난히 빛나는 뇌전이 부위를 바라보며 말했다.

"여기 이렇게 꽃이 피었네요. 어쩜 이렇게 예쁘면서도 나쁜 녀석일까요?"

나는 그녀의 말 속에 드리워진 심정을 감히 가늠할 수 없었고, 어떻게 반응해야 할지 몰라 고개만 끄덕였다.

우리가 직면한 한계와 그녀가 겪어야 할 고통과 관계없이 어느덧 시간이 흘러 그녀의 퇴원 전날 밤이 되었다. 그녀의 소망대로 퇴원 후에는 고향 집으로 내려간다고 했다. 나는 마지막으로 그녀의 병실을 방문했다.

"치료받느라 정말 고생 많으셨어요. 집에 가시면 이 답답한 병원보다 훨씬 나을 거예요.”

　어떤 표정을 지어야 할지 몰라 어색한 나의 모습에 그녀는 잔잔한 미소를 지으며 응답했다. “천사 같은 선생님을 못 만난다니 벌써부터 쓸쓸한데요?”

　그녀의 말에 비로소 나 역시 미소를 지으며 작별 인사를 할 수 있었다. 내일은 아침부터 수술 일정 때문에 그녀의 퇴원을 지켜볼 수 없었다. 그녀는 아쉬운 표정과 함께 두 팔을 벌렸다. 나는 잠시 어리둥절했으나, 이내 무엇을 의미하는지 깨달았다. 사실 그동안 환자의 손을 잡아주거나 어깨를 토닥이는 정도가 전부였던 터라 조금은 당황스러웠지만, 첫 만남의 악수부터 지금 이 순간까지 ‘참 그녀답다’ 싶었다. 그 순간 그녀의 따뜻한 마음이 나에게 닿았고, 내 등을 두드리는 손길은 내가 더 좋은 의사가 되길 바라는 그녀의 응원이었다.

　‘꽃 같던 그녀는, 이제 저 멀리 어딘가에 더 아름다운 꽃으로 피어나 있을까?’

　병원 복도 창밖으로, 따사로운 햇볕이 여름꽃을 환하게 비추고 있었다. 그 꽃들이 마치 그녀를 대신해 나에게 손을 흔들어주는 것 같아 지친 나의 마음에 위안이 스며들었다. 나는 잠시 멈춰 서서 꽃을 바라보다가 다음 환자를 만나기 위해 서둘러 발걸음을 옮겼다. 나는 그녀의 응원대로 더 좋은 의사가 될 것이기에, 무겁기만 했던 나의 발걸음은 어느새 가벼워져 있었다.

제23회 우수상 수상작이다. 글쓴이 안상현은 동안미소의원 원장으로 수상 소감에서 "환자들의 아픔과 희망, 그리고 그들의 삶을 잠시나마 함께 했던 경험을 글로 적는 것은 큰 의미가 있습니다. 물론 환자들과의 경험을 문학적으로 표현하는 것은 여러모로 쉽지 않은 일입니다만, 그분들과의 이야기가 제 머릿속에서 잊히거나 휘발되지 않았으면 하는 마음으로 글을 쓰고 있습니다. 그 과정에서 저 스스로도 많은 성찰과 배움을 얻게 됩니다. "창 밖에 핀 여름꽃은 당신인가요?"가 의료계뿐만 아니라 일반 독자들에게도 공감과 위로를 제공하고, 점점 황폐해져가는 의사-환자-사회 관계의 회복에 도움이 된다면, 저에게 큰 보람이자 기쁨일 것입니다." 라고 말했다.

# 평안입니다

‘띠링’

휴대폰 알림벨이 울린다.

‘평안입니다.’

낯익은 메시지의 첫 문장이 보인다. 형준이 엄마가 보낸 메시지다. 형준이는 스물두 살이지만 소아청소년과에 다니고 있다. 형준이는 12년 전 부신백질이영양증으로 진단받아 서울 쪽 병원을 다니다가 집 근처 병원을 다니게 되면서 나와 만났다. 부신백질이영양증은 희귀질환으로 긴꼬리지방산의 대사에 이상이 생기면서 신경계와 내분비계를 비롯한 여러 가지 전신 문제들이 생기는 병이다. 형준이를 만났을 때이미 질환이 꽤 진행된 편이라 거의 누워 지내는 상태였다.

외래에서 만나는 형준이 엄마는 씩씩하고 밝아 보였다. 전임의를 마치고 내려온 지 얼마 되지 않은 나를 "교수님"이라며 깍듯이 대해주면서 정기적인 외래에 빠지지 않고 매번 오셨다. 우리나라 대부분의 진료가 그렇듯이 충분한 시간을 가지고 보호자와 이야기하거나 환자의 상태를 살피기는 어렵다. 형준이는 희귀질환에 점차 증상이 악화될 것이 예상되었고, 완치를 위한 치료는 마땅한 방법이 없었다. 외래에서 그간 상태가 어땠는지 간단히 묻고 몇몇 증상 조절을 위한 약물을 처방하는 것이 일상적인 진료의 풍경이었다.

한번은 형준이가 호흡기 증상이 심해 입원을 했다. 부신백질이영양증의 병세가 악화되면 밥을 삼키기 어려워지고 호흡도 쉽지 않다. 중환자실 치료를 거치며 형준이 부모님께 위루관과 기관절개를 추천했다. 부신백질이영양증이 아니더라도 삼킴이 어렵고 호흡이 어려운 아이들은 위루관을 해서 영양도 공급하고 기관절개를 해서 호흡도 용이하게 해준다. 물론 자기 아이의 목과 배에 기관절개나 위루관을 선뜻 넣겠다는 분들은 흔치 않다. 형준이의 부모님도 마찬가지였다. 아이의 손거스러미만 봐도 아픈 것이 부모 아닌가. 당연히 이해가 되었다. 그때만 해도 의학적인 필요성을 강조하며 부모님에게 꼭 하셔야 한다고 회진 때마다 설명했다. 결국 몇 년이 지나 부모님의 동의를 얻어 위루관과 기관절개를 시행하게 되었다. 부모님은 그래도 형준이가 더 편안해하는 것 같다며 위안을 삼으셨다.

이후 형준이 병의 경과가 점차 나빠지고 형준이 엄마의 걱정도 많아지면서 내 연락처를 알려드리게 되었다. 보통은 연락처를 잘 알려드리지 않지만 급작스러운 일이 생길 수도 있어서 그렇게 했다. 2022년 초, 미국으로 연수를 가게 되어 과 내의 다른 교수님들에게 진료를 부탁드렸다. 그래도 형준이 엄마는 미국에 있는 나에게 간혹 형준이의 소식을 전하거나 궁금한 것들을 물어보셨다. 그때마다 메시지의 첫 마디가 '평안입니다'였다. 나의 안부를 묻는 인사지만 왠지 형준이 엄마 자신에게 보내는 인사로도 느껴졌다. 물론 소식들 중 평안하지 않은 내용도 있었지만 그것조차도 감사하게 받아들이는 것 같았다. 형준이가 입원하면 여러모로 고생일 텐데도 감사하게 치료받고 있거나 퇴원한다고 연락하셨다. 형준이 엄마 본인이나 아빠는 형준이가 아파도 치료를 잘 받아서 감사하다고 하셨다. 나도 비슷한 상황에서 감사한다는 말이 쉽게 나올지 쉽게 상상이 되지 않았다.

2023년 여름에 연수를 마치고 돌아오자, 형준이 엄마는 기다렸다는 듯이 다시 외래로 오셨다. 형준이가 많이 보고 싶어 했다며 반겨주셨다. 오랜만에 만난 형준이는 스물둘의 청년이 되어 있었고, 키도 더 커진 것 같았다. 형준이 엄마는 형준이의 상태가 조금 좋아진 것 같다며 휠체어를 준비해서 마실을 다녀야겠다고 했다. 휠체어 처방전을 작성해서 드리고 잘 다녀보라고 했다.

그렇게 두어 번의 외래를 본 후, 어느 날 핸드폰 벨이 울렸다. 형준이 엄마였다. '평안입니다'라는 낯익은 인사가 아니라 '부고'라는 두 글자가 눈에 들어왔다. '부고라니, 누가 돌아가셨나?' 메시지를 확인하니 낯익은 이름이 눈에 들어왔다. 형준이가 하늘나라로 간 것이다. 나도 모르게 몸에 힘이 빠져 의자에 앉았다. 부신백질이영양증 중에서도 대뇌소아형은 기대수명이 그리 높지 않은 것이 사실이다. 스무 살을 넘게 사는 것이 쉽지 않다. 하지만 막상 스물둘의 형준이가 하늘나라로 갔다고 하니 잘 믿겨지지 않았다.

형준이의 부고가 오기 몇 주 전부터 형준이 엄마의 문자가 몇 번 왔었다. 질문은 아니었고, 형준이가 진단받고 이후에 돌보면서 느꼈던 것들을 짧은 글로 보내주셨다. 부신백질이영양증이 모계유전이기 때문에 남몰래 속을 태우며 미안해하셨고, 형준이가 희귀질환을 앓으며 비슷한 상황의 아이들과 가족들을 마음에 담고 기도하게 되었다는 내용 등이었다. 십여 년 이상 형준이를 돌보며 어려운 일들이 많았겠지만 그 힘듦을 감사함으로 풀어내고 계신 것이라 느꼈다. 외래에서 형준이 엄마의 밝은 모습만 봤던 나로서는 그 이면에 있는 어려움과 고민들이 가슴에 와 닿으며 '평안입니다'란 인사를 하는 마음이 어렴풋이 이해가 되었다.

장례식장은 형준이의 집 근처에 위치한 병원에 있었다. 빈소는 조용했다. 신을 벗고 들어가 형준이의 영정을 맞이하니 형준이가 하늘나라로 갔다는 실감이 났다. 국화를 한 송이 놓고 고개를 숙여 눈을 감았다. 의사라고 하지만 완치가 되지 않는 병 앞에서는 딱히 해준 것이 없는 것 같다는 미안함, 희귀질환이라고 이미 해줄 것이 없다고 더 적극적으로 치료를 해주지 못한 것이 아닌가 하는 반성, 아들을 앞서 보낸 형준이 부모님에 대한 안타까움 등 여러 생각과 감정들이 교차했다.

눈을 떠 형준이 부모님을 바라보니 눈물이 핑 돌았다. 부모님은 아마도 한참을 울었을 퉁퉁 부은 눈으로 내 손을 잡아주셨다. 그래도 형준이가 하늘나라로 가기 전에 가족들과 보고 싶은 분들은 만날 수 있었다며 엷은 미소를 띠며 이야기해주셨다. 짧은 조문을 마치고 장례식장을 나서며 '형준이가 나도 보고 싶어했을까' 하는 생각이 들었다. 문득 '내가 연수를 다녀올 때까지 형준이가 기다려 준 건가' 하는 생각이 드니 고맙고 미안했다.

'띠링'

며칠 후 휴대폰 알림벨이 울렸다.

'평안입니다.'

형준이를 보낸 후 메시지를 보낸 형준이 엄마의 첫인사는 동일했다. 형준이가 이 땅에서 사랑을 많이 받았음을 확인할 수 있었다는, 감사하다는 내용이었다. 형준이를 하늘로 보내고 가슴에 묻은 엄마의 마음을 내가 감히 헤아리기 어렵지만, 한편으로는 존경스러운 마음도 들었다. 그리고 그 인사는 나와 형준이 엄마 본인에게 하는 것을 넘어 형준이에게 건네는 인사 같기도 했다. 여기서는 아프고 누워서 지내야 했지만, 하늘에서는 맘껏 뛰어다니고 먹고 싶은 것은 무엇이든 먹고 항상 평안하게 지내라는.

형준이 이전에도 치료하던 아이들을 떠나보내는 건 매번 쉽지 않은 일이었다. 문득 전공의 시절 처음으로 떠나보낸 아이 아빠의 당부와 또 다른 희귀질환으로 떠나보낸 아이 엄마의 손 편지가 떠올랐다. 우리 아이를 거울삼아 다른 아이들을 잘 치료해달라는, 고맙다는 이야기였다.

의사이기에 눈물만 훔치고 있으면 안 된다. 아픈 아이들을 위해 가슴으로는 아파하지만 머리로는 냉철하게 도움이 되는 방법들을 계속 찾아봐야 한다. 형준이를 보내며 다시 한번 그 아이들과 부모님들의 기대와 바람에 부응하고 있는지 생각해본다. 그들을 위해 의사의 책무를 다하며 따뜻한 마음의 인사를 건네고 싶다.

'평안입니다.'

제23회 장려상 수상작이다. 글쓴이 강준원은 충남대학교병원 소아청소년과 교수로 수상 소감에서 "소아청소년과 의사로 살아온 지 벌써 20여 년이 되어가고 있습니다. 비록 과의 상황은 예전과 다르게 많이 변했지만 저의 손길이 필요한 아이들은 여전히 있음을 매일 느낍니다. 동시에 여러 모로 나는 부족한 존재라는 것도 매일 알게 됩니다. 어린 생명을 하늘나라로 떠나보내야 할 때면 더욱 그렇습니다. 여러 질병으로 아픈 아이들과 그런 아이들을 눈물로 돌봐주시는 가족분들 그리고 아이들의 치료를 위해 고군분투하고 계시는 모든 의료진들이 평안하시길 기도합니다."라고 말했다.

# 제3장
## 당신이 하루 더 살 수만 있다면

"우리는 종종 보호자의 반대편에 서야 했다.
우리가 환자들의 편에 서 있다고 믿기 때문에."

# 유방암 환자의 군가

"환자분, 시술 시작하겠습니다. 시간은 오래 걸리지 않습니다. 마취할 때 조금 아프세요. 아픈 순간에는 제가 미리 말씀드릴게요."

케모포트 삽입을 위해 환자의 오른쪽 가슴 윗부분을 마취했다. 시간 간격을 두고 마취가 되길 기다리던 중 환자분이 갑자기 노래를 불렀다.

"아름다운 이 강산을 지키는 우리 / 사나이 기백으로 오늘을 산다 / 포탄의 불바다를 무릅쓰면서 / 고향 땅 부모형제 평화를 위해."

순간 눈이 동그래진 시술방 간호사랑 눈이 마주쳤다. 공중보건 의사로 군 복무를 마친 나는 훈련소를 4주밖에 다녀오지 않았지만, 저 노래가 군가라는 것쯤은 알 수 있었다.

"군인이세요?"

환자에게 물었다. 파마머리를 한 50대 유방암 여자 환자에게 어울리지 않는 질문인 건 나도 알고 있었다. 하지만 이 질문은 대다수 사람이 곡의 초반만 알고 뒷부분은 얼버무리는 "전우의 시체를 넘고 넘어"로 시작하는 군가가 아니라 '멸공의 횃불'이라는 군가를 50대 아주머니가 정확히 부른다는 것에 착안한, 나 나름대로 합리적 의심에 기인한 것이었다.

"아니에요." 환자분이 수줍게 답했다.

지금 이 순간에 노래를, 그것도 군가를 부르는 상황에 대해 모두 궁금했고 대표로 내가 물었다. "그런데 왜 군가를 부르세요?

내 질문에 환자가 답했다. "군가는 무섭고 힘낼 때 부르는 거잖아요. 오늘 시술받을 때 부르려고 어제 아들에게 배워왔어요."

암 환자에게 항암제를 주입할 때 말초혈관을 반복적으로 사용하면 독한 항암제 때문에 혈관이 손상된다. 그렇게 되면 의료진도 매번 혈관 주사를 하기가 어려워진다. 이러한 이유로 항암치료를 받는 암 환자에게는 '케모포트'라는 것을 삽입한다. 주로 환자의 내경정맥 또는 빗장밑정맥(쇄골하정맥)을 통해 도관의 한쪽 끝을 심장 근처 큰 혈관까지 위치시키고, 다른 한쪽은 케모포트에 결합하여 환자의 가슴 윗부분에 삽입한다. 그렇게 되면 추후 항암제를 주입할 때 이 포트에 바늘을 꽂은 후에 사용하게 된다. 반복적으로 치료를 받아야 하는 환자와 제공하는 의료진 양쪽에게 편의를 제공하는 장치인 것이다. 시술 자체가 오래 걸리지 않기 때문에 숙달된 시술자의 경우에는 별문제가 없다면 금방 끝낼 수 있다.

하지만 이 시술을 할 때 유난히 눈물을 흘리는 환자분들이 많다. 평범한 일상을 보내다가 어느 순간 암 진단을 받고 항암치료를 시작하기 위해 차가운 시술방 침대에 누워 온몸이 소독포로 덮인 뒤 시술을 받는다는 것은, 암 선고를 받은 그날보다 어쩌면 더 무섭고 서러운 일일지도 모른다. 환자가 눈물을 흘리거나 소리 없이 어깨를 들썩거릴 때 내 나름의 위로를 전한 적은 있어도, 갑작스레 들려온 군가에는 당황스러워서 어떻게 답했는지는 기억나지 않는다. 다만 내 일상의 행동이 그녀의 일상을 깨는 것이었음을 깨달은 기억뿐이다.

어쩌면 병원에서 근무하는 사람들의 일상은 평범한 사람들의 일상을 깨뜨리는 일일지도 모른다. 혈액 검사의 이상함을 감지하는 진단검사, 현미경으로 암세포를 보는 병리, CT나 MRI에서 병변을 찾아내는 영상의학 의사들을 임상 의사가 오케스트라의 지휘자처럼 조율하여 결과적으로 환자에게 안 좋은 소식을 전한다. 온종일 반복되는 수많은 검사와 많은 환자를 상대하다 보면 내가 열심히 일한 결과물을 받아들이지 못하는 환자의 당혹함을 미처 생각지 못할 때가 많다. 의학 드라마에서 나오는 실력 있고 환자에게 늘 최선을 다하는 의사처럼 되겠다고 다짐하며 히포크라테스 선서까지 했지만 바쁘게 돌아가는 병원 일상의 굴레 속에서 정신없이 일하다 보면 환자의 마음을 생각하지 못할 때가 있다. 하지만 환자 한 명 한 명의 처지와 슬픔을 온몸으로 느끼고 공감하는 것에 너무 깊게 빠져들면 이 일을 오래 할 수도 없을뿐더러 마땅히 해야 할 일을 하지 못하는 때도 있다. 이 환자의 아픔은 마음에 묻고 차가운 머리로 다음 환자에게 향해야 한다. 말은 쉽지만, 머리와 마음의 적정한 중간 지점을 찾는 것은 갓난아기의 목욕물 온도를 맞추는 것만큼이나 어려운 일이다.

내가 전공한 '인터벤션'은 실시간으로 환자 몸에 방사선을 투과하며 시술을 하는 영상의학의 한 분야다. 대동맥류의 스텐트 설치, 막힌 혈관의 재개통, 간암의 경동맥화학색전술, 출혈의 응급 색전술, 혈관 도관 삽입, 몸속 고인 물의 배액술 등 다양한 시술을 한다. 대부분 나에게 입원한 환자가 아닌 다양한 임상과로부터 환자에게 필요한 시술을 의뢰받아 시행한다. 의뢰를 받고 이 환자가 지금 어떠한 질환을 앓고 있으며 당장 해결해야 할 문제는 무엇인지에 대해서 시술 전 충분히 검토한 뒤 시술 방으로 들어간다. 하지만 내 환자가 아니니 환자와의 라포(Rapport, 환자와 시간이 지나면서 생성된 상호 간의 신뢰 관계)는 없는 채로 시술방에서 소독포를 사이에 두고 만나는 경우가 대부분이다. 감염 방지를 위해 환자를 덮은 소독포를 사이에 두고 안쪽과 바깥쪽은 다른 공기가 흐른다.

나의 일상과 환자의 일상 단절이 얇은 소독포로 경계 지어진다. 안쪽의 그녀는 차갑고 무서운 공기 속에 따뜻한 인사로 시술을 시작해주길 기대한다. 바깥의 나는 앞으로 밀려 있는 일정과 지금 해야 하는 시술에 정신이 사로잡혀 시술 전 환자의 인적사항 확인으로 인사를 갈음한다. 안쪽의 그는 아프지 않게만 시술해주기를 바란다. 바깥의 나는 좀 아플 수도 있지만, 시술이 잘되는 것이 더 중요하다. 안쪽의 그녀는 시술 시간이 길어져 좀이 쑤시고 고질병인 허리가 너무 아프다. 이제 어떻게 되어도 좋으니 그만하고 싶은 마음이다. 바깥의 나는 이제 조금만 더 하면 될 것 같으니, 환자가 조금만 더 움직이지 않고 참아주길 바란다. 안쪽의 그는 애써 담담한 척하지만 무섭고 떨린다. 바깥의 나는 환자분이 별말이 없으니 괜찮은가 보다 생각한다. 그리고 안쪽의 그녀는 너무 무서워서 결국 어제 아들에게 배워온 군가를 부른다. 바깥의 나는 그녀의 행동이 의아하다.

시술을 마치고 밖으로 나와 잠시 멈춰 서서 생각에 잠겼다. 몇 년을 맞아도 적응되는 법이 없는, 역하기만 한 항암제를 맞는 기구를 삽입하고 환자의 어깨를 조금 힘 있게 쥐며 "잘 끝났습니다. 이걸로 치료 잘 받으시고 쾌차하세요"라고 했던 말들은 매 순간 마음을 다해 환자의 회복을 빌었던 것일까, 아니면 이제는 반복되는 나의 루틴에 포함되는 행동이었을까. 둘 중 뭐가 되었든 크게 부끄럽지도 칭찬받을 일도 아닐 것이다. 하지만 직업이라는 것이 경제적인 가치를 얻는 것도 있지만 나의 가치관을 실행하는 하나의 수단이라는 것과 내가 가진 의사라는 직업이 환자에 대한 사랑을 기반으로 한다는 점에서 전자였길 바랐고 또 앞으로도 그랬으면 좋겠다고 생각했다. "어쩌면 병원에서 근무하는 사람들의 일상은 평범한 사람들의 일상을 깨뜨리는 일일지도 모른다"라고 했지만 다행인 것은 아픈 사람들이 다시 일상으로 복귀할 수 있도록 옆에서 응원하고 돕는 일 또한 우리의 일상이고 바람이라는 것이다.

여느 때와 마찬가지로 아침부터 부랴부랴 등원 준비를 하고 아들을 어린이집에 보낸 뒤 정신없이 출근했다. 시술하러 올라가기 전 판독실에 들려 갓 내린 향이 좋은 커피를 한잔 손에 들고 마음을 가다듬었다. 인터벤션 센터에 도착하니 췌장암으로 담도가 막혀 복통과 황달로 응급실로 내원한 60대 남자의 PTBD(경피적 경간 담즙 배액술)가 첫 시술이다.

"환자분 시술 시작하겠습니다. 마취할 때 조금 아프세요"라는 내 말에 "교수님 잘 부탁드립니다. 저 더 살고 싶습니다"라는 환자의 대답이 마음속에 묵직하게 꽂힌다.

　소독포를 사이에 두고 나의 일상과 그의 일상 단절이 다시 만났다. 앞으로 형성될 우리 사이가 명확한 경계의 흑과 백이 아닌 중간 지점의 따뜻한 회색 그러데이션이 번지기를 바라는 마음으로, 그가 앞으로의 길고 긴 싸움을 잘 마치고 일상으로 회복하길 바라는 마음으로 과하지도 모자라지도 않은 내 나름의 응원의 말을 전하며 시술을 시작했다.

　"그럼요. 저희도 최선을 다하겠습니다."

제22회 대상 수상작이다. 글쓴이 최상림은 중앙대학교광명병원 영상의학과 교수로 수상 소감에서 "시술하다 보면 가끔 환자가 툭 하고 던지는 말이나 큰 의미를 두지 않은 행동에 적잖게 당황할 때가 있습니다. 무덤덤하게 반복되는 나의 행동과 환자의 일상의 어긋남이 만난다는 것을 깨닫는 때입니다. 이제 의사가 된 지 고작 10년밖에 되지 않아서인지 몰라도 이러한 순간에 나의 감정적 소모는 어느 정도가 적당한 것인가에 대한 고뇌가 가끔 있었습니다. 이번 수필은 그러한 고뇌의 시발점이 되었던 사건 중 하나를 주제로 솔직한 마음으로 썼던 글입니다."라고 말했다.

## 뽀뽀를 하재요

호스피스병원은 치유 가능성이 없고 증상이나 기능적 장애로 가정에서 돌볼 수 없는 말기암 환자들을 임종 시까지 치료해주고 고통을 완화해줌으로써 남아 있는 시간을 보다 의미 있게 보내다 편안하게 임종할 수 있도록 돌봄을 제공하는 곳이다.

이러한 도움은 비단 환자에만 국한되지 않고 어려움을 함께 견디며 감당하고 있는 가족들에게도 같은 맥락에서 유사하게 주어진다. 질병의 치유를 통한 건강 회복을 목적으로 하는 일반 병원과는 달리, 호스피스병원의 환자와 보호자들의 대부분은 오랫동안 많은 검사와 힘든 치료 과정을 거쳐오면서 이미 많이 지쳐 있던 상태에서 '치료 불가'라는 말기 판정을 받고부터는 치유에 대한 기대나 희망도 잃고 절망의 나락에서 극한의 고통과 싸우고 있는 것이다.

장기간의 고되고 힘들었던 투병생활마저 죽음이라는 삶의 끝자락으로 내몰리면서 육신과 정신은 소진되고 감정은 극도로 예민해지기도 한다. 환자의 다양한 증상이나 치료에 대해 세세한 부분까지도 신경을 쓰고 작은 일에도 쉽게 오해하거나 고까워하고 화를 내기도 하는데, 이러한 감정과 정서는 의사와 간호사는 물론 주변 사람들에게도 고스란히 전해진다. 그래서 환자나 보호자들과 만날 때에는 그들에게 조금이라도 희망과 위안이 되면서 실망감이나 상처를 주지 않기 위해 용어나어투, 몸짓까지도 조심하고 절제하게 된다.

그러지 않아도 삶과 죽음이 상존하는 병실에서 시시각각 조여오는 죽음의 공포 속에서 힘겹게 투병하고 있는 환자들을 돌보다 보면 의사역시 매 순간을 날선 긴장 속에서 살아가게 된다. 그러면서도 환자와 보호자들을 위한 육신과 영적 고통의 완화와 편안한 임종이라는 대의명제 앞에서 상황이나 시간에 관계없이, 거부하거나 회피하거나 해태할 수도 없으며 오직 필요를 충족시켜줘야 하는 절대 책임만을 지고 가야 하는 것이 의사인가 싶기도 하다.

호스피스병원에 입원했던 어느 부부의 특별한 이야기를 해보려 한다. 5년 전, 갓 60세를 넘은 남편은 지방의 대학병원에서 폐암 진단을 받았으나 이미 뇌와 뼈까지 전이가 된 상태로 수술은 못하고, 병을 낫고자 하는 강한 의지로 서울의 대학병원을 전전하며 방사선치료와 항암치료를 받았다. 그러나 병이 진행되어 지난해 말, 크리스마스를 지내고 3일째 되는 날 '치료 불가' 판정을 받았고 두통과 섬망, 어지러움 등의 증상으로 그다음 날 호스피스병원에 입원하였다. 세 살 연하인 부인은 남편과 같은 폐암으로 일주일 뒤 수술이 예약되어 있던 상태였기에,

더 이상 집에서 감당하기 어려워 급하게 남편을 입원시켜야 했고 3일째 날 본인의 수술을 위해 귀가하였다.

입원한 남편은 보호자가 없는 상태에서도 약물이 투여되면서 통증이나 섬망 증상은 다소 안정적으로 조절되어갔으나, 많은 시간 눈을 감은 채 말을 걸어도 별 반응 없이 누워 있으면서 기력이 처지는 등 어둡고 우울한 분위기가 여전하였다. 또한 부인이 수술 후 회복하고 다시 입실할 즈음에는 미열이 나고 얼굴도 불그스름해지면서 불안정한 모습을 보이기도 했다. 그러다 아내가 상주 보호자로 다시 들어온 후로는 대화하고 깨어 있는 시간이 다소 많아지고 표정도 밝아지면서 섬망 증상도 덜해지고 안정되는 모습을 보이곤 했다.

그리고 꼭 일주일이 되는 날, 아침 회진을 하면서 본 부부의 모습은 완전히 달라져 있었다. 커튼으로 반쯤 가려진 작은 공간 속의 침상 분위기는 놀랍도록 활기 있고 화기(和氣)가 넘쳐 보였으며, 침상에 누워 있는 환자와 옆에서 환자의 손을 잡아주고 있던 보호자 주변으로 이제까지는 볼 수 없었던 화기애애하면서도 묘한 분위기가 강하게 느껴졌다. 그러나 그 순간에는 환자의 증상이 완화되어 기분이 좋아진 것으로 단순하게 생각하고 일상적인 인사를 건넸다.

"아버님, 오늘은 얼굴에 붉은 기운도 없어지고 많이 좋아 보이시네요."

다행히 희소식으로 환자와 보호자에게 첫 아침 인사를 나눌 수 있었고, 그들도 공감하며 감사를 표했다. 그러던 중 병세가 일시 호전되었을 때 환자나 보호자들이 일반적으로 보이던 모습과는 많이 다르다는 느낌이 들면서, 좀 더 색다르고 극적인 무언가가 있을 것 같다는 직감이 들었다. 구체적인 내막은 알 수 없으나 남편의 얼굴을 조물조물 쓰다듬고 있던 부인의 환한 표정과 이를 즐기는 듯한 남편의 흐뭇해하는 표정에서는 애틋한 사랑의 기운이 조금 달라진 정도를 넘어 화끈함까지 느껴질 정도였다. 아니나 다를까, 다소 감정이 격앙된 듯한 부인은 누가 시키지도 않았고 청하지도 않은 놀랍고도 수수께끼 같은 신묘한 체험 이야기를 내게 들려주었다. 그리고 그동안 단단하게 응어리진 채 깊숙이 잠재되어 있던 부부간의 어둡고 아팠던 내막까지도 풀어놓았다.

남편은 착실하고 가치관이 확고하며 적극적인 성격으로 초등학교 교사를 하다가 퇴직 후 출판사를 경영했고, 부인은 자기주장도 있으면서 안정을 추구하는 조용한 성격으로 고등학교 과학교사를 하다가 명예퇴직 후 개인 사업을 했던 전직 교사 부부였다. 이들 부부는 사회적으로 존경받는 교직에 있으면서 맞벌이로 경제적으로도 부족함 없이 살아온, 어쩌면 남들의 부러움을 받기에 충분한 가족이었다.

그런데 이러한 개성과 가족의 여건들이 치열한 현세를 살아가는 데 있어 좋은 성정이고 장점일 수도 있으련만. 교사라는 동일 직종이지만 초등학교와 고등학교라는 차이에서 느끼는 상대적 우열의 감정과 자기 본위의 강고함이 지나쳐서 서로 간의 이해나 타협 없이 각기 다른 곳만을 바라보며 달려가던 이들 부부 사이에 충돌과 갈등이 싹텄고, 이는 무관심으로 깊어져갔다. 한 가정 속의 같은 가족이었지만 서로의 마음은 멀어졌고 작은 스킨십도 거부되었으며 이별을 위한 연습에 익숙해지면서 남편은 교회에서, 부인은 성당에서 따로 예배를 보는 지경까지 치닫게 되었다. 좋아하고 화목해질 수 있는 서로의 장점들은 무시되고, 원망하고 미워해야 할 핑계들로 갈등만 키워가면서 두 부부는 서로를 백안시하며 지내왔다.

남편은 말기암 진단을 받으면서 더 예민해지고 고집은 세졌으며 점차 기력도 떨어졌다. 섬망 증상이 나타나면서는 의사소통은 물론, 약물의 도움 없이는 간병도 불가능한 상태가 되었다. 한편 오랫동안 남편의 병시중으로 이미 소진된 상태에서 지난해 말 남편과 같은 폐암 진단을 받은 부인은 이제는 남편이 그동안 해왔던 암과의 싸움을 자신이 다시 시작해야 한다는 생각에 마음속은 격랑으로 소용돌이쳤고 더욱 어렵고 아픈 시간을 보내야 했다.

그러다 1월 초에 폐 수술을 받았고, 특히 전이가 없이 종양이 깨끗하게 제거되었으며 남편과는 달리 수술만으로 폐암이 완치될 수 있다는 것을 알고 나서는 크게 안도하고 새 생명을 얻은 것 같은 기쁨을 체험하면서 힘들었던 마음도 많이 회복되었다. 절망과 재생의 굴곡진 아픈 시간을 지내면서, 강고했던 심경에 깨어지고 부서지면서 회복되는 변화가 생긴 것이다.

남편의 보호자로 다시 입실한 부인은 얼마 지나지 않은 즈음에는 의사와 간호사가 회진이나 처치를 하면서 건네는 "좋아졌다" "예쁘다" 하는 이야기에 유난히 남편의 표정이 밝아지고 편안해진다는 사실을 우연히 알게 되었다. 특히 "예쁘다"라는 말에 천사 같은 모습으로 바뀌는 남편의 표정을 보면서 '어떻게 저럴 수가 있지' 하는 의구심이 들어 "정말 (내 남편이) 그렇게 예쁘냐"라고 간호사에게 물었고 "네, 예뻐요"라는 당연하다는 듯한 대답을 듣는 순간에도 의문은 해소되지 않았다. 그래서 '정말 (내 남편이) 그렇게 예쁜가' 하는 의문을 다시 스스로에게 던지면서 큰 기대 없이 남편의 얼굴을 들여다보았는데, 신기하게도 고집불통에 인물이라고는 볼 것 없는 밉상으로만 각인되어 있었던 남편의 모습이 전혀 새로운 모습으로 정말 예뻐 보였고 그 후로 그런 좋은 감정이 지금까지도 여일하다고 했다. 그러면서 오늘 아침에 있었던 놀라운 이야기를 이어갔다.

"남편이 며칠 전부터 사랑한다는 말을 해요. 스킨십도 잘 받아주고요."

전혀 기대할 수도 없었고 상상할 수도 없었던 놀라운 일이 있었다는 표정이었다.

"오늘은 뽀뽀까지 하자고 했어요."

이 대목에서는 입을 한 손으로 반쯤 가린 채 나의 면전으로 가까이 들이대며 신기한 비밀 이야기라도 해주듯 속삭였다. 남편이 건강을 되찾았다는 기쁨 때문일까, 부부 사이였지만 한동안 잊고 지냈던 애정표현과 사랑을 새롭게 경험하면서 느끼는 벅찬 희열 때문이었을까. 부끄러움이 섞여 있으면서도 신이 나는 몸짓으로 새롭게 되찾은 꿈같은 두 부부간의 사랑 이야기를 들으며, 궁금했던 그날의 수수께끼는 그렇게 모두 풀렸다.

"호스피스병원이지만 보기 드문, 참으로 반가운 소식이네요. 부부간에 아쉬움이 없도록 행복한 관계 회복하시고 끝까지 좋은 시간 가지세요."

신나고 조금은 들뜬 기분으로 회진을 마치고 돌아 나왔다.

"감사합니다, 선생님."

등 뒤로 보람을 전해주는 작은 메아리가 내 귀를 간질였다.

영육(靈肉)이 사위어가고 절망만 있을 것 같았던 삶의 마지막 여정에서, 자신의 심경(心境)의 변화를 통해 영적인 회복과 사랑을 되찾았던 한 부부의 놀라운 체험을 보았다. 주치의로서 시한부 생명의 끝에서 마음은 절망하고 육신은 지독한 증상들을 견디며 극한의 사투를 벌이고 있는 환자와 이들을 지지하며 마음을 지키고 있는 보호자들을 만나면서, 이들도 이 부부처럼 부부간이나 가족 간에 서로의 선한 실체를 바르게 인식하고 용서하고 사랑하면서 기쁘고 행복한 마음으로 준비될 수 있다면 갈 사람이나 보내는 이들에게 최선이자 최고의 위안이 되겠다는 생각을 하였다. 이 환자는 호스피스 환자 중에서도 드문 예로서 입원 시보다 다소 회복되고 안정된 상태가 되면서 집에서 가까운 병원으로 전원하였고, 그 후의 소식은 듣지 못했으나 요즘도 그 병실을 지나칠 때면 환하게 웃으며 인사하던 이들 부부의 환영이 떠오르곤 한다.

제22회 장려상 수상작이다. 글쓴이 김기경은 샘물호스피스병원 진료의로 수상 소감에서 "어떤 것보다도 감사하고 또 감사하여야 할 것은 주변의 많은 도움으로 대과(大過) 없이 이제까지 올 수 있었다는 것이다. 그 긴 과정에 많은 환자와 보호자, 그리고 그들의 질병을 만나면서 어찌 우여곡절이 없었고 희로애락이 없었을까마는, 처음 의사가 되면서부터 마음에 견지해왔던 의사로서의 나의 영혼에 깊은 상처를 줄 큰 변고(變故)가 없었으며, 그로 인해 오늘도 환자 곁에서 진료를 할 수 있음을 감사하지 않을 수 없는 것이다."라고 말했다.

# 회색, 그 모호한 경계에 대하여

어릴 때 나는 전쟁영화를 참 좋아했다. 선악의 구도가 명확하고 권선징악의 이야기가 어린 나에게는 멋져 보였기 때문이다. 전쟁에서 선과 악의 모호함을 알게 되기 전까지는 그러했다. 하지만 철이 들면서 명확해 보였던 선악의 구도가 모호할 수 있다는 사실을 깨닫게 되었다. 그리고 선이라고 생각했던 것이 어떤 이에게는 악이 될 수도 있다는 것을, 선의를 가지고 행한 것이 악한 결과를 가져올 수도 있다는 것을 알게 되면서 전쟁영화를 즐겨보지 않았다.

의사가 되어 전공과목을 정해야 했던 인턴 시절, 외과가 참 멋있어 보였다. 어릴 때 보던 전쟁영화에서 선과 악이 명확하게 나뉘는 것처럼, 수술이 필요한 질환과 제거해야 하는 조직 혹은 살려야 하는 조직이 명확하게 구분되었기 때문이다. 그렇게 판단한 부분에 집중해 치료를 하면 그에 상응하는 결과가 곧바로 나왔다. 수술만 잘 된다면 환자에게도 좋은 결과로 이어지는 것이 좋았기 때문에 그 매력에 빠져 외과를 택했던 것이다. 그렇게 외과 전공의를 거쳐 전문의가 되었고 대장항문외과 세부분과를 결정했고, 지금은 암치료를 하는 병원에서 근무하고 있다. 그리고 현재 또 새롭게 깨닫게 되었다. 외과에도 명확하지 않은, 흑과 백을 섞어놓은 회색과 같은 모호한 지점이 있다는 것을.


#1

"선생님, 저는 죽어도 그 수술은 안 할랍니다. 그렇게는 못 살 것 같아요. 그럴 거면 차라리 아무 치료도 안 받고 죽을랍니다."

"어르신, 지금 상태에서 무리하게 수술을 진행하면 회복이 안 될 가능성이 너무 큽니다. 치료를 안 하시면 발생할 수 있는 문제들도 많고, 통증이나 이런 것들이 감당이 안 될 수도 있어요."

환자는 간에도 전이가 심한 대장암 4기로, 암이 대장을 막아서 식사 진행이 어려운 상태였다. 내가 주치의로서 결정한 치료 방향은 대장이 막힌 부분은 장루를 만들어 대변을 받아낸 후 식사를 가능하게 하고 항암치료를 빨리 진행하는 것이었다. 간 전이가 심한 상태였기에, 간 기능은 수술이 가능한 경계선상에 있었다. 일반적인 대장절제술을 시행했을 때 수술이 잘 되어 회복할 수도 있지만, 최악의 경우 간 기능 부전으로 회복하지 못하고 사망에 이를 수도 있는 상황이었다. 그래서 나는 환자에게 가장 안전한 방향으로 짧은 수술과 빠른 항암을 결정한 것이었다.

"그래도 선생님, 대변주머니는 죽어도 못 차겠습니다. 그럼 진짜로 치료 안 할랍니다. 가자. 더 이야기할 힘도 없다."

"아버지, 그래도 선생님 말씀대로 하입시다. 그게 제일 좋은 방향이라고 하시잖아요."

"안 한다. 그냥 그만할란다. 나가자."

한 시간째 이어진 대화와 설득이 실패로 끝나려는 찰나, 나는 일단 환자를 붙잡았다. 붙잡은 채로 한동안 침묵이 흘렀다. 지금 뭐라도 하지 않으면 환자의 끝이 보이는 자명한 사실 앞에 어떻게 해서든 치료를 받게 해야 한다는 생각이 내 머리에 가득했다.

"(……) 그럼 어르신 수술을 해봅시다. 대변주머니 차는 수술 말고 암을 절제하는 수술을 진행합시다."

결국 의사가 원하는 수술과 환자가 원하는 수술 중에 환자가 원하는 수술을 하기로 한 것이다. 회색 같은 상황, 흰색과 흑색의 경계가 불분명한 그런 회색과 같은 상황이었다. 사실 정답이 정해져 있지 않았다. 환자의 바람대로만 된다면 이보다 좋을 수는 없었기 때문이다. 언제나 의사가 옳은 것은 아니니까. 나의 판단이 틀렸기를 간절히 바라면서 마음의 준비와 수술 준비가 시작되었다. 다행히 간 기능을 나타내는 피검사 수치는 호전을 보이고 있었고 수술을 지체할 수 없었기에 빠르게 진행하였다. 수술 전날이 되어 환자와 보호자에게 진행할 수술과 수술 후 경과 및 합병증에 대해 설명했다. 일반적인 수술 설명이 끝나고 환자와 보호자를 바라보며 추가적인 설명을 이어갔다.

"어르신, 현재 상태는 아시다시피 간 기능이 딱 경계선상에 있어요. 다행히 수술 전 간 기능 수치는 좋아지긴 했습니다만, 잘 회복하면 다행이지만 그렇지 못할 가능성도 충분히 있습니다. 회복이 안 된다는 이야기는 간이 제 기능을 못하면서 돌아가실 수도 있을 가능성이 있다는 이야기입니다."

"선생님, 어차피 각오는 했으니 수술만 잘 해주이소. 믿겠심더."

"네, 어르신 잘 회복할 수 있도록 최선을 다하겠습니다."

사실 외과 의사로서 수술동의서를 받으며 사망 가능성에 대해 설명할 때 나의 말 앞에는 '거의 발생할 일은 없지만'이라는 이야기가 숨어 있다. 하지만 지금 환자에게 한 설명에는 그런 말머리가 빠져 있는 것이다. 환자에게 사망 가능성을 설명하는 것은 외과 의사 입장에서 가장 힘든 순간이다. 수술 후 회복이 잘될 수도 있지만, 그렇지 않은 경우도 있기 때문이다. 그렇기에 환자가 회복되지 않거나 수술 결과가 좋지 않을 경우, 의사인 내 탓이 아니라 현재 상태가 좋지 않은 환자에게 책임이 있다고 이야기하는 것 같아 마음이 무겁고 편하지가 않다.


#2

"선생님, 저는 무조건 수술받고 싶어요. 지금 상황에서 어차피 먹지도 못하고 배는 아프고…… 그냥 수술이라도 한번 받아봤으면 좋겠어요."

"(……) 어제도 설명을 드렸지만 수술이라고 하는 것은 환자 몸에 칼을 대고 상처를 내고 문제가 있는 부분을 치료하는 겁니다. 수술을 했을 때 얻는 것이 더 많아야 해볼 수 있는 것인데, 지금 상황에서는 통증만 가중되고 얻을 게 없는 무의미한 수술이 될 수도 있어요."

"저 죽어도 좋으니까 수술이라도 한번 받고, 뭐라도 한번 하고 죽고 싶어요."

암이 퍼져 장이 막혀서 수술을 한 번 했던 젊은 나이의 환자가 다시 장이 막혀서 나에게 왔다. 주치의 선생님 판단으로도 지금은 수술로 무언가를 해결하기에는 어려운 상황인데, 환자가 원하니 혹시 수술로 해결할 방법이 없겠냐고 묻는 의뢰였다. 암이 많이 진행된 상태로, 수술장에서 개복조차도 쉽지 않은 상황으로 보였다. 수술해서 환자에게 돌아갈 이득이 많지 않아 보여서 수술적 치료가 어렵다고 판단되었다.

"선생님, 부탁드릴게요. 수술장에 들어가서 수술 진행이 안 되고 나오더라도 한번 해보고 싶어요. 어차피 지금도 못 먹는 거라면 그렇게라도 해보고 싶어요."

"(……)"

환자의 힘없는, 하지만 절실하면서 간절한 바람이 내 의학적 판단을 누르고 감정을 자극했다. '어떻게 하지? 정말 진행해도 되는 건가?' 나의 망설임이 환자와 나 사이에 침묵의 시간을 늘리고 있었다.

"(……) 그러면 저도 다시 검사를 검토해보겠습니다. 환자분도 보호자분과 다시 상의를 해보시고 같이 고민해보도록 하죠."

그렇게 병실을 나오고 난 후부터 나의 갈등은 시작되었다. 검사 사진을 다시 들여다보고 검사 수치도 들여다보며 나의 판단을 바꿀 만한 이유를 찾고 또 찾았다. 나의 의학적 판단과 환자의 간절함이 나의 결정을 기다리고 있었다. 이런 문제에는 객관식 같은 명확한 답이 있었으면 하지만 그럴 리가 만무하다. 다시 회색의 공간에 들어가 버렸다. 지금 나의 상황은 명확한 경계가 없는 곳에서 선을 긋고 경계를 만들어야 한다. 무엇이 정답인지는 알지 못한 채 말이다. 다음 날이 되고 다시 환자와 보호자 앞에 섰다.

"환자분의 생각이 바뀌지 않으셨으면 수술을 진행해보겠습니다. 괜찮으시겠어요?"

"네, 선생님. 감사합니다."

환자 보호자도 환자의 뜻에 따르겠다는 답을 듣고 수술을 진행하기로 최종 결정하였다.


#3

어르신은 수술 후 회복을 잘하는 듯 보였지만 간 기능이 갑자기 나빠지기 시작했다. 전이되어 있던 암 덩어리가 빨리 커지기 시작하면서였다.

젊은 환자는 간절함이 통했는지 간신히 개복할 수 있었고 수술이 가능하여 장루를 만들 수 있었다. 더불어 수술 후 환자의 통증도 경감되었다.

어르신은 결국 회복하지 못하고 돌아가셨다. 돌아가시기 전 자식들에게 전화를 하는 모습을 차마 지켜볼 수 없었다.

젊은 환자는 식사를 하면서 밝은 표정을 지었다. 그 모습을 지켜보던 나의 기분도 덩달아 좋았고, 마음이 한결 가벼웠다.

나의 의학적 판단이 맞아서 원망스러웠고, 환자의 바람을 지켜주지 못해 슬펐다.

환자의 간절함이 옳았으며, 나의 의학적 판단은 틀렸다.


환자들에게 명확한 길을 제시할 수 있는 의사여야 하지만 정작 회색,

그 모호한 경계에서 길을 잃을 때가 많다. 그 경계에서 나의 판단은 맞기도 하고, 틀리기도 한다. 그렇게 생명을 살리기도 하고, 놓치기도 한다. 이 회색의 공간은 내가 의사라는 업을 놓을 때까지 없어지지는 않을 것이다. 이런 회색의 공간을 극복하기 위해 수많은 의료진이 지금 이 순간에도 많은 노력을 하고 있다. 그러나 변하지 않는 사실은 절대적인 답은 없다는 것이다. 한낱 인간인 의사가 내린 판단이 절대적일 수 없다는 것은 어쩔 수 없는 사실이다. 하지만 그 안에서 나의 판단이 더 맞기를 바라고, 더 옳고 바른 방향이기를 바라며, 환자에게 조금이라도 도움이 되는 길이기를 바란다. 그런 간절한 바람을 갖고 환자를 진료하고 수술하며 동고동락하는 것이다.

언젠가는 명확한 경계가 뚜렷하게 보일 것이라는 믿음을 가지고서 말이다.

회색, 그 모호한 경계를 두드리며 오늘도 나는 환자를 기다린다.

제21회 장려상 수상작이다. 글쓴이 한언철은 동남권원자력의학원 대장항문외과 과장으로 수상 소감에서 "나에겐 외래에서든 입원해서든 잠시 잠깐 스쳐가는 환자이고 수많은 환자들 중 한 명이겠지만 환자 입장에서는 긴 인생의 일부의 시간을 나와 공유하고 어쩌면 마지막 임종의 순간도 주치의인 나와 함께할 수도 있습니다. 이런 과정에서 의사로서 나의 매 순간순간을 허투루 보낼 수 없다는 사실을 깨닫게 됩니다. 이 글을 쓰면서 의사가 되고자 했던 처음 마음을 한번 상기해보았습니다. 그 첫 마음처럼 환자와 보호자들의 기쁨, 슬픔 그리고 괴로움도 나눌 수 있는 의사가 되고 싶습니다. 그리고 환자들과 수술과 치료의 험난한 길을 묵묵히 같이 이겨낼 수 있는 의사가 되고 싶습니다."라고 말했다.

# 엄마의 눈물

　　　　수술장 상담실 앞에 잠시 멈춰 서서 나는 숨을 깊게
들이쉬었다가 다시 내쉬었다. 상담실 문을 열면 아이 엄마가 초조하게
기다리고 있을 것이다. 아이의 수술이 시작된 지 벌써 세 시간이 훌쩍
넘어가고 있었다. 문 너머 엄마의 표정이, 문을 열지 않는데도 눈앞
에 훤히 그려지는 것만 같았다. 마음을 다잡아야만 했다. 긴장의 끈을
놓았다가는 내가 먼저 울어버릴 것만 같았다.

　한 달 전 외래에서 처음 마주친 아이와 엄마의 모습이 다시 떠올랐
다. 아이의 훤칠한 키와 떡 벌어진 어깨는 여느 장정 못지않았지만 마
스크 너머 드러난 앳된 얼굴은 아직 분명 아이임을 말해주고 있었다.
아이는 다소 상기되어 있었을 뿐 담담했지만 엄마는 전혀 그러질 못했
다. 꼭 모아 그러쥔 두 손에서 엄마의 긴장과 불안이 생생히 전해졌다.

모니터에 표시된 아이의 나이는 만으로 열여덟. 대장암센터를 찾기에는 너무 어린 나이였다. 아이 이름을 클릭하자 소화기내과 교수님의 협진의뢰 창이 팝업으로 떴다.

"FAP 의증으로 내원하여 시행한 대장내시경 검사에서 수백 개의 용종이 관찰되었습니다. 환자의 어머니와 이모가 30대에 FAP로 대장전절제술을 시행한 가족력이 있습니다. 수술 의뢰드립니다. 감사합니다."

FAP(familial adenomatous polyposis) 가족성 선종성 용종증, 유전질환.

아이와 아이 엄마를 다시 바라보았다. 아이는 여전히 태연했고 엄마의 얼굴에는 수심이 가득했다. 엄마의 그늘진 눈은, 떨리는 손은, 단순히 아들의 병을 걱정하는 엄마의 그것이 아니었다. 그보다 훨씬 더 깊은 절망의 심연이었다.

"내시경은 언제 처음 해봤어요?"

"지난달이요."

뒤에 서 있던 엄마가 대답했다. 사실 대장내시경을 언제 처음 해보았느냐는 질문의 대상이 되기에 아이는 너무 어렸다. 스무 살이 되기 전에 대장내시경을 받아볼 이유가 무엇이 있겠는가. 그럼에도 질문과 대답이 자연스럽게 이어진 것은 물어본 쪽이나 대답하는 쪽이나 이미 알고 있었기 때문이다. 아이는 엄마로부터 가족성 용종증을 절반의 확률로 물려받았을 것이고, 그렇기 때문에 성인이 되면 대장내시경 검사를 시작해야 하며, 내시경에서 다발성 용종이 발견되면 암으로 진행하기 전에 수술을 받아야 한다는 사실을.

"고등학생이에요?"

"고3이에요. 3월에 대학 들어가요. 그래서 대학 들어가기 전에는 알려주고 검사해야지 싶어서 한 건데······."

엄마는 못내 말끝을 흐렸다.

사실을 사실대로 알리는 것은 때로는 상상할 수 없을 만큼 잔인하다. 나는 엄마가 아이에게 사실을 알리며 얼마나 고통스러웠을지 짐작조차 할 수 없었다. 엄마가 유전성 대장암 환자라는 사실, 수술을 받았다는 사실, 너에게도 그 원망스러운 유전자가 전해졌을 가능성이 있다는 사실. 아이가 어른이 될 때까지 열여덟 해 동안 엄마는 그 잔인한 사실들을 숨겨오며 얼마나 많은 불안의 날들을 보냈을까. 천형과도 같은 유전성 대장암을 끝끝내 아이에게까지 물려주고 말았다는 사실을 처음 알게 되었을 때 엄마는 얼마나 절망했을까. 내가 내 아이를 이렇게 만들었다는 죄책감을 엄마는 대체 어찌 견뎌내고 있을까. 엄마의 눈을 다시 바라보았다. 절망의 심연이 아까보다 한층 더 깊어 보였다.

수술 시기를 몇 년이라도 늦출 수 없을까, 직장이라도 일부 살릴 수 없을까 싶어 꼼꼼히 살폈지만 내시경 검사 결과는 그리 좋지 않았다. 이미 진행하여 커지고 있는 용종이 항문관 바로 안쪽 하부 직장까지 광범위하게 퍼져 있었다. 직장 전체를 포함하여 대장전절제술을 시행하고 소장을 항문에다가 직접 연결하는 수술 외에는 다른 선택지가 없었다.

"자, 잘 들으세요. 환자분은 가족성 선종성 용종증이라는 병이에요. 대장 전체에 걸쳐 수백 개의 용종이 생기는 유전성 대장암의 일종이죠. 그 용종 하나하나가 암이 될 가능성이 있는 씨앗이기 때문에, 가족성 용종증 환자는 시간이 지나면 백 퍼센트 대장암에 걸리게 돼요. 그래서 암으로 진행되기 전에 수술을 하라고 되어 있어요. 여기 내시경 사진을 보시면 아직은 암이 되기 전인 것 같긴 하지만 이미 진행을 많이 하고 있는 상태라 수술을 더 늦추기가 어렵겠네요. 바로 수술 날짜를 잡아야겠어요."

아이는 닥쳐올 미래를 제대로 이해하고나 있는 것인지 여전히 태연했다. 어쩌면 엄마 앞에서 약한 모습을 보이기 싫어서 애써 태연을 가장한 것이었을지도 모른다. 엄마는 이 모든 상황을 예상하고 있었는지 금방이라도 무너질 것 같은 표정을 하고서도 무너지지 않고 버티고 있었다. 엄마가 힘겹게 입을 열었다.

"가능하면 방학 중에 수술받을 수 있을까요? 회복되고 나면 3월에 입학을 했으면 해서요."

3월 입학이라. 겨우 3개월밖에 남지 않았는데, 과연 가능할까. 방학 중에 수술을 받는 일정에는 문제가 없었다. 하지만 수술 후 두 달 만에 입학을 한다는 것은 전혀 다른 문제였다. 대장전절제술을 하고 소장을 항문에 연결하는 것은 절대 만만한 수술이 아니었다. 오래 걸릴 수술이라는 사실은 둘째로 치더라도, 여러 이유로 수술이 계획대로 잘 진행되지 않거나 수술 이후 합병증이 올 가능성이 높은 수술이었다. 환자가 수술 후 얼마나 잘 회복하고 적응할지도 미지수였다. 수술이 계획대로 잘 된다고 하더라도 대부분의 경우 장루를 만들어야 하고 장루가 있는 상태에서 신입생으로 입학해 생활한다는 것은 결코 쉬운 일이 아닐 것이었다. 이 모든 것에 아무 문제가 없어야만 신학기에 입학이 가능했다.

미간을 찌푸린 채 아이를 다시 보았다. 아이는 일말의 의심도 없이 당신만 믿겠다는 순진한 눈으로 나를 바라보고 있었고, 나는 그 눈을 보며 차마 안 된다는 말을 할 수가 없었다.

"그래요. 수술하고 회복만 잘 되면 가능하겠지요. 젊고 건강하니까."

관건은 얼마나 수술을 잘 하느냐였다. 모든 것은 나에게 달려 있었다.

그래, 모든 책임은 나에게 있었다. 심호흡을 한 번 더 하고, 마음을 굳게 먹고, 상담실 문을 열었다. 엄마는 금방이라도 울 것만 같은 표정으로 앉아 있었다. 예상하고 있던 표정 그대로였지만 막상 얼굴을 마주하니 굳게 먹었던 마음과 달리 입이 쉽게 떨어지지 않았다. 그래도 부딪쳐야만 했다.

"엄마, 잘 들으세요. 수술은 마무리하고 있어요. 마무리하고 있는데……."

엄마에게 수술의 진행 과정을 처음부터 끝까지 찬찬히 다 설명했다. 대장 전체를 절제해내는 데는 전혀 문제가 없었다는 것, 소장 끝부분을 주머니 모양을 만들어서 항문과 연결해야 했는데 아이의 소장이 짧고 장간막이 다른 사람들보다 유난히 좁아서 소장을 항문까지 끌어내려 연결할 수 있을 만큼의 길이를 확보하기가 굉장히 어려웠다는 것, 그래서 하는 수 없이 소장에 혈액을 공급하는 큰 혈관을 중간중간 묶고 잘라내 펼쳐서 길이를 만들어내야 했다는 것, 항문에 겨우 연결을 해내기는 했는데 장루를 만들 소장을 확보할 수가 없어서 장루 없이 수술을 끝냈다는 것, 그러나 수술을 마무리하며 보니 항문에 연결된 소장 주머니 부분의 색깔이 썩 좋지 않았다는 것까지 차근차근 설명했다. 아니, 그것은 사실 설명이라기보다는 혼잣말에 가까웠다. 차근차근 설명한다고 해서 이해시킬 수 있는 성질의 것이 아니었다. 엄마가 불안 가득한 표정으로 되물었다.

"그러면 어떻게 되는 건데요?"

"길이를 확보하려고 혈관을 묶다 보니 소장 끝부분이 허혈에 빠져 있어요. 혈액 공급이 원활하지 못하다는 뜻이죠. 하루이틀 지켜봐야 하겠지만 이대로 허혈이 더 진행되면 소장이 괴사될 것이고, 그러면 재수술을 해야 해요."

엄마의 눈물이 터지기 시작했다. 하지만 나에게는, 잔인하게도, 엄마의 감정의 파도에 휩쓸려버리기 전에 전해야 할 말이 아직 남아 있었다.

"만약 그렇게 된다면 아이는 항문을 더 이상 쓸 수 없어요."

"(······) 네?"

"평생 장루를 차고 살아야 한다는 거죠. 변주머니요."

내 말이 끝나자마자 엄마는 두 손으로 얼굴을 가리고 오열했다. 나는 뭐라도 위로의 말을 건네고 싶었지만 도저히 그럴 수가 없었다. 꽉 깨문 입술을 약간이라도 떼었다가는 억지로 삼킨 눈물이 다시 솟아오를 것만 같았기 때문이다. 수술 전날 회진 때 그저 교수님만 믿겠다고 신신당부하던 엄마의 간절한 목소리가 귓전에 맴돌았다. 모든 책임은 나에게 있었다. 일단 엄마를 진정시켜야 했다.

"일단 경과를 좀 지켜봐요. 나빠질 거라는 생각보다는 좋아질 거라는 기대를 가집시다."

하지만 엄마의 오열은 멈출 줄을 몰랐고, 내 말은 메아리처럼 허공으로 퍼져버렸다. 그렇게 아이 엄마와 나는 수술장 상담실을 차지한 채 한참을 마주앉아 있었다.

그리고 걱정 속에 이틀이 지났다.

엄마의 간절한 기도가 통한 것일까. 아이는 빠른 회복세를 보였다. 열도 없고 백혈구와 CRP 수치 모두 정상적인 회복 양상이었다. 결국 모든 것이 좋아지게 될 것을, 최악의 시나리오를 설명해서 괜히 엄마의 눈물만 쏙 빼놓은 꼴이 되었다. 그냥 다 잘 되었다고 설명하고 걱정은 속으로 혼자서만 할 걸 그랬나 싶은 후회의 감정이 슬며시 밀려들었다. 그래서는 절대 안 된다는 것을, 단지 결과론에 불과하다는 것을, 만약 그랬다가 아이의 상태가 갑자기 나빠지기라도 했다면 뒷감당이 어렵다는 사실을 너무 잘 알면서도 부질없는 후회를 하는 것은, 오열하며 무너지던 엄마를 감당해내기가 정신적으로 버거웠기 때문이리라. 노인 환자의 자식들이 울 때는 그냥 그러려니 하면서도, 젊은 환자의 엄마가 울 때는 나도 같이 감정이 격해지곤 한다. 부모된 자의 마음은 누구라도 다 똑같다.

수술 후 이틀째 되는 날 아침, 수술 부위가 괴사 없이 잘 아물고 있음을 확인하기 위해 외래 진찰실에서 직장경 검사를 시행했다. 깨끗했다. 안도의 한숨이 저절로 내쉬어졌다.

"경과가 아주 좋네요. 이제 한시름 놓으셔도 될 것 같아요."

이제 괜찮다는 내 말에 밖에서 초조하게 기다리던 아이 엄마는 또다시 눈물을 보였다. 아이고, 이 울보 엄마를 어찌할꼬?

"아이가 어리고 건강해서 스스로 이겨낸 거예요. 한 일주일 지나면 퇴원할 수 있을 거예요."

"감사합니다, 교수님. 정말 감사합니다."

아이 엄마는 머리가 땅에 닿도록 거듭 절을 했다. 엄마의 얼굴에 항상 드리워져 있던 그늘이 걷히고 있었다.

"엄마, 이제 그만 좀 울어요. 다 잘될 거니까."

아이 엄마가 처음으로 환하게 웃었다. 나도 같이 환하게 웃었다.

제21회 장려상 수상작이다. 글쓴이 이수영은 화순전남대학교병원 대장항문외과 교수로 수상 소감에서 "의사는 환자에게 공감할 줄 알아야 하지만, 반대로 환자의 감정에 휘둘려서는 안 됩니다. 순간순간 냉정한 판단이 요구되는 외과 의사라면 더욱 그렇습니다. 하지만 때로는 스스로의 감정을 조절하기 어려운 경우도 있습니다. 〈엄마의 눈물〉은 복받쳐 올라오는 감정의 홍수를 통제하기가 버거웠던 경험에 관한 글입니다. 몇 날 며칠을 아이 엄마와 함께 (몰래) 울고 웃었던 기억이 지금도 생생합니다."라고 말했다.

# 철을 깎는 파도

"무슨 일을 하세요?"

사회생활을 하다 보면 흔히 듣게 되는 이 질문을 들으면 나는 조금 곤혹스러워진다. 도대체 내 일을 뭐라고 설명해야 하나. 이전에 병원에서 일할 때는 "정신과 의사입니다"라고 하면 대개는 듣는 사람 쪽에서 고개를 끄덕였다. 그러나 새로운 직장에서 일하게 된 후 지금까지 여러 개의 답변을 시도해보았지만, 만족스럽게 전달된 적은 거의 없다. 지금의 나는 처방권도 없고, 진료도 보지 않아 의사라고 답하기가 어렵다. "군인입니다"와 "임기제 공무원입니다"라고 시도해보았으나, 그러면 부연설명이 더 길어지게 된다.

병역판정전담의사, 그게 내가 맡은 일이다. 군 대체 복무로 이곳에 배치받았다. 여덟 글자로 말하기에는 너무 길어서 '병판의'라고 세 글자로 줄여서 말하고는 한다. 병무청에 신검을 받으러 오는 수검자들을 분류해서 1급부터 5급까지의 판정을 하는 사람이다. 1~3급은 현역이고 4급은 공익이며 5급은 면제다. 모든 과 중에서 정신과 판정을 받는 인원이 제일 많다. 20대 신체 건장한 청년들이 몸이 아플 일은 잘 없지 않겠는가. 대부분의 정신과 질환은 평균 발병 연령이 어린 만큼, 내 앞에만 긴 줄이 늘어서 있기 마련이다. 한 명 한 명 판정을 내릴 때마다 그들의 기쁨과 슬픔이 교차한다. 그러나 수검자들의 사정은 나에게 별다른 감흥을 일으키지 않았다. 그들이 군대에 가든, 가지 않든 나와는 아무런 상관이 없기 때문이다. 편의점 아르바이트생이나 마트 캐셔가 된 듯이 나는 기계적인 태도로 일을 했다. 수검자들은 내 앞에 오면 먼저 자기의 나라사랑 카드를 바코드 기계에 찍기 때문에 '삑- 삑-' 소리가 들려서 더욱 그렇게 느껴지기도 했다.

병원에서 일할 때 환자들은 치료 초기에는 내가 감정을 내비치지 않는다며, 로봇 같다고 말했다. 그리 말한 사람이 한두 명이 아니었다. 사람인 이상 어찌 감정이 없겠느냐마는, 유독 내 말투는 높낮이가 없고 얼굴은 무표정을 유지하기 때문에 그렇게 보였나 보다. 어느 정도는 환자들의 감정에 내가 휩쓸리지 않으려는 의도 때문이기도 했다. 그렇지만 그 아래에는 언제나 환자를 위하는 나의 진심이 있었기 때문에, 환자들도 나중에는 내가 로봇이 아니라는 사실을 마음으로 알아차리고 미소를 지었다.

그렇지만 병무청에 와서 내가 취하게 된 기계적인 태도는 병원에서 취했던 태도와는 달랐다. 한정된 시간 안에 수십, 수백 명의 인원을 판정해야 하기 때문에 지치기 쉬웠다. 최적의 효율로 간소화한 멘트를 내뱉었다. '어떻게 하면 한 마디를 아낄까' '어떻게 하면 질문이 나오지 않을 수 있을까' '어떻게 말해야 빨리 내 눈앞에서 일거리들을 치울 수 있을까' 그런 고민의 결과였다.

수검자들의 사정을 들여다보면 더욱 심적으로 지치기 쉬웠다. 병무청에서는 6개월 이상의 통원치료 혹은 1개월 이상의 입원치료에도 불구하고 증상이 있어 기능 손상이 있을 때 현역에 부적합하다고 판단한다. 그런데 90% 이상의 수검자들은 증상이 없거나 경미하다. 치료도 제대로 받지 않는다. 본인이 주장하는 만큼 고통스러웠다면 자발적으로든 주변에서든 치료를 받게 했을 것인데, 일주일 치 약을 타고는 한 달 뒤에 병원을 가는 식이다. 그러고는 내 앞에서 꾸준히 치료를 받았으니 자기는 군대에 갈 수 없다고 우긴다. 처음엔 그런 말을 들으면 짜증이 났다. 사무적인 태도로 그럴 수 없다고 판정하면, 욕을 내뱉거나 위협하는 수검자들도 있었다.

이런 일들이 반복되니 마음의 문을 닫아걸게 되었다. 짜증조차 나지 않았다. 수검자들을 사람으로 보기보다는 내 일거리로, 진단서에 적힌 글자들로 보았다. 그 무렵의 나는 정말로 로봇에 가까웠던 것 같다. 인간의 마음을 잃어버린 로봇. 하다못해 편의점에 가서 물건을 계산할 때에도 서로에게 안녕하시냐고 묻는데 나는 그런 것도 없었다. 나는 냉철하게 판정을 내린다고, 감정이 일어나는 것은 인정하되 감정에 휘둘리지 않았다고 스스로에게 거짓말을 하면서 하루하루를 그저 지나쳐 보내기만 했다.

그날도 '삑- 삑-' 소리를 너무 많이 들어 슬슬 이 소리가 머릿속에서 울리는 것처럼 느껴질 때, 한 수검자가 내 앞으로 왔다. 여상한 태도로 수검자가 내민 의무기록을 읽자마자 나는 말문이 막혔다. 수검자가 아주 어릴 무렵, 아버지가 동반자살을 하려고 수면제를 먹이고는 목을 졸랐다고 한다. 어머니는 이미 죽인 뒤였다. 아버지가 마음을 바꿨던 건지, 있는 힘껏 졸랐으나 실패하였는지는 모르겠다. 그때의 일을 누가 알랴마는, 어쨌든 수검자는 응급실로 갔고 며칠간의 치료 후에 퇴원했다. 그리고 몇 년 후 시행한 뇌 자기공명영상 검사상 저산소성 뇌손상으로 인한 뇌연화승이 발견되었다. 수검자는 어릴 때부터 수학 등의 학습에 어려움을 겪었고 학교에서 따돌림을 겪기도 했다. 웩슬러 지능검사는 시행하지 않았으나 학교 생활기록부를 살펴보았을 때는 분명한 기질적 뇌손상이 의심되었다. 검사를 시행한다면 특정 영역에서만 불균형적으로 지능이 떨어져 있을 것이었다. 그리고 같이 죽자던 아버지는 살아서 아들을 학대하고 있었다.

어지간한 사정들에 단련이 되어 있다고 자부하던 나도 잠깐 할 말을 잃었다. 온갖 감정들이 닫아건 문 안에서 휘몰아쳤다. 눈을 들어 수검자에게 몇 가지 질문을 했다. 힘든 것은 없냐고. 정신과 전문의로서는 실격인 문진이었다. 밑도 끝도 없이 힘든 게 없냐니. 수검자는 밝게 웃으면서 그다지 없다고 했다. 그 웃음이 아직도 기억난다. 수검자는 돈이 없다고 했다. 그래서 정신과 치료를 받을 수도 없었다. 그러면 현역에 가는 수밖에 없다. 나는 그렇게 판정했다.

그 수검자가 지나가고 나서 눈물을 참으려고 눈을 여러 차례 깜빡여야 했다. 흐르지 않았다. 옛날에는 돌을 깰 때, 틈에다가 쐐기를 박고 물을 붓는다고 했다. 그러면 팽창한 쐐기가 돌을 깨뜨린다고. 비슷한 일이 내 마음의 문에 일어났다. 수검자가 박은 쐐기가 내가 흘리지 않은 눈물로 적셔졌고, 팽창하여 마음의 문틈에 균열을 만들었다. 그리고 그

틈으로 감정의 파도들이 쏟아져 들어왔다.

비슷한 사연을 지닌 수검자들이 계속해서 왔다. 아버지가 어머니를 죽이거나, 어머니가 아버지를 죽인 수검자도 있었다. 아버지가 어머니를 죽이는 장면이 기록된 CCTV를 법원에서 증거물로 재생하여 보여주었고, 이를 보고 외상후 스트레스장애에 시달리는 수검자도 있었다. 어느 날 아침 눈을 떴을 때 목을 매단 부모를 본 수검자도 있었고, 자신의 눈앞에서 부모가 차를 타고 바다에 뛰어들어 사망한 것을 본 수검자도 있었다. 그리고 이들은 공통적으로 돈이 없었다. 나는 혀를 깨무는 심정으로 현역 판정을 내렸다.

내가 어떻게 해야 할까? 이러한 슬픔 앞에서 내가 할 수 있는 일은 없어 보였다. 그 무력감 때문에, 몰아치는 감정의 파도들 때문에 괴로웠다. 매일 반복되는 파도들은 철도 깎아냈다. 한 번 열린 문은 다시 닫히지 않았다. 슬픔의 파도에 깎여서 로봇이 다시 사람이 되었던 것이다. 사람은 사람을 이해하고, 돕는다. 오래전에 잃어버렸던, 마음으로 공감하는 법을 다시 익혀냈다. 그 참혹한 슬픔에 그저 방관자가 되지 않으려고 했다. 증인이 되고 싶었다. 그 수검자들이 지금 마주할 수 있는 정신과 의사는 나뿐이라는 생각으로, 몇 마디라도 더 해주고 싶었다. 나는 처방권도 없고 진료를 보는 것은 아니지만, 의사 이전에 한 인간으로서의 마음이었다.

그런 슬픔을 겪고 나면 자연스레 갖게 되는 분노도 있었다. 속이려고 드는 사람들이 있기 때문이다. 어느 날은 어머니 품에 폭 안겨서 겁에 질린 채 왔던 수검자가 있었다. 그 수검자는 눈물을 뚝뚝 흘리며, 무섭다고 칭얼대며 나를 손가락질하면서 '저 사람이 나를 싫어하는 것 같다'라며 울었다. 조현병인가 하고 갸웃거리며 진단서에서 확인한 진단명은 ADHD였다. 명문대에 재학 중이었다. 생활기록부도 살폈다. 나는 그날, 병역 회피를 전문적으로 수사하는 조직인 특별사법경찰에 다음과 같이 제보했다.

'(……) 극도의 불안감과 유아적인 퇴행을 보였음. 그러나 제출한 의무기록상 주치의의 특별한 언급이 없었으며, 득목고등학교 생활기록부상 성적이 매우 뛰어난 편으로, 학급 반장으로 선출되는 등 유의미한 사회 기능의 손상이 보이지 않았던 것으로 보이며 종합 의견으로도 원만한 교우 관계 등의 긍정적 의견 다수 기재되어 있음. (……) 이와 같이 수검자에게 기대되는 정신 증상과 의무기록, 생활기록부상 기술의 모순점 및 본 병역판정검사의사와의 면담 시 정신상태 검사상 일치하지 않는 점이 많아 병역 면탈 우려가 있다고 판단하여 소견함'

비슷한 일이 많다. 듣기로는, S대 재학생이 IQ 50의 지능검사 결과를 제출한 적도 있다고 한다. 나 역시도, IQ 검사를 세 번 하였으나 차례로 80, 50, 50이 나왔던 수검자를 제보한 경험이 있다. 성추행으로 재판받는 중이었다. 담당 공무원은 이 수검자가 지적장애를 주장함으로써 재판과 군대 양쪽에서 이득을 취하려고 하지 않았겠냐는 의견이었다. 우스운 일이다. 어떤 사람은 최소한의 치료도 받지 못하는데, 어떤 사람은 기망하여 이득을 취하려고 한다. 그럴 때 나는 이전에 보았던 어떤 웃음을 떠올린다. 그러면 화가 난다.

공정이니 평등이니 하는 것은 정치인들의 공약 속에서나 존재한다고 여겼다. 냉소적인 태도로, 세상은 원래 그런 거라고 한 발짝 떨어져 말하길 좋아했다. 파도에 깎인 마음은 이제 그렇게 느끼지 않는다. 세상의 진짜 모습을 보고 나면, 누구나 슬퍼하고 누구나 분노할 수밖에 없다. 이런 분노가 그런 슬픔을 없애지는 않는다. 그렇지만 나는 여전히 분노한다. 정신과 병역판정은 누구나 할 수 있는 일은 아니다. 능력의 유무가 아니라, 남자 의사들 중 일부만 이런 기회를 얻는다는 점에서 그렇다. 그러니 어쩌겠는가. 내가 제대로 할 수밖에. 어릴 적 정의로운 판사, 검사가 되어볼까 고민했던 내 욕동이 이런 식으로 채워질 모양이다. 신기하게도 고위 공직자 자녀, 고소득자 자녀, 체육선수 등은 붉은색 팝업이 뜬다. 다시 한번 주의하라고. 있는 힘껏 그러고 있다. 누가 알거나 말거나, 나는 내 일을 한다.

♣ 개인정보 유출방지를 위해 이 글에 등장하는 에피소드들은 듣거나, 경험한 일을 합치거나 일부를 바꾸었음을 밝힙니다. 그러나 일어났고, 일어나고 있는 일들임을 다시 밝힙니다.

제21회 우수상 수상작이다. 글쓴이 이진환은 병역판정전담의사로서의 복무를 마치고 현재는 진료 현장에서 최선을 다하고 있다. 수상 소감에서 "청년들을 마주할 때마다 많은 부담을 느낍니다. 그들에게 짧게는 2년, 길게는 평생에 걸친 결정을 내리는 자리는 상상치도 못할 중압감을 주었습니다. 때때로 구한말 황현의 절명시 일부분을 떠올립니다. '難作人間識字人(난작인간식자인): 인간 세상에 글 아는 사람 노릇 어렵기만 하구나'. 어렵습니다. 그러나 나라의 녹을 먹는 자리에 있으니 책임감을 느낍니다. 멸사봉공의 자세로 끝마치기까지 흔들림 없는 균형을 지키고 엄정한 판단을 내리겠습니다."라고 말했다.

# 우리들의 블루스

　"센터장님, 11월 24일에 돌봄터 행사 있어요? 구청장님도 오신다는데, 참석 가능하시죠?" 돌봄터 시설장이 결재서류와 함께 행사 전단지를 보여주었다.

　"네? '우리들의 블루스', 금요일이네요? 그날 부산에 치매학회 가기로 했는데……."

　"그래요? 어떡하지요? 심사위원도 맡아주셔야 하는데요?"

　"알겠습니다. 그러면 뭐, 참석해야지요."

　나는 떨떠름하게 대답하고는 부랴부랴 학회에 전화를 걸었다. 사정을 이야기하고 사전등록 취소를 부탁한 뒤 예약해놓은 기차표도 취소하였다.

　2020년 가을, 코로나바이러스가 기승을 부리던 시절, 병원 기획팀 부팀장이 관내 치매돌봄터의 위탁운영 공고가 나왔으니 응모를 하면 어떻겠냐고 하였다. 나는 수도권 광역시 2차 대학병원에서 스태프로 일하고 있지만 개원한 지 얼마 되지 않아 전공의도 없이 교수들이 번갈아가며 당직을 서면서 과를 운영하고 있는 상황에서 추가적으로 외부일을 맡는 것이 망설여졌다. 그런데 한편으로는 치매 환자를 주로 보는 의사의 입장에서 실제 환자의 돌봄 부분에 대한 이해가 부족한 것도 사실이었다. 경험도 쌓을 겸해서 응모를 하였는데 위탁운영기관으로 선정되었고, 2021년부터 비상임 센터장으로 주 1회 방문하여 돌봄터 운영보고, 서류결재, 회의, 직원 교육 등을 하고 있었다. 우리 병원에 치매돌봄터를 위탁하면서 구청으로부터 돌봄터를 주야간 돌봄터로 확대 운영하는 제안을 받아서 현재는 치매전담형 주야간돌봄터로 운영하고 있다.

문제는 돌봄터 위탁을 받는 시점이 코로나바이러스감염증-19(코로나19)으로 여러 가지 대면 접촉에 제한이 있는 사회적 거리두기 시절이었다는 점이다. 코로나19 확산으로 돌봄터가 폐쇄되는 일은 피해야 했기에 돌봄터에 나오시는 어르신들의 활동 중 외부로 나가는 행사나 센터직원을 제외한 외부인의 출입은 통제가 불가피하였다. 돌봄터에서 코로나19 확산 이전부터 외부 강사나 자원봉사자들의 도움으로 실시하던 다양한 인지중재 프로그램도 축소되거나 비대면으로 전환되어 실시하였다. 당연히 관내 유치원, 초등학생들의 현장 체험학습, 방학 중에 이루어지는 중고교생의 봉사활동, 간호학과 학생들의 지역사회 실습도 모두 잠정적으로 폐쇄되었다. 이런 상황에서 정기적으로 실시하는 봄·가을 가족 나들이, 연말에 실시하는 가족과 함께하는 송년회 프로그램도 모두 센터 내 직원들만 참여하는 형태로 축소 운영하였다. 이렇게 운영하다 보니 코로나19로 센터가 폐쇄되는 일은 막았지만 센터의 활기는 예전 같지가 않았다.

금년 들어서 코로나바이러스의 기승이 약화되면서 대응 수위도 낮아져 기존의 외부 활동을 조금씩 재개하고는 있지만, 이 또한 쉬운 것이 아니었다. 지난 3년간의 코로나19로 기존에 구축되었던 자원봉사활동 및 외부 활동을 위한 인프라가 많이 훼손되어 곧바로 코로나19 이전으로 돌아가는 것은 힘들었다. 또한 여전히 코로나바이러스감염증이 존재하고 있고 센터의 어르신들은 고령이며 치매 외에도 여러 가지 기저질환을 가지고 있는 분들이 대부분이어서, 무리하게 활동을 재개하기보다는 순차적으로 외부 활동을 늘려나가는 것으로 하고 금년을 보냈다. 예를 들면, 가족과 함께하는 나들이의 경우 외부로 나들이는 나가지만 가족은 참여하지 않고 센터 직원들로 구성하여 가까운 곳을 다녀오는 식이었다.

그러다가 연말에 송년회 겸, 치매 안심 노래자랑을 기획하게 되었다. 세상이 코로나19로 어려운 시기를 보내고, 지난 몇 년간 사회적 거리두기 때문에 생긴 고립감을 덜어주는 의도로 가족과 함께하는 노래자랑이 기획되었고 심사위원을 맡아달라는 부탁을 받은 것이다. 노래에 대해 아는 것도 없고, 더구나 누구를 심사해본 적도 많지 않아 내가 제대로 할 수 있을까 하는 생각이 들기도 했는데 이것도 나의 일이라고 생각하고 참석하기로 했다.

노래자랑이 시작되기 전 치매 환자의 보호자 한 분이 내게 다가와 인사를 하였다. 환자분과 같이 있었으면 알아봤을 텐데 보호자분만 계셔서 내가 잘 알아보지 못하자 환자분의 이름을 대며 하시는 말씀이, 2년 전에 치매 진단을 처음 받았을 때는 증상이 심하지 않아 약을 먹고 개인적으로 운동을 했는데, 금년도부터 인지기능이 많이 떨어지고 우울감이 심해져서 약물치료와 함께 기억쉼터 참여를 권고받고 처음에는 많이 망설였다고 하였다. 환자가 젊어서부터 남과 어울리는 것을 별로 좋아하지 않아 쉼터에 잘 적응할 수 있을까 걱정했는데, 다행히 환자분도 기억쉼터에 나가는 것을 좋아하고 다양한 인지중재 프로그램에 참여하면서 우울 증상과 화를 내는 증상이 많이 완화되었으며, 무엇보다도 환자가 기억쉼터에 나가는 시간에 보호자분이 조금 휴식을 취할 수 있어 감사하다고 하였다.

보호자분과 인사를 나누고 심사위원석에 앉았을 때 전문 노래강사 선생님이 같이 심사위원으로 참여하여 주신 것을 알게 되었고, 다행이라는 생각이 들었다. 치매 어르신들의 차임벨 연주를 시작으로 노래자랑이 시작되었고, 얼마 지나지 않아 나의 생각이 완전히 잘못되었다는 것을 알게 되었다.

노래가 흘러나오자 가족들은 미소를 지으며 함께 노래했고, 치매 환자들은 음악 속에서 잊고 있었던 기억들을 꺼내어 함께 나누었다. 한 가족은 노래 속에서 치매를 앓고 있는 어머니의 기억을 되살려보려고 어머니가 예전에 즐겨 부르던 노래를 선택했다. 어머니는 가사를 잊어먹어 가족들이 함께 노래를 불러주었지만, 노래를 부르는 동안 어머니는 눈물을 감추지 못하며 미소를 지어 보였다. 노래를 들으며 나도 이렇게 어머니와 함께 노래를 불러본 적이 언제인가 하는 생각이 들자 나도 모르게 눈물이 흘렀다. 다른 참석자들도 노래를 들으며 노래 속에 감춰진 각자의 추억들이 다시 살아나는지, 그 순간은 참석자들 모두에게 감동의 순간으로 남았다.

또 다른 치매 어르신의 딸은 "마이크를 싫어하던 엄마가 이곳에서 생활하면서 밝아지기 시작해 이제는 노래 부르기를 좋아하시는 모습에 너무 감사하다"라고 말하고, 어머니의 기억을 되살리기 위해 어머니가 노래를 부르는 중간에 노래 가사에 나오는 소품을 실제로 준비하여 감동을 주었다. 무엇보다도 초로기 치매 환자인 아내의 손을 꼭 잡고 '사랑해' 노래를 부르던 남편이 눈물을 터트려 노래를 잇지 못한 모습에 장내는 눈물바다가 되기도 했다.

'내가 이 무대의 심사 자격이 있는가?' 하는 생각이 심사 내내 나의 마음속에 떠올랐다. 그러면서 부산학회를 취소하고 노래자랑 심사에 참여한 것은 내가 근래에 내린 가장 잘한 결정이었다는 생각이 들었다. 학회에 참석하면 유명 외국 연자의 반쯤 알아듣는 영어강의를 듣고, 늘 만나던 선후배를 만나 점심을 먹고, 늘 하던 이야기를 하며 시간을 보낼 수는 있었겠지만 이 무대에서 경험한 영혼이 정화되는 감동은 느끼지 못했을 것이다.

지난 3년간 코로나19 기간에 이루어진 인위적인 사회적 거리두기는 치매 환자의 인지기능에 악영향을 미치고 치매 가족의 부양 부담을 증가시킨다는 연구 결과가 이어지고 있다. 꼭 연구 결과가 아니더라도 돌봄터에 규칙적으로 나가시던 어르신이 여러 가지 이유로 돌봄터 이용이 어려워질 때 치매 증상이 악화되는 것은 흔히 보이는 현상이다.

우리나라의 고령화 속도를 걱정하는 목소리와 함께 고령화에 따른 비용의 부담을 우려하는 목소리도 높다. 나는 노래자랑 심사를 하면서 '만일 예산상의 문제로 돌봄터가 축소되거나 폐쇄된다면 어떻게 하나?' 하는 생각이 들었다. 하지만 그 생각은 이내 쓸데없는 걱정이라는 생각이 들었다. 이 문제의 정답은 우리 속담에 '호미로 막을 것을 가래로 막는다'라는 말이 정확하게 표현하고 있는데, 설마 우리나라의 정치인들이 이 정도도 모르겠냐는 생각에서였다.

노래자랑이 끝나고 병원으로 돌아오는 차 안에서 노래자랑에서 들었던 노래를 떠올리며 행복한 시간을 보낼 수 있었고, 무엇보다도 노래자랑을 통해 나의 영혼이 치료받았다는, 가슴 깊은 울림을 느낄 수 있었다.

제23회 장려상 수상작이다. 글쓴이 구본대는 가톨릭관동대학교 국제성모병원 신경과 교수로 수상 소감에서 "지난 3년간 치매 돌봄터에서의 경험은 저에게 치매라는 질병을 진료실에서와는 다른 관점에서 돌아보게 하였습니다. 진료실에서는 치매 환자에게 치매의 원인 질환을 감별하기 위한 검사를 시행하여 적절한 약제를 처방하는 것에 중점을 두게 됩니다. 환자나 보호자의 치매 증상에 대한 호소가 있으면 행동 조절 약제를 추가해서 처방하는 정도입니다. 그래도 초진의 경우는 15분에서 20분 정도 진료를 하지만 재진의 경우는 5분이라는 아주 짧은 시간 진료를 해야 하는 것이 현실입니다. 하지만 치매 돌봄터에서의 경험은 저에게 치매를 질병이 아닌 치매를 앓고 있는 어르신들의 모습으로 보고 생각하는 계기가 되었습니다."라고 말했다.

# 말 한마디의 무게

우리는 흔히 중요한 이야기를 들었을 때 "한마디의 말은 천금과도 같다"라고 표현한다. 이러한 천금과 같은 말은 어느 때 가장 적합한 말일까? 물론 사람마다 각자의 위치와 상황에 따라 다르겠지만, 생과 사의 기로에 있는 누군가에게는 주치의의 한마디가 그렇지 않을까 싶다. 요즈음은 "전공의 특별법(전공의의 수련환경 개선 및 지위 향상을 위한 법률)"으로 전공의 생활에도 약간의 여유가 생겼지만, 14년 전, 전공의 1년 차 생활은 육체적으로나 정신적으로 꽤나 힘든 시절이었던 것으로 기억된다. 마음의 여유가 없는 만큼, 환자나 보호자를 대할 때에도 온화한 말투로 대하기란 쉽지만은 않았으리라. 내가 수련을 받았던 대학병원의 두경부외과는 특히, 응급과 위중한 환자가 많은 편이어서 당시의 나는 하루하루가 팽팽한 긴장감의 연속이었던 것 같다.

전공의 생활이 조금씩 적응되어가던 1년 차의 가을, 빡빡한 병원 생활 속에 감정이라곤 메말라버린 나에게도 삶에 대해, 그리고 한마디 말이 주는 힘에 대해 처음으로 생각하게 된 기회를 만났다.

2인실에서 늘 아내와 함께 조용히 창밖을 쳐다보던 50대 후반의 남성 환자가 있었다. 그는 혀 기저부 암의 임파선 전이로 혀의 대부분과 양측 목의 임파선을 절제한 환자로, 22시간가량의 긴 수술을 시행 받은 환자였다. 장시간 수술에 참여한 의료진의 노력이 무색하게도 환자는 암의 진행과 상처의 염증으로 입원 중 두 차례 경동맥 파열을 경험했다. 당시 두경부암 환자의 주치의 경험이 많지 않았던 1년 차인 나에게는 처음으로 목격한 경동맥 파열이 받아들이기 힘들 정도로 두려운 경험이었다. 무서울 정도로 솟구치는 출혈, 피범벅이 된 손으로 상처를 지혈하며 환자 침대에 올라타 이동하는 고연차 전공의 선배, 거친 숨을 내쉬며 마취과에 연락하면서 수술실로 뛰어가는 그 순간이 아직도 생생하다. 환자가 무사하기를 바라는 마음과, 그리고 한편에는 다시는 이러한 일을 경험하지는 않았으면 하는 마음이 뒤섞인 복잡한 감정이 들었다. 지혈 수술이 끝나고 환자분이 입원실로 다시 돌아왔을 때, 안도감과 함께 다시 고개를 든 건 수술 중 잠시 잊고 있었던 극도의 불안감이었다. 해당 병실의 복도를 지날 때면 나는 한껏 날을 세운 고슴도치처럼 안에서 들려오는 모든 소리에 귀를 기울였다.

환자분에게는 늘 곁을 지키는 아내가 있었다. 항상 말이 없고 조용하며, 병실을 방문할 때면 큰 불만 없이 나직이 고맙다는 이야기만 한 번씩 하셨던 보호자여서 사실 많은 기억이 나진 않는다. 입원 중 꽤 오랜 시간 환자분의 상처는 염증으로 일부 혈관이 노출된 상태였고, 나는 하루 3~5번의 소독을 하면서 환자의 경과를 확인하고 보고했다. 회진 후에는 고비를 넘기기 힘드실 수도 있겠다는 동료와 선배들의 조심스러운 의견이 들리기도 했고, 예후에 대해 완전히 이해하지 못한 내가 보기에도 상처는 좋아질 기미가 보이지 않았다.

하루는 늘 말이 없던 환자분의 아내가 회진을 준비하던 나를 찾아왔다. "회진 때 의사 선생님들이 남편의 손을 한 번씩만 잡아주면 안 되나요?" 조용히, 그리고 아주 조심스러운 눈빛으로 나를 보며 물으셨다. 힘든 부탁이 아니었으니, 당연히 오후 회진을 돌면서 담당 전공의였던 나와 선배들은 돌아가면서 환자의 손을 잡아주며 힘내시라는 이야기도 전했다. 매번 손을 잡아주면서 회진을 진행하던 며칠 후 여느 날과 같이 회진을 돌고 병실을 나서는데, 환자분의 아내가 조용히 환자 곁으로 다가와 한마디를 건넸다. "○○ 아빠, 선생님들이 오늘 당신 정말 많이 좋아졌다고 하셨어. 매일매일 계속 좋아지고 있다고 하시네." 순간 나는 내 귀를 의심했다. 대학병원에서 15년 가까운 시간을 보낸 지금의 나라면 유연하게 고개를 끄덕일 수도 있을 것 같지만, 당시 경험이 적은 나는 보호자의 이 한마디를 그냥 지나치지 않았다.

'내가 환자 상태에 대한 설명을 정확히 못해서 병식이 제대로 없으신 건가?' '내가 환자나 보호자에게 정확하지 못한 설명을 했다고 고연차 선배나 교수님께 꾸중을 듣지는 않을까?' 생각이 짧았던 나는 아내분과 면담을 하면서 "제가 환자분이 좋아지고 계시다고 설명했나요? 지금의 상태는 안타깝지만 심각해질 수도 있고, 그런 일이 없길 바라지만 위험한 상황이 또 일어날 수도 있습니다. 제가 드리는 말을 이해하고 계시는 거죠?" 그러고는 환자의 상태에 대해 하나하나 조목조목 설명해 나갔다. 다소 싸늘하고 딱딱한 말투로, 약간은 다그치는 듯한 설명이었다. 젊은 의사의 배려 없는 대화에도 보호자는 조금의 표정 변화도 없이 너그러운 얼굴로 조용히 대답했다. "다 이해하고 있고, 아기 아빠의 상태도 잘 알고 있습니다." 보호자분은 조용히 병실로 돌아갔다. 머쓱해진 나는 순간 말을 잃었고, 내 생각이 짧았음을 반성했다.

다음 날도 그다음 날도 환자의 아내는 똑같이 좋아지고 있다는 말을 환자분께 전했고, 나는 조용히 고개를 끄덕이며 가볍게 미소 지었다. 나의 주치의 기간이 끝나고도 몇 개월간 환자는 여러 차례 수술과 입원 치료를 받았고, 놀랍게도 상태가 많이 호전되어 퇴원을 하셨다. 그때, 환자의 아내는 주치의였던 내가 미처 하지 못했던 천금보다 값진 말을 환자에게 전해주고 있었으리라.

시간이 흘러 10년이 넘는 동안, 병원에서 여러 가지 상황들을 경험하며 말의 중요성을 느끼며 지내던 나에게 다시 한 번 시간을 되돌리고 싶은 순간이 찾아왔다. 이과 영역을 전공하면서 비교적 안정적인 환자들의 치료를 맡아오던 중, 80대 중반의 진행된 두개저 골수염 환자를 만났다. 환자는 두개저 골수염과 경동맥의 가성동맥류 파열로 인한 대량 출혈로 응급실을 내원하였고, 촌각을 다투는 매우 위중한 상태였다. 첫 번째 혈관중재술로 대량 출혈이 호전되었지만, 일주일 뒤 또다시 대량 출혈이 발생하였고, 또 한 번의 혈관중재술을 시행하였다. 두 번째 시술 후 다행히 추가적인 출혈은 없었지만, 두개저 골수염은 나날이 진행되어 패혈증을 피할 수는 없었다.

환자분에게는 세 명의 아들이 있었다. 늘 병원에서 환자를 간병하던 두 아들 내외분과 환자분의 임종 하루 전 처음 뵈었던 막내아들 내외분. 환자분의 상태에 대해 정확히는 잘 몰랐던 두 보호자에게 나는 그들이 요청한 대로 병실에서 설명을 드리기 시작했다. 환자가 위중한 상태여서 곁을 지키고 싶은 마음과 직접 설명을 듣고 싶은 두 가지 마음이 있어 요청한 거라 생각하며 담담하게 설명을 이어나갔다. 이때까지만 해도 나는 내가 한 말을 아주 오랫동안 후회할 상황이 생길 것이라고는 생각지 못했다. 보호자의 마지막 두 마디의 질문을 듣기 전까지 말이다.

"어머님은 가망이 있다고 할 수 있는 상태인가요?"

"많이 힘드실 수 있습니다. 위독한 상태이고 중환자실 치료는 원치 않으셔서, 현재 상태에서 최선을 다해 치료하며 지켜보고 있습니다."

"이 병은 처음 들어본 병명인데, 희귀병이나 암같이 치료비를 5%만 내면 되는 그런 병은 아닌가요? 응급으로 받은 시술은 많이 비싼가요?"

"금액적인 부분은 알아본 후에 설명드리도록 하겠습니다."

서둘러 병실을 나오면서 '마지막 치료비에 대한 이야기는 환자 앞에서는 하지 말았어야 했는데……' 하는 후회가 머릿속을 가득 채웠다. 환자의 상태를 지켜보고 무거운 걸음으로 늦은 퇴근을 하던 그날, 집으로 돌아오는 길, 자정까지 몇 분 남지 않은 시간, 나는 환자의 임종을 보고받았다.

'치료비를 걱정하는 자식의 모습을 어머니에게 보여드리지 말걸……. 생활이 녹록지 못해 부득이 늦게 어머니를 뵈러 온 것이었을 수도 있었을 텐데……. 내가 병실이 아닌 다른 곳에서 면담을 했다면, 그래서 환자가 그 대화를 듣지 못했다면 세 명의 아들 내외가 환자의 손을 따뜻하게 한 번쯤 더 잡아줄 정도의 시간은 벌 수 있지 않았을까?'

얼마 전 친정어머니와 지인의 통화를 우연히 들은 적이 있다.

"나는 그래도 내가 암이 아니라 심장병이 있다는 게 오히려 행운인 것 같아. 심장병은 일이 생기면 바로 죽게 되니까 자식들이 병시중하느라 고생하는 일은 잘 안 생기겠지?"

순간 가슴이 철렁하며, 환자의 얼굴이 어렴풋이 떠올랐다. 의식이 온전치 않으셨지만, 그날 그 환자분도 이러한 마음이지 않았을까? 자신의 병이 자녀들에게 짐이 되었다는 미안함……, 자녀들이 조금이라도 덜 힘들었으면 하는 작은 바람……, 그날의 대화가 천금의 무게로 환자의 가슴을 짓누른 건 아닌지 2년여의 시간이 흐른 지금도 가슴이 아려온다.

제22회 우수상 수상작이다. 글쓴이 정다정은 경북대학교병원 이비인후과 조교수로 수상 소감에서 "예상보다 환자분의 경과가 좋아 즐거웠던 기억도 있지만 그런 기억은 잠시, 의사라는 직업 때문인지 좋았던 경험보다는 아쉬웠던 기억이 훨씬 더 강렬하게, 그리고 오랫동안 뇌리에 남아 한번씩 저를 괴롭히곤 합니다. '그때 이렇게 했었더라면……' 하는 아쉬운 순간이나 '다음에는 꼭 이렇게 해야지……' 하고 스스로에게 되새김한 이 작은 글귀가 문학상이라는 영광스러운 수상을 하게 되어 매우 기쁘고 감사하게 생각합니다."라고 말했다.

# 밤 인사

길 떠날 시간을

내가 택할 수 없으니,

스스로 길을 찾아야 하네.

이 암흑 속에서.

……

사랑스러운 사람, 잘 자요!

— "밤 인사(구테 나흐트 Gute Nacht)"_ 슈베르트 연가곡집 〈겨울 나그네〉 중 제1곡

"당신 누구야? 의사면 다야?"

"저는 주치의입니다."

"주치의? 니 같은 인턴 나부랭이 말고 박사를 불러와, 박사 말이야!"

"그런데 당신은 누구시죠?"

"나? 환자 동생이다!"

"그런데 무슨 일이시죠?"

"환자 데리고 실험하는 것 집어치워. 다 죽은 사람 데리고 장난치지 말란 말이야!"

악을 쓰고 대드는 이 사람의 거친 숨에서 알코올 냄새가 배어 있다. 이 사람이 이렇게 나를 잡고 흔드는 동안 뒤에 서 있는 보호자들은 아무 말이 없다. 며칠 전까지만 해도 식물인간이 되어도 좋으니 환자의 목숨만 살려달라고, 애원하던 그들이 아닌가?

"누가 죽은 사람 데리고 장난을 친다는 겁니까? 말 함부로 하지 마세요!'

못 들은 척해야 하는데, 그만 내가 말을 되받고 말았다.

"그러면 느그들이 다 죽은 사람 델꼬 인공호흡기 돌리네, 좋은 약 쓰네 카면서 하루에 입원비를 수십만 원이나 받아 처먹고 결국 환자를 서서히 죽이는 짓거리가 아이고 뭐란 말이고? 어디서 눈까리 까디비고 치다보고 있어, 새파란 기. 니 몇 살 처묵었어?"

'참아야지.'

마음속으로 큰 숨을 한번 쉬고 주위를 둘러보았다. 어제까지 나랑 환자의 상태에 대해 걱정하고 대화를 나누었던 그 보호자는 일군의 무리 맨 뒤에 서 있다.

"저기 계시네, 아드님!"

"……예."

다 기어가는 목소리다.

"어찌된 겁니까? 최선을 다해보기로 해놓고서, 지금 이 사람이 나타나서 말하는 건 뭡니까?"

'이 사람'이라는 말에 그가 무시당했다는 기분이 들었는지 거칠게 나에게 몸을 부딪쳐온다.

"야, 아! 나한테 이야기해라!"

대답 대신 애써 그를 외면했다.

"죄송합니다. 하지만 집안 어르신들이 객사(客死)하면 안 된다캐서예. 다들 상의해서 이제 그만 집으로 모시기로 결정했심더. 지송하고예⋯⋯."

그랬을 것이다. 대부분 그렇게 하니까. 하지만 문제는 아직 마지막 순간이 아니다. 포기하기는 이르다. 환자는 지금 생사의 갈림길에 서 있고, 아직은 살아있다. 물론 스스로 숨조차 쉬지 못하고 혈압도 낮다. 이런저런 약과 인공호흡기에 의지해 바이탈은 간신히 유지하고는 있지만 언제 마지막이 올지, 나도 모른다. 그런데 바로 지금 객사를 모면하겠다고 호흡기를 떼어내고 투약을 중단하고 퇴원하면, 환자는 구급차 안에서 숨을 거둘 것이 분명하다. 그게 정말 객사 아닌가?

"다시 한번 말씀드리지만, 지금 환자에게서 호흡기를 떼어내는 것은 환자를 죽으라고 내팽개치는 것입니다. 보호자분들의 답답한 마음을 모르는 것은 아니지만 지금은 안 됩니다. 만약에 심장마비가 오고 환자분이 돌아가실 것이 거의 분명해지면 원하시는 대로 집으로 모실 수 있도록 도와드리겠습니다."

이렇게 말하고 돌아섰다. 남자는 내게 고래고래 고함을 질렀다. 밤

10시 중환자실 앞에 사람들이 없는 것이 다행이다. 그것으로 일이 잘 무마되었나 했는데, 새벽 3시에 당직실의 어둠 속에서 삐삐(휴대용 무선 호출기)가 울렸다. 중환자실에 보호자가 들어와 난동을 부린다는 연락이다. 중환자실 문을 열고 들어가니 또 그 남자다. 나를 불러오라고 간호사들을 닦달하고 있다. 그런데 지금은 어제 밤보다 술에 더 많이 취해 있다. 아예 환자의 침상 앞에서 큰 소리를 내며 난리를 피우고 있다.

나는 그를 애써 외면하고 환자 곁으로 갔다. 호흡기는 여전히 규칙적으로 환자의 가슴에 공기를 밀어넣고 있다. 심전도 그래프도 정상이다. 결의를 다지기 위해 환자의 얼굴을 한번 쳐다보았다. 이렇게 된 이상 한바탕 소란은 피할 수 없어 보인다. 어찌해야 하겠는가?

바로 그때였다. 환자의 눈에 눈물이 고이더니 주르륵 흘러내렸다. 아니야, 환자는 완전히 혼수상태인데……. 이 상황을 절대 알 리가 없어. 종종 중환자실에 보이는 그런 우연의 일치일 뿐이야. 혼수상태의 환자들도 종종 눈물을 흘리기도, 하품을 하기도, 그리고 빙긋 웃어 보이기도 하잖아? 아니야! 그래도 혹시 환자가 다 듣고 있는 건가? 그럼, 이건 좋아질 징조인가?

하지만 이런 생각에 집중할 수 없었다. 남자가 이젠 인공호흡기 앞으로 다가가서 호흡기를 제거하라며 고함을 지르기 시작한 것이다. 나는 잠자코 그를 바라보았다. 그의 격한 감정의 파도가 이제는 내게 넘어오기 시작했다.

'나도 내일, 아니 오늘 아침 6시에 일어나서 해야 할 일이 태산인데 당신하고 옥신각신할 시간이 없어요…….'

하지만 그는 나와 옥신각신하려고, 아니 끝장을 보려고 이 시간에 중

환자실로 쳐들어왔다. 보호자가 걸어오는 싸움은 피하는 것이 현명한 처사일 텐데, 그렇게 하기가 어려워 보인다.

"호흡기 떼어줄까요?"

"그래, 이지 알아들어 묵나? 빨리 떼라."

"그래요, 그럼 보호자가 직접 떼소! 이것 떼면 환자가 숨 못 쉬어서 죽는 것이니 보호자가 직접 하소. 그리고 한 가지 더, 이것은 간접 살인이기 때문에 내가 지금 경찰에 연락할 거요. 경찰 입회하에 호흡기를 떼려면 떼소."

"뭐……, 이 새끼가, …… 살인?"

살인, 그 말에 화가 폭발한 그는 내 멱살을 잡았다. 잠자코 멱살을 그에게 맡긴 채 그를 노려보았다. 그래, 이제 어떻게 할 것인가? 그도, 나도 모른다. 그다음에 무엇을 해야 할지…… 너무 막막하다. 우리 모두 그럴 것이다. 하지만 이상하게도 분노로 가득한 그의 눈 속에서 나는 동질감 같은 것을 느꼈다. 그도 나도 서로 방향만 다를 뿐, 저 끔찍한 죽음과 맞서고 있지 않은가?

하지만 우리가 아무리 애원하고 우격다짐을 해본들 죽음은 곁눈질조차 하지 않는다. 묵묵히 자기가 정한 길로 저벅저벅 걸어간다. 그렇다고 가만히 있을 것인가? 어떻게 해볼 도리가 없다고 해도, 다시는 돌이킬 수 없는 그 길로 가기 전에 발버둥이라도 쳐봐야 하지 않겠는가!

자 이제 어떡할까? 멱살 다음 순서는 주먹인데, 주먹으로 서로의 눈을 쳐버릴까? 그도 아니면 힘껏 서로를 내동댕이쳐버릴까? 그렇게 해서라도 죽음이 자신의 흉포함을 깨닫고 우리에게 조금이라도 양보해줄 수 있다면 얼마나 좋을까? 그러면 우리는 서로를 향한 날 선 눈빛을 거두고 서로 안아주고 위로해줄 수 있을 텐데…….

바로 그때, 언제 왔는지도 모르는 딸들이, 여태껏 잠자코 서서 이 거친 장면의 목격자가 되어준 딸들이 엉엉 울기 시작했다. 그래, 누구인들 부모에게 이러고 싶을까? 다만 희망은 사라지고 그 자리에 쌓이는 입원비 중간 정산 청구서 때문에, 무겁고 팍팍한 현실이 가족들을 벼랑 끝으로 내모니 그런 것이지. 죽을 사람은 죽고, 살 사람은 살아야 하지 않겠는가? 하루에도 수십 번 그런 생각을 했을 것이다. 얼마나 서러울까? 죽음이 서럽고, 가난이 서럽고, 평생 고생만 하다 돌아가실 어머니가 불쌍하고…….

엉엉 우는 딸들을 따라 가족, 친척 모두가 훌쩍거리기 시작한다. 마치 꼭 한 번은 목 놓아 울고 싶었다는 듯. 그 울음소리에 내 멱살을 움켜쥔 우악스러운 주먹에 힘이 빠져나간다. 누군가 나서서 그의 손을 내 멱살에서 떼어낸다. 이제 보호자들은 조용히 나간다. 그 남자도 뒤를 따라 눈물을 훔치며 나간다. 우락부락해 보였던 그의 어깨는 메마른 가지처럼 힘없이 흔들린다.

환자를 사이에 두고 우리는 주먹을 쥐었다. 하지만 양측 모두 같은 것을 원했다. 한쪽이 져야 다른 쪽이 이기는 것도 아니었다. 하지만 우리는 종종 보호자의 반대편에 서야 했다. 우리가 환자들의 편에 서 있다고 믿기 때문에. 환자는 말도 못하고 의식도 없지만, 우리는 그들의 상황을 이해한다고 확신하기 때문에 그럴 수 있었다.

하지만 어쩌면 이것이 우리가 모르고 있는 허깨비 같은 허상일지도 모른다는 생각이 종종 들기는 한다. 과연 나는 잘한 것인가? 새벽에 벌어진 이 싸움에서 얻은 작은 승리가 순리적으로도 잘된 일인가? 나도 모르겠다. 무엇을 위해 잘된 것이고, 무엇을 위해 잘못된 것인지 말이다.

불콰해진 목을 쓰다듬어본다. 조금 쓰라리긴 하다. 시간이 벌써 4시가 다 되어간다. 내일 아침에 잘 일어나야 할 텐데……. 목 한번 캑캑거려보고, 물 한잔 얻어 마시고 당직실로 올라간다.

'환자분, 오늘은 그냥, 잘 주무세요……'

밤 인사가 어울리지 않는 시간이다. 비상구 계단 끝에서 새벽이 기지개를 켠다.

제23회 장려상 수상작이다. 글쓴이 박지욱은 박지욱신경과의원 원장으로 수상 소감에서 "제가 전공의 1년 차로 일하던 시절은 이제 새로 출범한 신경과가 뇌졸중을 치료 가능한 병으로 만들기 위해 온 힘을 다하던 때였습니다. 저도 끝까지 포기하지 말고 최선을 다하자는 심정으로 환자를 돌보다 보니 주변을 살필 겨를이 없었습니다. 환자에게 가장 소중한 보호자들조차 안중에도 없었네요. 사실 이런 저의 태도 때문에 보호자들과 갈등을 일으킨 적이 한두 번이 아니었습니다. 돌이켜 생각해보면 그런 행동을 아무런 거리낌 없이 보호자들에게 할 수 있었던 건 나만 옳다는 생각, 어쩌면 착각 때문이었습니다. 그래서 부끄럽기만 합니다. 저 같이 부족한 의사가 앞으로는 없어야 한다는 뜻으로 상을 주신 것으로 이해하겠습니다. 더 노력하겠습니다."라고 말했다.

# Que Sera, Sera 케세라세라

산발이 된 머리, 초점 없이 퀭한 눈, 삐죽삐죽 볼품없이 솟아 나온 수염들. 아버지뻘쯤 되는 남자가 면담실에서 나를 기다리고 있었다. 내가 자리에 앉자 방을 가득 채우고 있던 어색한 적막도 잠시, 그는 누군가가 앞에 앉기만을 기다렸다는 듯 금세 상기된 목소리로 울음 섞인 한탄을 쏟아냈다. 대화라고 보기도 어려웠지만 몇 마디 채 나누기도 전에, 그가 왜 안정병동 안의 작은 면담실에서 나를 기다리고 있었는지는 어렵지 않게 알 수 있었다. 그의 딸이 며칠 전 목숨을 잃었다고 했다.

그는 크고 과장된 몸짓으로 자신이 장례식에서 겪었던 일들에 관해서 설명하며, 영정사진을 들고 있는 그의 모습을 메신저 프로필로 지정해뒀다며 내게 핸드폰을 건네 보여주었다. 순간 내 머릿속에 '그새 프로필 사진을 바꿀 정신은 있었나……'라는 생각이 스치고 지나갔다. 딸과 있었던 일화에 관해서도 이야기하려고 노력했지만, 들려준 이야기를 듣고 짐작할 때 평소 그와 딸의 사이는 그다지 가깝지는 않아 보였다. 그의 딸이 스스로 생을 마감하기 불과 얼마 전까지도 그런 일이 일어나리라고는 전혀 예상하지 못했다고 했다. 그렇게 그는 딸의 장례를 마친 후 혼자 있는 시간이 견디지 못할 정도로 괴로워 스스로 안정병동에 입원했다고 했다.

그는 나와는 너무나 다른 사람이었다. 그가 병동에서 지내는 며칠 동안 그와 면담하며 그가 감정을 느끼고, 처리하고, 표현하는 방식과 그의 삶에 대해서 더 이해하려고 노력했다. 그는 드럼을 치는 연주가였는데, 매우 감성적이었다. 또한 여태 내가 겪어왔던 환자 중에서도 감정 표현이 화려하고 드라마틱한 편이었다. 가끔 그의 이야기를 듣고 있을 때면, 중년의 노배우가 연극을 하고 있는 것처럼 느껴지기도 했다. 쉴 틈 없이 내뱉는 극적인 언어의 홍수 속에서 딱히 어떠한 감정들이 잘 느껴지지 않았다. 그가 처한 딱한 상황을 이해하지 못하는 것은 아니었지만, 나의 의지와는 상관없이 그가 뿜어내는 것들이 이질적으로 다가왔다. 그는 상실을 애도하기보다는 자신의 슬픔이 얼마나 큰지 다른 사람에게 보여주는 것에 급급해 보였다. 어찌 됐든 나로서는 순간순간 그와 함께하며, 화려하게 겹겹이 포장되어 있는 그의 이야기 속에서 길을 잃지 않고 숨겨진 진심을 찾기 위해 노력하는 수밖에 없었다.

입원한 지 얼마 지나지 않아 폐쇄적인 안정병동에서 지내며 답답함을 참을 수가 없었는지, 나가서 어떻게든 살아보겠다며 미덥지 않은 인사를 남긴 채 그는 올 때와 같이 홀연히 퇴원했다. 그가 걱정스러웠지만 한 명이 떠나면 곧 두 명이 찾아오는 게 일상인 바쁜 전공의의 마음속에서 그에 대한 걱정을 오랫동안 잡아둘 수는 없었다. 짧은 시간 동안 병동에서 보낸 시간이 안정을 취하는 데 도움이 되고 면담을 통해 조금이나마 환기를 했길 바라며, 나의 손을 떠나간 환자들에게는 으레 "시간이 약"이길 기원하는데 이 옛말이 그에게도 작용할 것을 기도할 뿐이었다.

그렇게 시간이 흘러 그에 대한 기억이 희미해졌을 즈음, 입원 환자 목록에 익숙한 이름이 추가되었다. 그는 지독한 복통과 구역감으로 인해 입원했다고 했다. 그는 소화불량으로 식사를 제대로 하지 못해 몇 달 사이에 체중이 10킬로그램 넘게 감소했다. 우리 병원의 정신과에 다시 입원하기 전까지 다른 종합병원의 내과를 전전하며 진료를 받았지만 그의 통증은 CT나 내시경 등의 검사로는 원인을 찾을 수가 없다고 했다. 그의 소화불량이 마음의 병임을 어렵지 않게 짐작할 수 있었다.

우리의 뇌와 소화기관은 매우 밀접하게 연결되어 있다. 밥을 먹다가 크게 화를 내면 체하기 십상이고 만성적인 걱정과 불안을 호소하는 신경과민증 환자들이 소화불량에 시달리는 것처럼, 소화기관은 뇌와 마찬가지로 우리의 감정에 아주 예민하게 반응하는 기관이다. 그가 구역감이나 소화불량 같은 여러 신체적 증상들을 호소하는 것이 그다지 이상하지 않았다. 소화되지 않은 감정들은 통증을 일으키곤 한다. 그는 줄곧 슬픔과 분노와 무기력감 그리고 그가 아직 이해하지 못한 어떤 것들을 꾸역꾸역 삼키고 있었으리라. 그는 더 이상 면담 시간에 울부짖지 않았지만, 그의 슬픔은 어쩐지 전보다 더 처연해 보였다. 그가 호들갑스럽게 자신의 우려스러운 경제적인 상황에 관해 이야기할 때도, 자신이 연주한 드럼 영상이라며 슬쩍 핸드폰을 건네 보여줄 때도, 그가 더 이상 멀리 있는 사람처럼 느껴지지 않았다. 통증이라는 언어를 매개 삼아 그의 감정이 나에게 더 잘 전달된 탓일까? 전보다 그에게 더욱 마음이 쓰였다.

어쩌면 그는 나와의 첫 만남에서 자신이 무슨 감정을 느끼고 있는지, 느껴야 할지도 모른 채 헤매고 있었을지도 모르겠다. 드넓은 공원 어딘가에서 엄마 아빠를 잃어버리고, 본인이 무슨 상황에 놓인 것인지 이해하지 못한 채 누군가 자신을 발견해주기만을 바라며 목 놓아 울고 있는 어린아이처럼 말이다. 그래서 그는 무엇인지도 모르는, 그저 마음 가득 덩어리인 채 꽉 차 있던 것들을 쏟아내기만 해야 했는지도 모른다. 그리고 초보 치료자인 나도 그것이 무엇인지 몰랐기에 그와 면담할 때면 나도 그와 똑같이 갈피를 잡지 못하고 헤맨 것이었다.

사람이 압도적인 상황과 마주하게 되면, 그 순간 자신이 처리할 수 있는 생각과 감정만을 가지고 아주 단편적인 기억을 구성해버리고는 한다. 그 조그만 파편 외에 자신의 이해 밖에 있는 '덩어리'들은 의식의 저편에 무겁게 자리한 채 마음을 짓누른다. 그리고 그것이 올바르게 처리되지 못하면, 결국 트라우마가 되어버리고 만다. 그가 겪은 상실은 트라우마가 되어 그를 갉아먹고 있었다.

"케세라세라."

퇴원에 이르러 그가 종종 체념하듯 하던 말이었다. 한 달여간 입원치료를 받으며 겉으로 드러나는 소화기 증상은 부분적으로 호전이 있었지만, 그의 마음속 상처는 아직 충분히 아물지 않은 듯했다. 많은 이야기를 나누었지만, 그의 상실에 대한 애도는 아무래도 시간이 좀 더 걸릴 듯했다. 그는 삶의 의욕도, 의지도 많이 잃어버린 것 같았다. 꿈이 무엇이냐고 묻는 말에, 그는 미래에 대해서 생각하기가 어색한 듯 고민하더니 옅은 미소를 지으며 그가 살고 싶은 집에 대해서 설명했다. 한적한 교외에 2층짜리 건물을 지어놓고, 1층에서는 카페나 음식점을 겸하며 심심할 때마다 홀에서 연주하고 싶다고 했다. 나는 정말 멋질 것 같다고 대답했다. "케세라세라, 어떻게든 될 대로 되겠죠"라며 대답하던 그였다.

나는 한 번도 감히, 그에게 모든 게 괜찮아질 거라고, 다 잊어버릴 수 있을 거라고 이야기한 적이 없다. 정신과 의사로서 수련 받으며 지식을 습득하고 환자들과의 대화를 통해 많은 상황에 익숙해지기는 하지만, 여전히 내가 한 번도 경험하지 못한 미지의 상황에 압도적인 감정을 맞닥뜨리면 자연스럽게 할 말을 잃고 만다. 그럴 땐 그저 상대방의 눈을 바라보며 그의 마음을 내가 조금 더 잘 이해할 수 있기를, 그를 이해하고자 하는 나의 마음이 그에게 더 잘 전달되기를 바랄 뿐이다.

그가 퇴원한 이후에도 종종 그가 외래를 잘 다니고 있는지 확인하곤 한다. 교수님 외래 진료를 봤다는 기록이 한 줄씩 추가될 때마다 또 한 달을 버텨낸 그가 대견하고, 여전히 힘든 나날을 보내고 있을 그가 안쓰럽다.

그가 자주 쓰던 '케세라세라(Que Sera, Sera)'는 영어로는 'Whatever will be, will be'이며 '이루어질 일은 이루어진다'라는 말이다. 그의 식으로 해석하면 일어날 일은 내가 무엇을 해도 일어날 테니 될 대로 되라는 식의 체념적이고 수동적인 말이 되어버린다. 반면 내 생각에 이 말은 미래에 대한 무책임한 방임이 아니라, 일어나는 일에 대해 자연스럽게 받아들이고 순응하며 자신의 앞길에 대해 믿음을 가지고 나아가라는 뜻에 더 가까운 것 같다.

퇴원 말미에 그와 나눈 대화에서, 그는 이제 온전히 자신의 인생을 살아보겠다고 했다. 그의 인생에서 아직 이루어질 일들이 남아 있음을 믿어본다. 어느 날씨 좋은 화창한 날, 한적한 교외의 카페에서 드럼을 치며 흥얼거리고 있을 그를 그려본다.

제23회 장려상 수상작이다. 글쓴이 장준호는 경인지방병무청 소속 정신건강의학과 병역판정전담의로 수상 소감에서 "진료를 봤던 환자분들 중에 유독 오래도록 마음 한편에 선명하게 자리 잡고 계시는 분들이 있습니다. 본문에서 언급했던 분도 그중 하나입니다. 안쓰러운 마음 때문인지, 죄송스러운 마음 때문인지, 아니면 제가 아직 모르는 마음 때문일지는 모르겠습니다. 오래도록 곱씹어봐야겠지요. 우리 병원에서 치료를 받으신 게 벌써 4년 전인데, 요즘은 맛있는 거 실컷 드시고, 음악 활동도 즐기고 계시기를 간절하게 기원합니다."라고 말했다.

# 제4장
# 내 삶의 하루를 나누어드립니다

"이 환자는 폭풍우를 지나고 있구나.
이 환자의 죽음으로 가는 길에 내가 우산이 되어주어야겠다."

# 법으로 막을 수 없는 것

법으로 분명하게 금지하고 있었다. 형량도 꽤 셌다. 아마도 불법 장기적출을 생각하며 만든 법일 것이다. 장기이식법에서는 '살아있는 사람으로부터 적출할 수 있는 장기'를 정의하였는데, '신장은 정상인 것 2개 중 1개' '간장, 골수의 일부'만 포함되어 있을 뿐 '폐'는 해당하지 않았다. 이를 어기고 "살아있는 사람으로부터 적출할 수 없는 장기 등을 적출한 자는 무기징역 또는 2년 이상의 유기징역에 처하며, 적출하여 사람을 사망에 이르게 한 자는 사형, 무기징역 또는 5년 이상의 유기징역에 처한다"라고 시행령으로 명시되어 있었다.

갓 성인이 된 젊은 여자 환자의 병명은 특발성 폐고혈압증으로, 원인을 알 수 없는 이유로 폐혈관이 두꺼워져서 오른쪽 심장이 폐로 피를 보내기 어려워지는 질환이다. 처음 만나고 몇 달이 지나는 동안 병은 계속 진행하여 온몸과 얼굴이 붓다 못해 보라색이 되었고, 호흡곤란과 우심 기능저하가 뚜렷하여 당장이라도 쓰러질 듯 위태로워 보였다. 폐이식이 유일한 근본적인 치료 방법임을 우리 모두 알고 있었으나, 문제는 우리나라는 뇌사자 장기기증이 대기자에 비하여 절대적으로 부족한 상황이며 특히 이 질병은 여러 이유로 폐기증을 받을 수 있는 우선순위가 낮아 2년 가까이 기다려야 한다는 점이었다.

생체 폐이식은 부모가 각자 1/4 정도의 폐엽(아버지의 우하엽, 어머니의 좌하엽, 혹은 그 반대)을 아이에게 주는 것으로 아이는 뇌사자 기증을 기다릴 필요가 없이 60~70% 정도의 폐기능으로 건강한 삶을 살 수 있게 되는 수술법이다. 환자의 부모님으로부터 폐를 받을 수 있는지에 대한 사전 조사에서 이렇게 딱 들어맞을 수가 있을까 싶을 정도로 폐의 용적과 폐기능, 해부학적인 구조 등이 이상적이었다. 생체 폐이식 기술 자체는 이미 30여 년 전에 확립된 방법으로, 가까운 일본에서는 100례 이상의 경험이 있으나, 우리나라에서는 서두에서 언급하였듯이 법으로 금지되어 있었다. 이전에도 여러 차례 생체 폐이식의 합법화를 위하여 학회와 개인들이 노력하였으나 전혀 진행되지 못하고 다들 포기하였다.

환자의 부모님은 우리 병원을 찾아올 때부터 강력한 의지를 갖고 있었고, 당시 부원장이었던 박○○ 교수가 "이 아이 사정이 너무 딱하지 않나, 우리가 해야 하지 않겠나"라고 했을 때, 일은 시작되었다. 불법성을 극복하기 위하여 보호자들과 병원은 온갖 노력을 다 하였다. 구구절절한 사연을 적어 국민 신문고와 여러 정부기관에도 질의했고, 병원 윤리위원회와 대한흉부외과학회, 대한이식학회 등에도 자문을 구했지만 너무나 분명하게 법으로 금지하는 상황이라 다른 결론이 나올 수는 없었다. 의학적으로도, 그리고 윤리적으로도 생체 폐이식이 정당함을 확인하는 정도였다. 법무팀과 상의하여 위법성을 조각하는 사유(정당행위, 긴급피난, 자구행위 등)에 해당하지 않는가를 따져보았을 때에는, 만약 문제가 되면 다퉈볼 여지가 있겠다는 정도의 답이었다. 정부의 도움을 구하기 위해 보건복지부 생명윤리정책과를 접촉하려 하였으나, 말단 연구원도 내용을 전해 듣고는 더 이상의 연락을 피하였다.

한 가지 공통점이 있었다면, 그들 모두의 첫 마디가 "꼭 해야 하겠느냐?"는 것이었다. 많은 의미가 담긴 질문이었고, 이미 나 스스로가 수십 번 자문자답했던 질문이었다. 내가 지금 하려는 일은 환자와 운명 공동체가 되는 길이다. 성공률 100%인 수술이 어디 있겠는가? 하물며 국내에서 처음으로 진행하는, 난이도가 높은 수술이다. 만약 이 수술이 성공하지 못한다면, 법을 명백히 어기면서 무리하게 수술을 진행하였던 것이니 오랜 법적 분쟁이 있을 수도 있다. 세상은 나를 '공명심에 눈이 멀어 무리한 수술을 진행한 사람'이나 '병원에 폐를 끼친 사람'이라 기억할 것 같았고, 개인적으로도 망신당하는 것을 넘어 나 스스로의 실력과 판단에 의문을 갖게 될 것이다. 나는 몇 번이고 내 판단이 맞는지, 내가 이성적으로 생각한 것인지, 환자와 보호자의 편에서 판단한 것인지, 내 공명심이 1이라도 섞여 있는지, 다른 방법이 전혀 없는지, 이 수술이 반드시 성공할 것인지를 매일 스스로에게 물었다.

그즈음에는 아이가 수술을 앞두고 자주 심장마비가 와서 심폐소생술을 하고, 보라색이었던 얼굴이 흙빛이 되고, 숨이 찬 가운데에서도 반짝이던 눈이 빛을 잃고, 혀가 부어 입술 바깥으로 나와 있는 상태에서 심장압박을 하며 ECMO를 넣는 장면이 마치 눈앞에서 보듯이 자꾸만 생생하게 떠올라 견디기 힘들었다. '아, 이 수술은 진행할 수밖에 없 겠구나. 이 장면을 실제 눈앞에서 보게 된다면, 어떻게 흉부외과 의사 일을 계속할 수 있겠는가' 하는 생각도 들었다.

생체 폐이식을 진행하기 위해 갖은 노력을 다한 결과, 드디어 생명윤 리정책과 이식윤리위원회 회의를 개최할 수 있게 되었다. 정부기관이 니 우리가 하려는 불법행위에 대한 면죄부, 아니면 적어도 용인 정도는 받을 수 있지 않을까 기대하였다. 하지만 추석 연휴 바로 직전에 모인 참석위원들의 분위기는 호의적이지 않았다. 현재 상황을 충분히 설명 한 후 위원들의 토론을 위하여 먼저 자리에서 일어나 나와야 했을 때, 등 뒤로 누군가 "난 생체 폐이식뿐 아니라 모든 생체 이식에 반대요. 한 명의 병을 치료하기 위하여 두 명의 불량품을 만드는 것이거든. 하, 근 데 이 경우는 불량품이 셋이네."라는 말을 하였다. 그 말에 못 참고 돌아 서서 "부모가 딸을 살리려고 자신의 폐 일부를 주겠다는 것을 법으로 금지할 수 있는가?" 물었다. "이 생체 폐이식은 이미 30년도 전에 확립 된 방법이고 우리는 매년 천 건 이상의 폐엽절제술을 하고 있으며, 건 강한 성인은 폐엽을 하나 떼어도 수술 전과 차이 없이 산다는 것을 이 미 알고 있다. 불량품이라고? 누가, 아이에게 폐엽을 떼어준 부모를 그 렇게 부를 수 있는가? 누가 그런 권리를 주어, 부모가 아이를 살리는 것 을 금지하는가? 여러 위원들 같으면 자기 폐 일부를 아이를 살리기 위 하여 주지 않겠는가?" 하고 나왔다. 나오면서도 '내가 무슨 짓을 한 거 지?'라고 생각하였다.

당시 병원 전체가 최선을 다해 도와주었다. 영상의학과에서는 당시 도입 단계에 있던 흉부 CT에 기반한 3D 프린팅 기술로 환자와 부모의 폐혈관 구조물을 만들어주었다. 그 3D 구조물을 가까운 곳에 두고, 앉아서도 누워서도 하루에도 몇 번씩 이리저리 돌려보고 머릿속으로 시뮬레이션을 해보았는데 큰 도움이 되었다. 스스로 의심하던 시기가 지나, 수술이 가까워질 무렵에는 반드시 성공할 것이라는 확신이 들었다. 생체 폐이식 직전 실무회의에는 총 50명이 넘는 의사, 간호사, 행정팀, 법무팀, 증거 보전을 위한 촬영팀 등이 참여하였고, 수술동의서도 3차례에 걸쳐서 자세히 받았다. 집도의는 당시 병원 부원장직을 맡고 있던 흉부외과 박○○ 교수였다. 만약 잘못될 경우, 누가 감옥에 갈 것인지에 대한 토론도 있었다. 살아있는 사람에게서 폐를 적출하는 행위가 불법이기 때문에 폐이식 집도의(폐를 붙이는 역할)보다는 적출의(나와 또 다른 선배 흉부외과 의사)가 문제가 될 것이라는 해석이 있자, 부원장님은 안전하겠다고 주변 사람들이 안심하는 것 같아 묘한 느낌이 들었다.

우리는 충분히 준비한 상태에서 생체 폐이식을 진행하였고, 수술은 더할 나위 없이 성공적이었다. 중환자실에서 인공호흡기를 발관한 날이 아이의 만 20세 생일날이었던 것은 기분 좋은 우연이었다. 환자는 수술 후 4년이 지난 지금까지 건강하게 잘 지내고 있으며, 생체 폐이식은 1년 정도 후에 법으로 인정받게 되었으나 그 이후 아직 우리나라에서 생체 폐이식이 시행된 적은 없다. 몇 번의 대상자가 있었지만 부모 어느 한 쪽에 문제가 있거나 아이의 상태가 지나치게 좋지 않아 포기를 하는 경우도 있고, 폐동맥고혈압에 대한 이해가 깊어져 이식 대기자 등록을 일찍 하거나, 폐동맥 고혈압에 사용되는 약제가 국내에서도 허가되어 병의 진행을 늦추며 충분한 시간을 갖고 뇌사 기증자를 기다릴 수 있게 되었기 때문이다.

하지만 이 생체 폐이식을 통해 우리 폐이식팀 전체가 크게 발전하였다. 백 번을 검토하여 반드시 성공해야 하는 수술을 같이 성공시키는 과정에서, 여러 기술적인 문제를 해결하였고 팀원 전체가 스스로에게 확신을 가지게 되었다. 그 팀워크와 스스로에 대한 확신이, 이후 우리가 진행하는 모든 수술에 가장 소중한 자산이 되었다.

제21회 대상 수상작이다. 글쓴이 최세훈은 서울아산병원 흉부외과 부교수로 수상 소감에서 "흉부외과의 모든 수술은 강한 팀워크가 유지되어야만 좋은 결과를 기대할 수 있다. 이 생체 폐이식에 관계했던 이들 중 대부분이 아직도 나의 곁에 있다는 것에 감사하다. 그들 모두 당시의 긴장감을 기억하고 있을 것이다. 그때의 감정과 상황을 정리하여 쓴 것이니, 이 글은 내가 썼다기보다는 우리가 쓴 것이라고 하는 것이 맞겠다. 우리 수술장 식구들이 이 글을 즐겁게 읽었으면 좋겠다."라고 말했다.

# 어떤 인연

한창 바쁜 시간에 전화 한 통이 걸려왔다.

"형님, 저 준희유! 서천 준희유! 한 사람 아주 딱혀유. 불쌍한 사람 모시고 서울서 내려간께 오늘 수술 좀 잘 혀주슈! 꼭 오늘밤 늦게라도 해주슈잉!"

준희 씨의 목소리가 전화기 너머로 씩씩하게 들렸다. 그를 처음 만났던 날이 떠올랐다. 1998년, 나는 충남 서천군 기산면에 공중보건 의사로 발령받았다. 기산면은 서천읍과 한산면 사이에 있는 작은 면으로 중심에는 면사무소와 초등학교, 파출소, 우체국, 농협슈퍼와 소방서가 150미터 반경에 옹기종기 모여 있었고, 말뫼다방도 그중 하나였다. 점심시간이 되면 사람들은 모두 말뫼다방으로 모였다. 모두 모이면 누가 누군지 소개하지 않아도 다 안다. 말끔한 양복에 넥타이를 매고 근엄한 모습을 하고 있는 사람은 면장이다. 부드러운 양복에 유행하는 넥타이를 맨 싹싹한 분은 농협 조합장이다. 파출소 소장과 소방서장은 제복 차림이다.

"이번에 보건지소장으로 새로 오신 분이지요?"

면장이 나를 보고 먼저 아는 체를 한다.

"예, 저는 비뇨기과를 전공했습니다. 잘 부탁드립니다."

나는 일어나 꾸벅 인사를 했다. 신고식이 끝나기가 무섭게 질문이 쏟아졌다.

"요즘 미국에서 좋은 약이 나왔다고 하던데요?"

그 무렵 비아그라가 한국에 상륙한다는 소문이 파다했는데, 벌써 들은 모양이다.

"작년에 미국에 다녀오신 우리 형님이 먹어보았다는데, 아주 좋다던디유."

농협 조합장이 어떻게 좀 구해달라고 한다. 매일 점심시간은 비뇨기과 관련 질문과 답변으로 이어졌다. 비아그라, 포경수술, 전립선, 여성 요실금, 남성수술 등등 사람들의 궁금증은 무궁무진했고, 나는 매일 특강을 했다. 이후 우리는 그 시간을 '말뙤다방 특강'이라고 불렀다.

하루는 농협 조합장이 아주 우락부락한, 영화배우 마동석 씨처럼 순하고 잘생긴 남자를 데려왔다. 그러고는 내 손을 잡아당기며 은밀히 화장실 쪽으로 이끌었다.

"소장님께 긴히 부탁드릴 게 있슈."

조합장은 순하고 잘생긴 남자의 바지를 잡아 내리더니 "이것 좀 어떻게 빼줘요. 우리 집안 장손이유." 한다.

만져보니 성기에 뭔가 딱딱한 것이 들어 있었다. 귀두 밑은 반쯤 썩어서 진물도 났다. 바세린종이 썩어서 원액이 흘러나오는 것이다. 성기를 키운답시고 넣어도 엄청나게 넣었다. 비뇨기과와 관련하여 아는 것이 없는, 무식한 사람이 주사기로 넣은 것이다. 남성 성기의 해부학을 모르는 경험 없는 초짜가 넣은 것임은 첫눈에 알 수 있었다. 이 정도로 많은 양을 넣을 곳은 형무소 유치장밖에 없다. 어떠한 환경이었을지 훤히 그려졌다.

"걱정하지 마세요. 제가 깨끗하게 사춘기 총각처럼 만들어 드릴게요. 흉터를 잘 살려서 더 크고 멋지게 만들 수도 있어요."

조합장의 얼굴이 환해졌다. 옆에 서 있는 덩치 큰 사람의 표정은 말할 것도 없었다.

"이놈이 우리 큰집 조카요. 집안 장손이지요. 바다서 해태 양식을 하는디, 군산 애들허고 어업권을 놓고 싸움이 벌어져서 많은 사람이 다쳤어유. 큰집 다녀왔지. 콩밥 먹고 나왔다닝께유. 거기서 입방 기념으로 고추에 이걸 허고 나왔슈. 세상에, 우리 소장님만 믿어요."

그렇게 만난 사람이 준희 씨였다.

"걱정하지 마세요. 경찰병원에서 전공의로 전투경찰 의경 대한민국 순경들의 음경바세린종 수술을 4년간 하고 왔으니까. 수술 난이도를 10단계로 보았을 때 이런 정도는 1단계예요."

자신만만한 나의 대답에 조합장도, 준희 씨도 마음이 놓이는 눈치였다.

서천보건소 의약계 계장님께 중증 환자가 발생해서 응급으로 수술을 해야 한다고 전화로 지원 요청을 했다. 얼른 가까운 원광대학교병원으로 보내라고 한다. 어쩔 수 없이 서천군 8개 보건지소 소장들에게 수술이 있다고 통보하고 도움을 요청했다. 수련 받지 않은, 의대만 나온 보건지소장들이 내가 하는 수술이 보고 싶어 몰려왔다. 나는 기산보건 지소 평상에 신문지를 깔고 수건으로 환부를 덮고 수술을 준비했다.

리도카인과 봉합사는 한산면보건지소 치과에서 빌리고 포셉과 니들 호울더와 이동식 보비는 서해병원 응급실에서 빌렸다. 마취주사를 놓고 남성 성기 해부학을 강의하면서 수술을 라이브로 보여주었다. 환자의 음경은 포경수술을 하지 않고 바세린 연고를 주사기로 밀어 넣은 상태로, 바세린은 포피로 밀려 나와 있었다. 일반인의 눈에는 아주 괴상망측해 보일 수 있지만 전문가의 눈에는 아주 쉬운 수술이었다.

수술 시간이 약 30분 경과했다. 결과는 예상했던 대로 수술 전과 후가 지옥과 천국으로 나뉘었다. 수술을 지켜보던 조합장은 "과연 신의 경지요, 훌륭한 솜씨입니다"라며 경탄했다. 침묵을 지키던 준희 씨가 눈물을 흘리며 입을 열었다.

"지가 우리 소장님을 평생 형님으로 모시것습니다. 저는 정말 바보가 되는 줄 알았시유. 군산의료원에 가보니 불가능하다고 했어유. 다른 병원 몇 군데도 댕겨봤는디이, 인생 볼짱 다 봤다고 포기하고 돌아가라고 하대유. 아버지는 제가 유치장 갈 때 충격받아 돌아가셨슈. 진짜로 죽어버릴라고도 생각했어유."

"맘고생이 많았군요. 이제 안심하셔도 됩니다."

"예. 고마워유, 형님! 앞으로 형님, 꽃길을 걷게 하것습니다."

준희 씨는 덥석 내 손을 잡으며 "형님, 형님" 하며 연신 허리를 굽혔다. 꽃길을 걷게 하겠다는 말이 당시는 무슨 뜻인지도 몰랐다.

기산면 보건지소는 그날 이후 수술 센터로 변했다. 환자가 보령, 부여, 청양, 군산 그리고 멀리 전북 김제에서도 찾아왔다. 모두 바세린종으로 성기가 썩어가는 응급 환자들이었다. 대부분 바다에서 양식업에 종사하는데 힘은 세고, 돈은 많고, 시간은 없는 사람들이라서 도착 즉시 수술을 원했다. 수술 후 드레싱을 받으러 오는 사람은 없었다. 아주 멀리서 오는 바쁜 사람들이라서 수술로 만족했다. 준희 씨가 드레싱은 직접 하라고 안내해주기도 했다. 핸드폰이 없던 시절이라서 예약도 없이 찾아왔고 오전에 환자를 보면 오후에는 수술을 했다. 대부분 준희 씨의 대학 선후배로 거친 바다에서 양식업을 하는 사람들이었다.

수술비는 준희 씨가 알아서 받아주었다. 기억하기로는 건당 70만 원은 족히 된 것 같은데, 일주일에 보통 20건은 그런 수술이었다. 그러자 큰 문제라고 생각한 아내가 장인어른께 일러바쳤고, 대전에 사시는 장인어른께서 찾아오셨다.

"내가 대충 들었네. 그런데 보건지소에서 수술을 해주고 받은 돈을 의사가 직접 가져가는 것은 문제가 있네. 나중에 일할 기회는 얼마든지 있어."

이렇게 하여 나의 기산면 보건지소 음경 수술 신화는 5개월 만에 접고 말았다.

1999년, 2년 차 공중보건의로 서천군 서해병원에 배치를 받았다. 이제는 합법적으로 비뇨기과 과장으로 일하게 되었다. 그런데 근무 첫날부터 환자들이 몰려들었다. 대부분 준희 씨가 보내준 음경바세린종 환자였다. 전라북도 바닷가, 충남 바닷가, 목포에서도 환자가 왔다. 전립선비대증, 여성요실금 환자 등 비뇨기과 환자로 나의 수술 스케줄은 꽉 찼다. 다행스럽게 서천군에는 비뇨기과 개업 의사가 없었다. 그래서 선배 개업 의사 눈치를 보지 않아도 되어 마음껏 일할 수 있었다. 서천에 비뇨기과 새 역사를 쓰는 신화를 만들고, 서해병원에서 공중보건의사 2년을 마무리했다.

공중보건의사라는 직분으로 36개월의 국방의무를 끝내고 충남 서산 의료원에 취업했다. 서산의료원에는 메이저 과목으로 내과, 외과, 산부 인과, 일반외과, 정형외과, 신경외과가 있었고 마이너 과목으로 비뇨기 과만 있었다. 그런데 나의 수술로 비뇨기과는 일반외과와 정형외과 그 리고 산부인과와 신경외과를 앞섰다. 나를 찾아오는 바세린종 환자들 은 확대되어 멀리 제주도에서도 찾아왔으니 서산의료원에서 비뇨기과 는 명실상부한 메이저 과가 되었다.

어느 날, 준희 씨가 서산으로 찾아왔다.

"형님도 이젠 서른일곱이시유. 나와서 꿈을 이루실 때가 되었어유. 인제 형님도 벤츠를 타셔야지유. 우리 형님은 대한민국에서 세금 최고 로 많이 내게 될 거여유. 세금만 최고로 많이 내면 인생은 다 풀리게 되 어 있시유. 제가 큰집에 있을 때 일본의 어느 부자가 쓴 『2% 부자의 법 칙』을 읽고 큰 감명 받았슈. 2% 안에 드는 부자가 되는 방법은 새벽 에 날마다 '올해도 세금을 1등으로 낼 수 있게 기운을 달라'고 하느님께 기도하는 것이어유."

듣고 보니 참으로 의미 있는 말이었다. 세금을 1등으로 많이 낸다는 것은 소득이 1등이라는 것 아닌가. 참으로 듣기에 좋았다. 그래서 나는 매일 아침 출근길에 하늘에 기도를 드렸다.

"하느님, 제가 세금을 제일 많이 내게 도와주십시오."

개업 3년 차가 되는 어느 날, 테니스 모임에서 이비인후과 강 원장이 말했다.

"우리 이 원장 참으로 대단해! 서산에서 의원 중에 세금 1등이래요. 그런데 더 대단한 것은 2등과 3등을 합친 것보다 많대요. 아주 탁월한 1등이지요."

내가 정말 그런가? 나도 깜짝 놀랐다. 정말 하늘이 내 기도를 들어주시는 건가. 나는 하늘을 우러렀다.

개업 8년 차가 되는 어느 날에는 소아과 후배가 오더니 호들갑스럽게 말한다.

"대전에서 소아과 모임이 있었어요. 서산에서 왔다고 하니 서산의 비뇨기과 의사가 어떤 사람이냐고 묻대요. 왜 그러냐고 했더니 대전, 충남, 충북, 세종을 모두 대전 세무서에서 총괄하는데, 4개 광역단체 의사 중에서 소득세 랭킹 1위가 서산의 비뇨기과 의사래요."

후배는 나를 바라보며 "원장님이 맞지요!" 한다.

이제 개업한 지 21년이 지났다. 인연이란 참으로 묘하다. 공중보건의 시절에 준희 씨를 만나지 못했다면, 그의 수술을 거절했다면, 지금 나의 인생은 어떻게 되었을까. 꽃길을 걷게 해주겠다던 준희 씨 말이 떠오른다.

"하느님, 제가 세금을 제일 많이 내게 도와주십시오."

출근하는 발걸음이 경쾌하다.

제22회 장려상 수상작이다. 글쓴이 이영준은 삼성이영준비뇨기과의원 원장으로 수상 소감에서 "원초적 본능이란 무궁무진한 글감의 보고임을 알았고, 비뇨기과 이야기는 깊고 깊은 태평양의 심연이었습니다. 극히 제한된 소수의 사람만 접근할 수 있는 보물창고 말입니다. 그 심연에 숨어 있는 소재들을 형상화하여 세상 사람들과 나눠보고 싶었습니다. 그것이 고귀한 청자연적이 될 수는 없을지라도, 널려 있는 소라 껍데기를 꺼낸다면 그것으로 작은 소품이라도 만들 수 있을 것이라는 생각에서였습니다. 심연의 재료를 다룰 수 있음은 제가 받은 축복입니다. 앞으로도 계속 물질하여 꺼내 써보려 합니다."라고 말했다.

# 합력하여 선을 이루는 기적,
## 뇌사자 장기기증

말기 간질환, 심장질환, 폐질환을 앓고 있는 환자들이나 투석을 받고 있는 만성신부전 환자들에게는 뇌사자 장기이식만이 유일한 희망이다. 중환자실에서 신음하던 이런 분들이 장기이식을 받고 1주, 2주 만에 건강해진 몸으로 웃으며 걸어서 퇴원하는 것을 보는 것은 의사로서 큰 보람이며, 마치 마술이나 기적을 보는 것 같다. 이식을 받은 후 병상에서 엄지척하며, 로또 1등에 당첨된 것보다도 이제는 살게 되어 더 기쁘다는 환자도 있었다.

나는 이제까지 20년 동안 뇌사가 의심되는 환자의 보호자분들을 만나 뇌사 상태와 장기기증의 절차에 대해서 설명하고, 가족의 장기를 기증하여 이식 수술밖에 희망이 없는 말기 중환자들에게 새 생명을 주시라고 권유하는 일을 해왔다. 전북대학교병원에서는 1998년부터 이제까지 232명의 뇌사자를 관리하고, 총 822개의 장기를 기증받아서 말기 중환자들에게 새 생명을 선사하였다.

대부분의 뇌사자 장기기증자의 가족들은 말 그대로 피눈물을 흘리면서 기증에 동의한다. 얼굴에 아직 혈색이 돌고, 심장도 뛰고, 소변이 펑펑 쏟아지고, 호흡기에 의존해서라도 숨을 쉬고 있으며, 따뜻한 체온이 유지되고 있는 자식, 형제 혹은 부모님이 뇌파가 평탄해서 뇌사에 빠졌고 만에 하나라도 회복할 희망이 없다는 의사의 말을 믿고 넌컥 장기를 기증하려고 하는 사람이 얼마나 있겠는가? 다만 전혀 희망이 없다니까, 죽어가는 다른 사람이라도 살리자는 숭고한 이타심에서 어렵게 기증을 결심하는 분들이 대부분이다.

가족이 며칠 내에 사망해서 화장이나 매장을 하면 영원히 이 세상에서 사라지게 되지만 그 심장, 폐, 간, 신장, 췌장, 소장, 각막 등이 죽을 수밖에 없는 환자들의 생명을 살리고 누군가의 몸속에 있으면서 이 땅 위를 걸어 다니고 있다는 사실이 큰 위안을 주기 마련이다. 나는 이제까지 수많은 가족들을 기증 전후에 만나보았지만, 그 당시에는 어렵게 결정했지만 나중에 생각해보니 정말 기증하기 잘했다는 분들이 대부분이었지 조금이라도 후회된다는 분은 만난 적이 없다.

장기기증을 권유하는 일은 20년을 넘게 해왔어도 무척 어려운 일이다. 뇌사 환자의 가족들이 의사로부터 가장 듣기 원하는 말은 상태가 아무리 비관적이더라도 기적을 바라보고 최선을 다하겠다고 하는 말이지, 희망이 없으니까 포기하고 다른 사람을 살려달라는 소리는 전혀 아니다. 그래서 기증이라는 말이 나오자마자 버럭 화를 내며 자리를 박차고 나가는 분도 있다. 어떤 아버지는 아드님의 장기를 기증해줄 수 없겠느냐고 하자 "박 교수가 지금 당장 장기를 기증하면 내 아들 장기도 기증하겠소"라고 해서 "저는 아직 살아있고 지금 장기를 기증하면 죽게 되는데요" 하니까 "그건 내 아들도 마찬가지요"라는 대답을 들은 적도 있었다.

장기기증 문화가 옛날보다 확산되기는 했지만 우리나라는 아직도 '부모님께로부터 받은 신체를 훼손하지 않는 것이 효의 시작이다'라는 전통적인 유교사상으로 인해 복부를 열고 장기를 기증한다는 데 대해 강한 거부감을 가지고 있다. 이 때문에 유럽이나 미국에 비해 훨씬 어렵다.

얼마 전 전북대학교병원에 61세 남자 환자가 왔다. 자택에서 의식저하와 사지강직을 보인 61세의 남자 환자가 구급차로 이송되었다. 누워 있던 베개에 혈흔이 묻어 있는 것을 아내가 발견하여 119에 신고했다고 했다. 사고 당일 지인과의 폭행 사건이 있어 피해자 신분으로 고소를 진행 중인 환자였다. 환자는 도착 당시 반혼수상태여서 응급으로 두개골절제술과 혈종제거 수술 후 중환자실에서 의식의 회복 없이 혼수상태가 지속되며 자발 호흡이 없어 호흡기에 의존한 채 9일이 지나서 뇌파검사상 평탄한 뇌파를 보여 뇌사로 추정되는 상태가 되었다.

의료진으로부터 환자 상태가 회복이 불가능하고 며칠 내로 사망하실 수밖에 없다는 설명을 듣고 장기를 기증하기 원하는 가족들의 동의를 받아 하루에 걸쳐 뇌사판정 및 장기기증 절차를 진행하였고, 뇌사판정위원회에서 최종 뇌사로 판정을 받아서 우리 병원과 타 병원에 간과 신장을 수혜 받을 환자들이 학수고대하던 이식 수술의 희망을 가지고 입원하였다. 이후 환자분의 사인이 병으로 인한 것이 아니고 외인사여서 야간에 응급으로 전주지검에 검시 전 적출 승인을 요청하였으나, 환자가 형사 사건의 피해자로 사망과 범죄 행위의 인과관계 등을 확인할 필요가 있고 향후 부검이 필요하여 적출이 불가하다는 통지를 받았다. 이 통지는 최후통첩의 성격을 띤 것이고 이제껏 재심의를 요청한 적도 없어서 담당 코디네이터는 어렵게 장기기증을 결정한 뇌사자의 가족들과 장기이식 대상자로 선성되어 수술만을 기다리나 낙망할 대기 환자들에게 어떻게 설명해야 할지가 막막하여 안절부절못하고 있었다.

그래서 나는 다급한 마음에 새벽 1시에 전주지검으로 달려가 당직 중인 여검사님을 만났다. 죄진 것은 없어도 난생 처음으로 검찰에 가니까 왠지 주눅이 들었다. 검사님이 무서운 분으로만 생각되었는데, 내 명함을 드리니 수고가 많으시다며 소파에 앉으라고 하고 차를 권해서 마음 놓고 사정 이야기를 하게 되었다. 간장(肝腸)을 기다리는 환자는 수술을 못 받으면 죽을 수밖에 없고, 기증자도 혈압이 감소하여 승압제로 혈압을 유지하고 있는 응급상황이라 오늘이라도 사망할 수도 있다고 전했다. 환자의 사인은 뇌출혈이고 기증할 장기는 사인과 관계가 없는 간과 신장이기에, 만약 가능하다면 복부를 절개하여 장기적출 수술을 시행한 후에 부검을 진행해주시면 좋겠다고 간청하였다. 다행히 검사님이 상황을 이해해주었고, 가족들에게 향후 장기적출에 동의한 문제 및 상해 사건 본 건의 협의 문제가 불투명해지더라도 장기기증에 동의한 부분에 크게 의의가 없다는 확인서를 요구하여 서둘러서 작성하고 서명해서 제출하니 바로 부검 영장 신청을 내어주셨다.

환자가 촌각을 다투기에 아침에 법원 민원실에 달려가 담당자에게 급한 사정을 말씀드렸고 그 자리에서 영장 담당 판사님에게 전화를 걸었는데, 당시 재판을 진행하고 계신다 하여 다른 부장판사님을 찾아갔다. 급한 사정을 또 한 번 말씀드리자 검토하고 바로 영장을 발부해주셔서, 다시 검찰에 가니 검사님이 즉시 장기적출 승인을 해주셔서 바로 국립장기이식관리센터를 통하여 타 병원 수술 팀에게 연락하고 서둘러 적출 수술에 들어갈 수 있었다.

환자의 간장은 복막을 열어본 결과, 수술 전에 초음파 검사로 확인한 것보다 심한 간경화가 있어서 적출하지 못했고, 2개의 신장과 2개의 각막을 적출한 후에 뼈, 심장판막, 혈관, 피부 등 조직까지 적출하였다. 이 조직들은 냉장보관을 했다가 필요시에 뼈암 환자나 화상 환자 등 필요한 수많은 환자들에게 이식되게 된다. 조직기증까지 끝난 후에 한 시간 정도에 걸쳐 부검이 실시되었고, 이후 가족들에게 시신이 인도되어 무사히 장례를 치룰 수 있었다.


검찰에서 합당한 이유로 적출 승인이 불가하다는 통지를 받으면 번복하기가 매우 어렵고, 설사 번복되었다 해도 부검 영장이 신청되면 접수해서 판사님에게 배당하여 검토되어 발부되는 데까지는 상당한 시간이 걸리는 것으로 알고 있다. 환자의 사건을 담당하셨던 전주지검의 검사님과 전주법원의 부장판사님을 비롯한 직원들이 절박한 상황에서 생명이 꺼져가는 환자들의 입장을 헤아려서 적극적으로 신속하게 처리해주었기 때문에 성공적으로 장기기증을 할 수 있었다.

장기구득을 하기 위해서는 수술이 시작되고 나서부터 심장이 멈추기 전까지 최소한 3~4시간 정도가 필요한데, 승압제를 투여하며 겨우 심폐 기능을 유지하고 있던 환자는 수술실로 이송한 지 한 시간 정도 되었을 때 갑작스럽게 심장이 멈추는 응급상황이 발생했다. 즉시 심폐소생술을 시행하여 간신히 맥박이 돌아와 긴박하게 수술이 진행되었다. 다행히 환자는 신장 2개, 각막 2개를 기증하여 국립장기이식관리센터에서 선정한 환자들에게 성공적으로 이식되었다. 만약 검찰과 법원에서 적출 허가를 받는 과정에서 한 시간이라도 더 늦어졌더라면 기증자가 사망하여 수술이 불가능했을 기라고 생각한다. 그 뒤 신장과 각막 이식수술을 받은 환자들은 다행히 경과가 좋아져서 퇴원하였다.

본래 상해 사건에서 부검이 필요한 경우에는 부검 전에 사체가 손상되면 정확한 부검에 지장이 있을까 봐 장기기증을 못하는 것으로만 알려져 있다. 4명의 말기 환자분들과 조직을 받은 수많은 환자들에게 새 생명을 얻게 해주신 유족분들과 담당 검사님을 비롯한 검찰 관계자분들, 부장판사님을 비롯한 법원 관계자분들 그리고 "하늘은 스스로 돕는 자를 돕는다"라는 말이 있듯이 마지막 순간까지도 포기하지 않고 최선을 다하여 합력해서 선을 이룬 수많은 의료진들에게 깊은 감사를 드린다.

현행법에는 혹시 생길 수 있는 부작용을 우려하여 장기기증자 가족과 기증받은 환자가 서로 알 수 없도록 법으로 정하고 있다. 그러나 가끔 장기기증을 받고 새 생명을 얻은 환자들이 기증자 가족들에게 보내는 감사 편지나 조그만 감사 선물을 우리 병원 장기이식센터로 가져오는 일이 있다. 그러면 우리는 먼저 기증자 가족에게 이식자로부터 받은 편지를 전해드려도 좋을지 전화로 여쭤보는데, 대개 "그렇지 않아도 우리 애의 장기를 받은 환자분이 건강하게 회복되셨는지, 지금까지 잘 살고 계신지 궁금했었는데 고맙다"라고 말씀하신다. 그 후에 우리가 이식 환자분의 이름은 지우고 우편으로 기증자 가족에게 보내드린다. 기증자 부모님들은 편지를 받았을 때 기증한 자식을 만나는 듯 가슴이 뛰기 시작했다고 반가워하시면서, 부디 건강하고 행복하라는 답장을 수혜자에게 보낸다. 장기이식센터가 우체부 역할을 함으로써 뇌사자 장기기증 가족들에게 적게나마 위로가 되길 바란다. 또 기증하길 잘했다는 생각이 더욱 확산되길 바란다. 국가와 지방자치단체 그리고 이식의료기관들이 저마다 할 수 있는 부분에서 좀 더 노력하고 장기기증에 대한 긍정적인 인식이 확산되어, 뇌사자 장기기증이 활성화되어서 더 많은 말기 환자들이 새 생명을 얻었으면 하는 바람이다.

이 글을 쓰면서 삼가 장기를 기증하신 고인들의 명복을 빌며 가장 거룩한 생명의 보시인, 한 번 만난 적도 없고 얼굴도 모르는 말기 중환자들에게, 그리고 장기를 기증하는 어렵고도 숭고한 결정을 해준 가족 여러분들에게 새 생명을 수혜 받은 수많은 환자들을 대신하여 고개 숙여 깊은 감사를 드린다. 기증자와 유가족분들의 뜻이 헛되지 않도록 밤낮을 가리지 않고 애써주시는 많은 분들께도 진심으로 감사를 드리는 바다.

제21회 우수상 수상작이다. 글쓴이 박성광은 함께하는내과 원장으로 수상 소감에서 "41년 간 의사 생활을 하면서 나중에 내가 죽어서 하나님이 나에게 '너는 죄가 이렇게도 많은데, 혹시 무슨 선한 일을 한 적이 있으면 말해 봐라' 하고 물으실 때 '저는 뇌사자 가족들에게 가끔 심한 욕을 얻어먹기도 했지만 장기를 기증하도록 끈질기게 설득하여 말기 환자들이 새 생명을 얻게 하고자 노력을 했습니다' 하고 말씀을 드려볼 예정이다."라고 말했다.

# 의사 생활하면서 정신이 번쩍 든 순간

물에 물감을 떨어뜨려 본 적이 있나요? 그렇다면 알고 계실 거예요. 단 한 방울의 물감만으로도 한 컵의 물을 온통 물들일 수 있다는 것을. 오늘 소개할 환자분이 저에게 바로 그런 존재였습니다. 저는 대학병원에서 하루하루를 허덕이며 살아가고 있는 주니어 스텝입니다. 그분을 만나기 전까지 저는, 스스로가 나름대로 최선을 다해 일한다고 늘 생각했습니다. 물론 그게 틀렸다는 건 아닙니다. 실제로 저는 언제나 최선을 다하고 있으니까요.

대학병원 진료는 3분 진료가 기본입니다. 한 세션에 50~60명씩 환자분들을 진료하고 있으면, 환자에 대한 진정한 공감은 사치라는 생각이 많이 듭니다. 일단 빠르고 정확하게 진료를 해야겠다는 생각밖에 없습니다. 그래야 제가 살아남으니까요. 주말을 앞둔 어느 금요일 오후 외래였습니다. 금요일은 의사들도 다들 일찍 집에 가고 싶어 하기 때문에 금요일 오후 외래는 전통적으로 주니어 스텝이 병원을 지킵니다. 언제나처럼 진료는 정신없이 이어졌습니다. 그렇게 시간이 흘러서 어느덧 저녁 6시, 마지막 당일 외래 접수를 하신 환자의 차례가 되었습니다. 병원에서 당일 접수는 곧 불안함을 뜻합니다. 왜냐하면 몇 시간씩 기나긴 대기를 기다려야만 진료를 받을 수 있으니까요. 그러니 웬만큼 절박한 상황이 아닌 이상, 환자들은 이 방법을 잘 선택하지 않습니다. 미리 예약을 하고 오는 경우가 대다수입니다. 금요일 오후, 그것도 당일 외래라면 뭔가 사연이 있는 분들이 많습니다.

그날, 문을 열고 노년의 부부가 들어오던 순간이 아직도 선명합니다. 잔뜩 긴장한 듯한 두 분의 모습과 아내분의 울 것 같은 표정이 지금도 잊히지 않습니다. 왠지 저까지 정신을 바짝 차리게 되었습니다. 두 분과 인사를 나누고 가져온 의뢰서를 먼저 읽어보았어요. 환자는 아내분이었습니다. 그동안 만성 B형간염과 간경변증으로 인해 다른 병원에서 진료를 받고 있었는데, 이번에 처음으로 간세포암 진단을 받아 허겁지겁 저희 병원으로 온 겁니다. 아내분은 물론 남편분 또한 큰 충격을 받은 것 같았습니다. 순서를 오랫동안 기다리며 두 분이 느꼈을 공포와 절망적인 마음이 제게도 고스란히 전달되었습니다. 자신이 암이라는 진단을 받고도 괜찮을 수 있는 사람이 몇이나 될까요? 노부부의 반응은 지극히 당연하고 자연스러운 것이었습니다.

다행히 암은 크기가 작기도 하고, 1기 단계였기 때문에 완치를 기대할 수 있는 상황이었습니다. 하지만 암 진단을 받은 환자분에게 이런 말은 그다지 위로가 되지 않습니다. 당장은 그리 와닿지 않는 이야기니까요. 내가 암이라는데 크기가 작다는 말 하나로 안심할 수 있는 사람이 어디 있겠습니까. 그래서 저는 심호흡을 한 번 크게 했습니다. 저의 진심과 희망이 환자분과 보호자분에게 닿기를 바랄 뿐입니다.

"환자분, 많이 속상하시죠? 기다리느라 많이 무서우셨을 것 같아요."

그러자 환자의 어깨가 조금 풀어지기 시작했습니다. 그 모습을 보니 저 또한 안도감이 들었습니다. 좀 더 편한 마음으로 설득을 이어갈 수 있었습니다.

"하지만 환자분께서는 꾸준히 검진을 잘 받고 계셨고, 덕분에 이번 암도 초기에 발견했기 때문에 얼마든지 완치가 가능한 상태로 보입니다. 그러니 아직은 좌절하지 말고 같이 치료해봅시다."

안심시켜 드리고자 말한 건 맞지만, 그렇다고 지어낸 말은 없었습니다. 저는 아무리 막막한 상황일지라도 의료진이라면 언제나 진실에 근거해야 한다고 생각하니까요. 환자의 건강과 생명을 첫째로 생각하겠다고 선서한 만큼 늘 그 생각에 충실하고 싶었습니다. 가만가만 저의 말을 경청하던 환자분은 결국 울음을 터뜨리셨습니다.

아마 그 눈물에는 많은 감정이 담겨 있었을 거라고 생각합니다. 본인 외에는 헤아릴 수 없을 공포, 숨통이 트이는 듯한 안도감 같은 것들이 복잡하게 뒤섞여 있었을 거예요. 그때 새삼스레 다시 실감했습니다. 의료진의 말 한마디 때문에 환자가 천국과 지옥을 오가게 할 수 있구나. 시달리던 외래 진료에 몇 년간 제가 잊고 있었던, 사명감 같은 게 느껴지는 기분마저 들었습니다.

모든 게 순조로울 것 같은 때에도 난관은 있습니다. 금요일 저녁 시간이라서 환자분이 입원할 병실이 없었던 겁니다. 하지만 친절한 외래 직원분이 내 일처럼 원무과에 거듭 부탁을 해주었습니다. "원무과 최선생님, 오늘 암을 처음 진단받으신 분이라서 많이 도와드리고 싶어요. 혹시 추가 병실이 생기거든 꼭 그 환자분께 배정해주셨으면 좋겠습니다." 물론 제 마음 또한 직원분과 같았습니다.

그렇게 여차저차 모든 진료가 끝이 났습니다. 슬프게도 그것이 퇴근을 의미하지는 않습니다. 어느 대학병원이나 그렇듯이 주니어 스텝은 외래 진료 이후에 저녁 시간이나 주말에 일을 해야만 논문 실적도 낼 수 있고, 학회 활동도 할 수 있습니다. 여느 때처럼 금요일 밤늦게까지 저는 밀린 일을 하며 야근을 했습니다.

밤 열한 시, 마침내 퇴근을 했습니다. 이 정도 시간이 되면 다른 생각은 아무것도 나지 않습니다. 그저 '어서 집에 가서 누워야겠다' '내 생활은 왜 이러한가' 등 한탄을 하며 퇴근하는 경우가 대부분입니다. 지친 몸을 이끌고 불 꺼진 병원 1층 복도를 걷고 있을 때였습니다. 껌껌한 복도 저 너머로 부부 한 쌍이 서로 부축하며 걸어오고 있었습니다. 스쳐 지나갈 때 자세히 보았더니 아까 마지막으로 진료를 보셨던 노부부였습니다. 외래 진료 때와 마찬가지로 두 분은 동행하고 있었습니다. 환자분은 기운 없이 터덜터덜 걷고 있었고, 남편분은 그런 아내분을 어깨 동무하여 부축 중이었습니다. 늦게나마 병실이 생겼다는 연락을 받고, 급히 짐을 챙겨 입원하러 온 듯했습니다.

오후 때와 달리 편한 복장을 한 저를 노부부는 알아보지 못했습니다. 묵묵히 불 꺼진 복도를 서로 스쳐갈 뿐이었습니다. 그런데 이상했습니다. 갑자기 울 것 같은 기분이 들면서 코끝이 시큰해졌습니다. 순간 이런 생각이 들었습니다. '아, 늦게 퇴근한다고 내가 투덜댈 때가 아니구나. 나로 인해 누군가는 안도할 수도, 굉장히 실망할 수도, 어쩌면 울 수도 있다. 내가 정말 중요한 일을 하고 있구나.' 그걸 자각하니 더 열심히 해야겠다는 생각과 함께, 피곤했던 정신이 번쩍 깨어나는 것 같았습니다.

의사에게는 별문제 없어 보이는 경우라도 환자에게는 하늘이 무너지는 듯한 절망일 때가 있습니다. 하지만 환자분들은 늘 끝까지 저를 바라봐 주고, 믿어주고, 따라와 줍니다. 그날 불 꺼진 복도 가운데서 저는 다짐했습니다. 환자들께 더 잘해야겠다고, 잘하고 싶다고. 일에 치여서 감정을 잊고 지낸 조교수 생활 6년 차에 처음 느끼는 감정이었습니다.

의사 일은 하면 할수록 어려운 일 같습니다. 지식적으로 어렵기도 하고, '사람'을 진료하기 때문에 수많은 감정적인 부분까지 고려를 해야 합니다. 처음 의사면허를 땄을 때는 좀 더 순수했던 것 같은데, 매일 같은 일상이 반복되면서 매 순간의 즐거움이나 보람은 포기한 지 오래입니다. 하지만 이번 일처럼 뜻하지 않게 한 번씩 내가 왜 의사를 하고 있는지, 어떤 영향을 환자에게 주고 있는지를 깨닫게 됩니다. 사람은 좋은 일보다는 나쁜 일을 잘 기억한다고 합니다. 이런 긍정적이나 찡한 경험이 자꾸 쌓이면, 나중에 제가 정말 의사를 그만두고 싶은 순간에 저를 잡아주지 않을까 싶습니다.

슬슬 그 환자분의 경과가 궁금할 것 같습니다. 다행히 환자분은 고주파 열치료술로 간세포암이 완치되었습니다. 요새는 편안하게 농담도 건네면서 외래에서 진료를 받고 있습니다. 몹시 불안해하셨던 처음 모습이 가물가물할 만큼 항상 밝은 얼굴로 저를 만나러 오십니다. 그렇게 환자분은 존재만으로 저에게 희망이 되었습니다. 아주 어둡고 막막한 밤도 결국 지날 거라는 믿음을 주었으니까요. 그분과 저는 서로에게 기적일지도 모르겠습니다.

.

제22회 장려상 수상작이다. 글쓴이 유정주는 순천향대학교 부속부천병원 소화기내과 교수로 수상 소감에서 "주니어 스텝 생활을 하면서, 초심을 잃고 기계적으로 살고 있는 제 자신을 발견합니다. 어떤 날은 일의 의미도 찾지 못하고 허덕이는 때도 있었는데, 에피소드에 나온 환자분 덕분에 오히려 제가 더 큰 삶의 의미를 발견한 것 같습니다."라고 말했다.

# 불확실성 견디기

　　마치 경고하듯이, P는 처음부터 단호하게 내게 말했다.

"내가 먹고 토하는 건, 선생님이 생각하는 단순한 다이어트 강박 때문이 아니에요"

　나는 식이장애 환자들의 날 선 태도에 꽤나 익숙한 편이었지만, 처음 만난 날부터 P의 얼굴에는 예사롭지 않은 저항감이 서려 있었다. 많은 사람들이 식이장애를 단지 지나친 다이어트의 문제라고 인식하고 있지만, 사실 식이장애는 '트라우마의 용광로'라고 할 만큼 어린 시절의 부정적인 상처들과 연관이 깊다. 그래서 나는 순순히 P의 의견에 동의하면서, 먼저 폭식, 구토 증상을 완화시킨 뒤에 다른 복잡한 문제들도 다루어가자고 부드럽게 제안하였다. 하지만 P는 내 눈을 차갑게 응시하며 냉소적으로 말했다.

"글쎄요? 과연 선생님이 내가 겪었던 일들을 감당할 수 있을까요?"

P는 일곱 살 때부터 무려 2년이 넘는 기간 동안 자신이 살던 아파트 경비원에게 거의 매일같이 성폭행을 당했다. 이 끔찍한 사건을 다루는 데만도 상당한 시간이 필요했다. 하지만 성폭행 사건은 P가 겪은 트라우마의 시작점에 불과했다. 이후 상담의 초점이 가족 내에서 일어난 터무니없는 방임과 학대로 옮겨가자, P의 감정 기복은 더욱 널뛰었다. 성폭행 사건을 인지한 뒤에도 어린 딸의 상처를 보듬지 않던 1차 양육자, 즉 부모에 대한 분노가 훨씬 더 강렬했기 때문이다. P의 어머니는 극심한 분노를 표출하는 P 앞에서는 쩔쩔매며 달래주는 모습을 보였지만, 정작 내 앞에서는 도대체 애가 왜 저렇게 유난을 떠는지 이해할 수 없다며 푸념을 늘어놓았다. 딸이 오랫동안 겪어온 좌절과 분노의 감정을 이해해주고 공감해주는 것이 가장 강력한 치료가 될 수 있다고 하면, P의 어머니는 그냥 딸아이가 먹고 토하지나 않게 약이나 처방해달라고 하였다.

P의 어머니는 딸의 아픔을 보듬고 연민의 감정을 가질 만큼 마음의 여유와 온기를 갖고 있지 않았다. 어머니 역시 아픈 과거의 기억과 현재의 삶에 늘 벅찬 상태였으니 말이다. 어머니를 설득하려 할 때마다 난 거대한 차돌 덩이를 끌어안는 느낌을 받았다. 싸늘하게 닫힌 그 느낌에 닿을 때마다 내 마음도 싸늘하게 닫혀갔다. '모성은 본능인데, 그 본능이 애초부터 따뜻한 색이 아니고 차가운 색이라고 한다면 내가 과연 무엇을 할 수 있을까?' 무릇 자기애적 엄마(narcissistic mother)는 모든 정신과 의사들의 기피 대상이다. 점점 답답함과 무기력감이 커진 나는 어머니와의 만남을 은밀히 회피하고 있었다. 누가 역전이(counter transference)라고 해도 어쩔 수 없었다. "외과 의사도 자신이 할 수 없는

수술은 못 한다고 말하지 않는가? 내가 무슨 도사도 아니고!" 창피함을 숨기기 위해 내 감정의 정당함을 스스로에게 되뇌었다. 그런데 그 와중에 전혀 예상치 못했던 사고가 터졌다. 우연히도 P가 어머니의 간절한 기도문이 적혀 있는 일기장을 보게 된 것이다.

"하나님, 저 아이는 자기의 잘못을 모릅니다. 게다가 욕심도 끝이 없는 아이입니다. 저는 지금 너무 힘들어요. 제발 저 아이가 회개하게 도와주세요."

사과하며 달래주던 겉모습과는 전혀 다른 진짜 속내, 딸에 대한 연민보다는 자신의 억울함이 더 소중한 어머니의 본심! P는 피가 거꾸로 치솟는 듯한 배신감과 참담함을 맛보았으리라. 그 이후 P는 폭식과 구토는 물론이고, 어머니에 대한 폭언과 폭행까지 심해졌다. 심각한 자해 시도도 서슴지 않았다. 한번은 유서를 품고 진짜 끝장을 내려 한강 다리 위로 달려갔다가 마침 그곳을 순찰 중이던 잠복 경찰에게 발견되어 겨우 살아남은 적도 있었다.

어느 정도 심정이 이해는 되지만, 지나친 분노 폭발과 자해는 문제해결에 별 도움이 안 된다는 현실적인 설득은 P의 분노심에 휘발유를 붓는 꼴이 될 뿐이었다. 어머니 역시 상처가 많아서 그런 것이니 어머니를 바꾸려 하지 말고 그냥 내버려두면 어떻겠느냐는 어설픈 조언을 듣고 간 날 밤에는 P의 자해가 더 심각해졌다. 이런 위급한 상황에서 효과를 발휘할 수 있는 이성적 접근이 무엇일까? 어떤 조치를 취하는 것이 과학적인 개입일까? 정신과 치료에 과연 그런 것이 있기는 한 건가? 치료자로서 혼란과 낭패감을 겪고 있는 동안 P의 자기 파괴적 행동은 점점 더 악화되어갔고, 결국 나도 한계치에 도달할 수밖에 없었다.

특히 P의 목에 선명하게 찍혀 있던 목맨 자국을 보았을 때는 당장 입원해야 한다는 말이 목젖까지 거의 올라왔었다. 그러나 입원이라는 말을 입에서 내뱉자마자 P는 내게도 강한 배신감과 분노를 토해낼 것이 뻔했다. 치료자마저 자신을 버린다고 받아들이겠지? 성가시고 까다롭다고 환자를 내친다면 엄마와 다를 게 뭐가 있냐며 또 따지겠지? 가까스로 입은 다물고 있었지만, 내 표정과 몸짓은 무력감과 두려움을 숨기지 못했다. 떨떠름한 내 표정과 어정쩡한 내 몸짓을 눈치챈 P는 더욱 강하게 쏘아붙였다.

"선생님도 내가 구제불능이라고 생각하죠? 선생님은 해줄 것이 없고, 엄마는 이제 잘못이 없고, 결국 지금은 나만 미친년인 셈이네. 또 입원해야 한다는 말이나 하고 싶은 거죠?"

들킨 속내를 감추려 허술한 변명을 할수록 P는 더 집요하게 달려들었다. P의 적개심은 온몸에서 힘이 빠져나가 이미 방어 능력이 없는 날 물어뜯듯이 다그쳤다. 마치 당신이 어디까지 감당할 수 있는지 보자는 듯이 P는 자신의 몸에 더 깊게 상처를 냈다. '그녀의 분노하는 마음에 공감해야 하는 건가? 아니면 그녀의 위험한 행동에 제동을 걸어야 하는 건가? 그녀의 엄마를 다시 적극적으로 만나야 하나? 치료를 잠시 중단하자고 하는 것은 비겁한 행동인가? 지금 이 순간 어떤 결정을 하는 것이 최선의 선택일까?'

그녀의 치료 과정은 모든 것이 불확실했다. 그저 무력감에 압도되지 않도록 먼저 나 자신을 진정시키면서, P의 분노가 수그러들기를 기다리는 것 말고는 신박한 대처 방법이 딱히 없었다. 그녀의 독기를 다 뽑아내려 하다가 오히려 그녀의 독기에 내 정신줄이 간당거리는 꼴이 되어버렸다. 어쩌다 그녀가 개인적인 사정으로 상담을 못 온 날에는 하루 종일 안도감이 느껴졌다. 그렇게 P와 나의 치료 관계는 외줄을 타듯이 아슬아슬하게 이어졌다.

'추석 연휴 마지막 날', P와 나의 아슬아슬한 치료 관계가 끊기지 않고 지속될 수 있게 해준 결정적인 순간을 나는 이렇게 기억하고 있다. 일기장 사건 이후 서너 달쯤 지났을 때의 추석 연휴 마지막 날이었다. 갑작스럽게 핸드폰 액정에 P의 어머니 이름이 보였다. 한숨부터 새어 나왔지만, 잠시 갈등하다가 핸드폰을 받았다.

"선생님, 얘가 또 별것도 아닌 일로 자해를 해서 응급실에 왔어요. 게다가 심근경색까지 의심된다며 여기 의사가 당장 입원시켜야 한다는데, 어떻게 할까요?"

어머니의 심드렁한 목소리 너머로 P의 쩌렁쩌렁한 목소리가 들려왔다. 죽어도 입원은 안 하겠다며 발악하는 울음소리! 순간, 연휴의 나른함에 취해 있던 내 머릿속에서 비상벨이 요란하게 울려댔다. 심혈관계가 튼튼한 20대 여성에게 심근경색이 발생할 가능성은 매우 희박하다. 그런데도 그 희박하다는 심근경색이 정말로 일어났다면, 절정에 다다른 P의 분노와 절망감이 실제로 자신의 심장을 찌른 것은 아니었을까? 그렇다면 응급실에서 바로 입원하는 것이 P의 안전에도 최선이었고, 나 또한 남은 추석 연휴를 편히 쉴 수 있을 것이다. 하지만 P는 분명 입원을 거절할 것이 뻔했다. 그렇다고 그냥 집에 돌아가 경과를 지켜보자고 하는 것도 여러 정황상 위험천만한 응급상황이었다. 머릿속에서는 이런저런 생각들이 다급하게 돌아가고 있었지만, 적절한 해법이 바로 떠오르지 않았다. 일단 시간이라도 조금 벌어보자는 심정으로 P의 어머니에게 P를 내 진료실로 데려오라고 전했다. 내가 직접 입원치료를 설득해야겠다고 판단했기 때문이다.

난 서둘러 옷을 갈아입고 진료실로 향했다. 보나마나 여느 때와 같이 P가 분노발작을 하며 문을 열고 들어오리라 예측했다. 심장이 빠르게 뛰는 것이 느껴졌지만. 호흡을 가다듬으면서 이번에야말로 기필코 P를 입원시켜야 한다고 다짐했다. 그런데 뜻밖에도 P는 마치 유령처럼 축 처져서는 싸늘한 얼굴을 하고 내 방으로 들어왔다. 고개를 숙이고 한참 동안 침묵하며 앉아 있던 P는 작심한 듯 희미하게 입을 열었다. 웅얼거리는 소리라 잘 들리지 않았지만, 요점은 명확했다. 어머니가 내 마음을 몰라준다고 악을 쓰는 것이 자신의 문제라고 한다면, 차라리 죽는 쪽을 선택하겠다는 말이었다. 사실 그건 최후통첩과도 같았다. 괜한 과장이나 협박이 아니라는 것을 난 직감적으로 알 수 있었다. 여기서 어설프게 입원을 권유하는 말을 했다가는 무슨 일이 벌어질지 모를 만큼 긴박한 상황이었다. 입안이 바짝 말랐다. 쿵쾅거리는 내 심장 소리만 크게 들렸다. 그런 나를, P는 싸늘하게 바라보았다. P의 눈빛은 마치 "어때요? 선생님도 더는 날 말릴 재간이 없죠?"라고 말하는 듯했다.

"아니, 이번에는 내가 어떻게든 어머니를 치료해볼게."

궁지에 몰릴 대로 몰린 나는 얼떨결에 허튼소리를 하고 말았다. "어머니는 쉽게 변할 것 같지 않으니 먼저 네가 변하는 것이 우리의 치료 목표"라고 그동안 수십 번도 넘게 P에게 말해왔는데, 이제 와서 딴소리라니? 자신이 가장 억울하다는 P의 어머니를 대체 무슨 수로 치료할 수 있단 말인가? 그건 지푸라기라도 잡고 싶은 심정에서 순간적으로 나온, 그녀의 목숨을 지키고자 했던 허망한 공약이었을 뿐이다. P는 한참을 조용히 앉아 있다가 집으로 돌아갔다. 그리고 그날 밤늦게 P로부터 문자 메시지가 날아왔다.

"말도 안 되는 말을 쥐어 짜내느라 애쓰셨어요. 하지만 고마워요. 절 포기하지 않겠다는 말로 이해할게요."

난 지금도 추석 연휴 마지막 날 얼떨결에 말해버린 그 허망한 공약 덕분에, P와 나 사이에 비교적 탄탄한 라포(rapport)가 만들어졌다고 믿고 있다. 이후 우리의 치료적 만남은 무려 20년간 이어졌다. 그런데 바로 얼마 전 P가 갑작스레 내게 물었다.

"선생님 저 참 오래 다녔죠? 이러다가 저 환갑 되겠어요. 그런데 선생님, 제가 언제부터 선생님이 정말 내 편이구나 하는 생각이 들었는지 알아요?" 자동적으로 내 머릿속엔 그 추석 연휴의 마지막 날이 떠올랐지만, 난 짐짓 모른 척했다. 그러자 P는 전혀 예상 밖의 이야기를 들려주었다.

추석 연휴 사건이 터지고 나서 한 달쯤 뒤, P의 남자친구가 날 찾아온 적이 있었다. P의 남자친구는 P를 진심으로 사랑하고 있지만, 가족이나 친구들로부터 헤어지라는 종용을 강하게 받아 혼란스럽다고 했다. '트라우마는 평생 지워지는 것이 아니다' '성격장애는 절대 치료할 수 없다' '정신병은 평생 약을 먹어야 한다'는 등의 매우 상식적이지만, 동시에 매우 편파적인 조언에 그의 지순한 사랑도 흔들릴 수밖에 없었던 모양이다. 그래서 그는 마음의 결단을 내리기 전에 마지막으로 날 만나보고 싶어 찾아왔다고 했다.

그때 그 남자친구에게 무슨 말을 했는지 기억나지 않았다. 그러자 P가 먼저 말을 이어갔다. "선생님, 그 남자랑은 결국 인연이 거기까지였어요. 그런데 나중에 헤어질 때 그 남자가 선생님에게 들은 말을 전해주었어요. 선생님이 해준 말 때문에 저랑 헤어지기가 정말 괴로웠다고 하면서요. (⋯⋯) 그때 무슨 말을 하셨는지 기억나세요? (⋯⋯) 실망이네! (⋯⋯) 하긴 20년이 다 되어가니⋯⋯, 그래도 잘 기억하고 계셔야 해요. 그래야 또 저 같은 사람을 도울 수 있죠."

P가 들려준 말에 따르면, 그때 나는 그 남자친구에게 이렇게 말했다고 한다.

"헤어질 것이냐 말 것이냐 하는 결정은 결국 당신이 그녀를 얼마나 사랑하고 있는지에 달린 문제입니다. 내가 그녀에 대해 말할 수 있는 것은, 그녀에게 우울증이나 성격장애 같은 진단명을 붙이는 일은 적절하지 않다는 것입니다. 그녀는 감히 상상할 수도 없는 트라우마 속에서 살아남은 생존자일 뿐입니다. 겨우 살아남았지만 어쩔 수 없이 후유증이 남아 있는 것은 어찌 보면 당연한 것이라고 생각합니다. 우리가 할 수 있는 것은 후유증으로 고통스러워하는 그녀의 회복을 조용히 응원하는 것뿐입니다."

그동안 P를 치료해오면서 계속 배우고 성장했다고 어쭙잖게 둘러댈 수는 있지만, 전문가로서 창피한 마음이 드는 것도 사실이다. 내가 관심을 가졌던 치료 기법에 따라 치료 방향은 오락가락하였고, 그녀의 상태도 들쑥날쑥하였다. 치료 기간이 너무 길어지다 보니 이게 환자와 치료자 관계인지, 인생의 동반자 관계인지 헷갈릴 때도 종종 있었다. 그나마 위안이 되는 점은 P가 최근 수년째 폭식, 구토, 자해와 같은 자기 파괴적인 행동을 하지 않고 있다는 것과 주변 사람들과의 관계도 비교적 잘 유지하고 있다는 점이다. 아, 또 있다. 격렬한 치료 과정 속에서도 P는 박사학위를 취득했고, 좋은 직장에 취직하여 나름 능력을 발휘하며 살아가고 있다.

그러나 여전히 P는 자신이 분노를 내려놓으면 무기력하게 당하기만 했던 어린 시절로 되돌아갈 것 같다는 '터무니없는 두려움'을 갖고 있다. 계속해서 '개지랄'이라도 하지 않으면 언제든지 엄마가 자신의 삶을 마음대로 휘저어 놓을 것이라는 피해의식 또한 끈질기게 내려놓지 못하고 있다. 피해자인 자신만 긴 세월 동안 치료받느라고 '개고생'하고 있다는 억울함도 계속 가슴속에 담아두고 있다. 아직도 갈 길이 멀다. 도대체 어디가 치료의 끝인가? 과연 P와 어머니의 관계에 따듯한 온기가 돌아올 수 있게 할 수 있을까? P와 같은 복합 트라우마 환자의 치료는 여전히 많은 것들이 불확실하다. 이제 나이가 점점 들어가니, 과연 이번 생에는 치료를 무사히 마칠 수 있을까 하는 걱정도 살짝 된다.

나에게는 이제 아흔에 가까운 스승님이 계시다. P와의 끝이 보이지 않는 치료 때문에 헤매고 있을 때마다 스승님은 내게 소중한 지혜를 전해주신다.

"닥터 김, 정신과 의사에게 중요한 덕목 중 하나는 불확실성을 오랫동안 견디어내는 것일세. 우리를 찾아오는 환자들은 정확한 진단과 약물 처방으로 빠르게 해결될 수 있는 증상만을 갖고 우리를 찾아오지 않는다네. 오히려 결론을 쉽게 낼 수 없는, 어찌할 수 없는 삶의 문제들 때문에 고통을 받다가 치료를 찾아오지. 정신과 의사로서 우리가 할 수 있는 일은 이러한 문제들의 불확실성을 그들과 함께 견디어내는 것이라네."

아무래도 한참 동안 더, P와 함께 불확실성을 견뎌야 할 것 같다.

제21회 장려상 수상작이다. 글쓴이 김준기는 마음과마음 정신건강의학과의원 원장으로 수상 소감에서 "이번 기회에 오랜 시간 함께한 환자분과의 경험을 정리하면서, 불확실성 속에서 견디어내기 위해 정신과 의사로서 무엇이 필요한지 새삼 정리가 되었습니다. 환자분들의 증상을 호전시키기 위해 전문가로서의 스킬풀한 가이드를 하는 것은 물론이고, 동시에 여전히 그들이 겪어야만 하는 삶의 아픔과 상실감을 끝까지 옆에서 바라보고 나누고 공감하는 것이 무엇보다 소중하다는 것을!"이라고 말했다.

# 한 뼘의 벽을 사이에 두고

'속 장갑, 가운, 신발 덮개, N95 마스크, 고글, 후드, 겉 장갑…….'

나는 level D 방호복을 입으면서 병동에 비치된 착용 방법 포스터를 읽고 또 읽었다. 이미 여러 번 입어본 방호복이었지만 그날따라 순서가 틀릴까 노심초사했다. 마스크를 누른 채 숨을 쉬어보면서 혹시나 공기가 새는 틈이 있는지 몇 번씩 확인했다.

'이것만이 나를 지켜줄 수 있다.'

마치 주문을 외우듯이 계속해서 되뇌었다. 착용을 마치자, 이내 갈 곳을 잃은 몸의 열기가 방호복 안을 맴돌기 시작했다. 더위를 느끼면서 방호복을 제대로 입었다는 생각에 안도했다. Level D 방호복은 아주 작은 오염원까지 막기 위해 촘촘한 재질로 만들어졌고 열과 습기가 빠져나갈 공간조차 없도록 단단히 동여매어 착용한다. 이 때문에 방호복을 입으면 체온 조절이 어렵고 체력 소모가 극심해져서 2~3시간마다 교대를 해야 할 정도다. 또한 안경을 쓰면 습기가 차곤 해서 나는 안경을 벗고 방호복을 착용해왔다. 핸드폰 역시 오염을 막기 위해 몇 겹의 비닐로 감싸서 넣어두었다. 얇은 방호복 한 겹으로 세상과 완전히 단절되는 순간이었다. 눈만 겨우 보이는 거울 속의 내 모습 뒤로는 을씨년스러운 감염 병동의 풍경이 펼쳐져 있었다. 크리스마스를 이틀 앞둔 2020년 12월 23일이었다.

불과 일 년 전만 해도 병동은 송년행사로 떠들썩하고 활기찼다. 그즈음 중국에서 새로운 감염병이 유행한다는 뉴스가 들려오기 시작했지만 해프닝에 불과해 보였다. 하지만 새해를 맞으며 한국에서 첫 확진자가 발생했고, 신종 바이러스는 물에 떨어진 잉크방울처럼 걷잡을 수 없이 번져나갔다. 딸의 돌잔치를 취소할 때만 해도 곧 만날 수 있을 거라고 부모님을 위로했다. 하지만 얼마 지나지 않아 코로나19 관련 업무에 동원되면서 나는 아내와 딸 외에 누구도 만날 수 없었다. 그러는 동안 백신과 치료제 개발에 시간이 걸린다는 발표, 방역에 협조하지 않는 단체 때문에 감염 경로의 추적이 막혔다는 호소문, 인근 확진자의 동선을 공개하는 재난문자와 같은 암울한 소식들이 이어졌다. 몇 달 동안 문밖을 나서지 못한 사람들의 외로움과 절망은 분노로 변해 누군가를 향하는 화살이 되기도 했다. 여름휴가는 집에서 옛날 사진을 보면서 바닷가의 분위기를 추억하는 것으로 대신해야 했다. 유독 장마가 길었던 그해 여름, 지긋지긋한 비가 그친 뒤에도 코로나 바이러스는 여전히 우리 곁에 있었다.

이제는 미국 대통령이 대선을 앞두고 코로나19에 확진되었다는 뉴스조차 이목을 끌지 못했다. 그렇게 다시 겨울이 왔고, 사람들은 마스크를 쓴 얼굴조차 마주할 수 없어서 외로운 나날을 보내고 있었다. 답답함을 이기지 못해 집을 나서면, 차디찬 공기가 부딪힌 안경알에 마스크 위로 새어 나온 입김이 닿아 뿌옇게 김이 서리곤 했다. 연말답지 않게 인적이 드문 거리를 하릴없이 걷는 동안 곁눈으로 보이는 상가의 점포에는 두 자리 건너 한 자리씩 '임대문의' 광고가 큼직하게 붙어 있었고, 개중에는 한때 즐겨 찾던 가게들도 있었다. 길게 늘어선 상가의 끝에는 그 모든 상점들의 임대계약을 관리하겠노라고 야심차게 광고하던 공인중개사가 자리하고 있었는데, 어느 날 그 공인중개사가 자리를 비우고 스스로 '임대문의'를 써 붙인 걸 보았을 때는 세상의 끝에 있던 보루마저 무너져 내리는 걸 본 것 같아서 적잖이 충격을 받았다.

2020년 12월 12일에는 처음으로 코로나19 일일 신규 확진자가 천 명을 넘어섰고, 이후로 열흘 동안 날마다 천여 명의 확진자가 계속해서 쏟아져 나왔다. 정신과 병원에서도 코로나19 집단 감염이 잇따랐고, 국립정신병원들은 상황을 수습하는 데 전념하기 시작했다. 내가 일하는 국립병원 역시 밀접 접촉자로 분류된 정신과 입원 환자들의 자가격리와 치료를 담당했다. 그렇게 이송된 환자들은 하나같이 아무것도 묻지 않았다. 달에 착륙한 우주인처럼 흰 옷을 꽁꽁 싸매고 온 나에게 당신은 대체 누구인지, 왜 갑자기 다른 병원으로 옮기라고 한 건지, 면봉으로 코를 찌르는 검사는 언제까지 계속 한다는 건지, 아무것도 묻지 않았다. 그저 주어진 상황을 받아들이는 게 익숙한 듯 고개를 끄덕일 뿐이었다. 마스크를 쓴 나와 환자는 서로의 얼굴을 몰랐고 그리 많은 대화를 나누지도 않았다. 부끄럽게도 정신과 병동의 담당 의사와 환자 관계라고 하기에는 아는 것이 거의 없는 사이였다. 코로나19 범유행의 서슬 퍼런 공포가 마음을 얼리던 그 겨울, 우리는 코로나19가 바꿔놓은 삶을 그저 받아들이는 수밖에 없었다.

지난하게 버텨낸 일 년의 기억을 뒤로하고 나는 어지러운 마음으로 level D 방호복을 입고 있었다. 결국 크리스마스를 이틀 앞두고 담당 환자가 코로나19 확진 판정을 받은 것이다. 언젠가 겪으리라 생각했지만 현실이 되지 않기만을 바랐던 상황이었다. 중앙사고수습본부에서는 확진자를 전담 병원으로 이송하라고 답변했다. 방호복을 입고 병동을 나와서 마주한 것은, 영화 <트랜스포머>에 나올 것만 같은 크고 육중한 음압 특수구급차였다. 차량의 내부를 살피며 자리를 배치하는 순간, 코로나19 확진자 두 명과 함께 밀폐된 공간에 앉는다는 사실을 자각했다. 저릿한 공포가 밀려왔다. 세간을 떠들썩하게 만든 신종 감염병 앞에서 얇은 방호복과 더 얄팍한 나의 의학 지식은 그리 믿음직스럽지 못했다.

하지만 그 공포는 구급차가 출발하자마자 전혀 다른 종류의 공포에 압도되었다. 시끄러운 소음과 함께 뜨거운 바람이 불기 시작한 것이다. 나중에 알게 된 사실이지만, 그날 배정된 운전기사는 코로나19 관련 업무 및 음압 특수구급차 운행이 처음이었고 날이 추워서 난방을 최대로 틀었다고 한다. 방호복 내부는 금세 사우나가 되었고 피부에 느껴지는 온도는 뜨거울 정도였다. 이미 익숙해진 level D 방호복의 더위와는 전혀 다른 위협적인 열기였다. 숨을 내쉴 때마다 방호복 안의 온도와 습도가 올라가는 것이 느껴졌고 N95마스크를 밀착한 상태에서 숨을 쉬기가 점점 힘들어졌다. 젊고 건강한 내가 이 정도면 동승한 고령의 코로나19 확진 환자들은 버티기 힘겨울 게 분명했다. 하지만 나는 안경을 벗은 채로 탑승했고, 구조가 익숙지 않았던 탓에 내부에 온도 조절기나 연락할 만한 수단이 있는지 확인조차 할 수 없었다. 핸드폰 역시 방호복을 벗기 전에는 사용할 수가 없었다.

"난방 좀 꺼주세요! 기사님! 난방 좀 꺼주세요! 안 들리세요? 저기요, 난방 좀 꺼달라고요! 히터가 너무 세다고요!"

목청껏 외쳐도 대답이 없었다. 난방기 돌아가는 소리가 침묵의 틈새를 비집고 들려올 뿐이었다. 그제서야 깨달았다. 음압격리실이 완벽한 방음장치라는 것을. 고작 한 뼘의 벽을 사이에 두고 있었지만 내 의사를 전달할 수가 없었다. 손바닥 만한 유리창을 통해 앞자리를 볼 수 있었지만 거기에 있는 사람들이 몸을 돌려 나를 보게 할 방법이 없었다. 고속도로를 달리는 음압격리실에서 방호복을 입은 나는 세상으로부터 완벽히 단절되어 있었다. 구급차가 어디쯤 와 있으며 목적지까지 얼마나 남았는지, 지금이 몇 시이고 이 끔찍한 상황을 얼마나 더 견뎌야 하는지 전혀 알 수가 없었다. 격리실에 있는 모두의 안전은 내 책임이었지만 얼마나 더 버틸 수 있는지, 무엇을 해야 하는지도 말할 수 없었다. 나는 무거운 절망으로 빠져들었다.

시간이 지나면서 방호복 안에는 땀이 고였고 고글에는 물방울이 맺혀서 앞을 보기 힘든 지경이 되었다. 순간, 흐려진 시야로 부산스러운 움직임이 포착됐다. 환자 한 명이 방호복을 벗으려고 한 것이다. 혼자서 두 명의 환자를 동시에 봐야 했고 접촉은 최소화해야 하는 상황이었다. 환자들이 정말로 방호복을 벗겠다고 마음먹으면 막을 수 있을지 확신할 수 없었다. 방호복을 왜 입어야 하는지에 대한 설명에 그저 버텨달라는 간절한 부탁을 덧붙일 뿐이었다. 그 환자가 마지못해 멈춘 동안 다른 한 명이 갑자기 자리에서 벌떡 일어났고, 위험하게 서 있지 말라고 말하면서 앉히고 돌아보니 아까 그 환자가 다시 방호복을 벗으려 하고 있었다. 자리에 앉아달라고, 방호복을 벗지 말라고 소리칠 때마다 마스크 속으로 습기가 더 차오르는 것이 느껴졌다. 방호복을 벗으려는 시도가 열 번이 넘어가도록 나는 기계처럼 같은 말만 반복했다.

운이 좋았다고 해야 할까? 세 시간의 이송 과정에서 그렇게 모든 시도를 막아냈고, 방역수칙을 지켜내며 목적지에 도착할 수 있었다. 하지만 다음 의료진에게 인수인계를 하며 안도하던 순간, 환자는 무슨 이유에서인지 갑자기 복도에 놓여 있던 가위를 집어 들었다. 비록 빠르게 제지당해 의도를 알 수는 없었지만, 나는 그 행동이 이 상황에 대한 분노의 표현일 거라고 짐작했다.

돌아오는 길, 기진맥진한 채로 구급차 격리실에 누워서 몇 시간 전을 떠올렸다. 내가 겁에 질려 소리치던 순간을 생각하면 위화감이 들었다. 함께 있던 환자들은 난방을 꺼달라며 문을 두드리는 나를 보지 않았고, 무슨 일인지 묻지도 않은 채 고개를 숙이고 있었다. 끔찍한 열기가 온몸을 뒤덮는 순간에도 말이다. 그리고 내 목소리가 닿지 못하는 구급차 앞자리만 바라보던 나는, 미처 내 옆에 있던 환자의 말을 들어보려 하지 않았다. 그 사실을 곱씹으며 마음이 쓰렸다. 이런 기분이었을까? 자신의 의사를 묻지도 않고 다른 병원으로 전원하라는 통보를 들었던 날, 이런 기분이었을까? 자신의 목소리가 세상에 들리지 않는다는 것을 받아들여야 했을 때, 이런 기분이었을까? 문득 입원 상황에 대해 토로하던 환자들의 모습이 떠올랐다. 입원이 부당해서 받아들일 수가 없다고, 입원이 필요한 건 알지만 병원 생활이 너무 답답하다고, 할 말이 있었는데 담당 의사가 오지 않아서 힘들었다고. 바뀌지 않는 레퍼토리로 치부하며 무뎌졌던 나에게서 환자들이 느꼈을 절망은, 이런 기분이었을까? 복잡한 생각들이 고단한 몸을 놓아주지 않아서 그날 밤에는 술을 많이 마시고 나서야 잠들 수 있었다.

다행히 이송을 마치고 받은 코로나19 검사 결과는 음성이었다. 하지만 일주일 뒤 함께 일하는 의료진이 코로나19 확진 판정을 받으면서 나도 결국 자가격리 조치되었다. 두 살배기 딸과 2주 동안이나 떨어져 지낸 건 처음이어서 하루에도 몇 번씩 영상통화를 하며 아쉬움을 달랬다. 자가격리를 마치던 날에는 재회의 기쁨을 나눌 만반의 기대로 문을 열었고, 아내에게 미리 부탁해서 그 장면을 동영상으로 촬영하기까지 했다. 하지만 딸은 현실에서 다시 만난 나를 보며 어색한 표정으로 끝없이 뒷걸음쳤다. 그것 때문에 재회의 순간이 기쁘지 않았다면 과장이겠지만 마음에 상처를 받은 것도 사실이었다. 고작 2주가 두 살배기 딸에게는 나를 잊기에 충분한 시간이었던 것이다.

그동안 환자에게 '2주 동안의 단기 입원'이라고 선심 쓰듯 말했던 나는 핸드폰과 컴퓨터를 갖춘 호화로운 격리 끝에서 나의 잘못을 깨달았다. 나는 환자들이 입원하면서 겪었을 관계의 단절과 소외감을 이해하지 못하고 있었다. 퇴원을 하고 사회로 돌아가는 환자들이 이미 세상에서 지워졌을까 두려워했던 마음을 진정으로 공감하지 못하고 있었다. 어쩌면 1년 넘게 마스크로 쌓아 올린 벽 앞에서 잊힐까 걱정하던 사람들의 마음은 오랫동안 정신과 입원 치료를 반복해온 환자들이 느꼈을 익숙한 두려움과 같았을지도 모른다는 생각이 머리를 스쳤다.

격리를 마치고 복귀한 병원은 얼마 전의 난리통이 한밤의 꿈이었던 것처럼 고요했다. 텅 빈 운동장을 가로지르며 환자들과 함께 이어달리기를 하던 2년 전의 체육대회를 떠올렸다. 그때만 해도 환자와 함께 산책로를 걸으며 이야기를 나누는 것이 일상이었다. 원내 카페는 한가로이 담소를 나누는 환자들로 가득했고, 담당하던 입원 환자가 바리스타 재활치료를 하면서 내려준 커피는 잊을 수 없는 선물이었다. 하지만 코로나19 이후로 환자들의 병동 출입을 제한하고 재활치료 활동마저 대다수를 중단시킨 요즈음의 병원은 스산하리만치 적막했다. 조명이 꺼진 카페를 바라보다 쓸쓸해진 기분을 안고 감염 병동으로 발걸음을 옮겼다.

재난은 약자에게 한없이 잔혹하다. 나는 아직 코로나19 범유행의 시작에 불과했던 2020년 2월, 경상북도의 어느 정신과 병원에서 입원 환자 두 명이 코로나19 확진 판정을 받았을 때 '최근 한 달 동안 외출 없음, 면회 없음'이란 단 한 줄로 역학조사가 끝나버린 것을 기억한다. 어쩌면 두 달, 세 달, 몇 년으로까지 범위를 넓혀도 결과는 같았을지도 모른다. 사실 병동 바깥에 있는 사람들이 코로나19로 단절의 아픔을 겪기 훨씬 전부터 정신과 입원 환자들은 같은 고통을 겪어왔지만 단지 그들의 목소리가 들리지 않았고 그들의 모습이 보이지 않았을 뿐이라는 걸 보여주는 일화였다.

그 뒤로 코로나19가 확산되면서 병동 문은 더 굳게 잠겼고 당사자인 환자들의 목소리는 재난 수습의 정당성 뒤편으로 밀려났다. 어쩔 수 없는 일이라고 믿고 싶지만 떨치지 못하는 의문이 남는다. 방역을 위해 환자들의 권리를 잠시 유보하도록 했을 때, 나를 포함한 병동 바깥의 사람들은 환자들과 함께 고민하고 고통을 나누었다고 말할 수 있을까? 어쩌면 코로나19 이전부터 사람들은 환자들의 존재가 느껴지지 않는 것에 안도하고, 그들이 겪는 단절의 고통을 외면해온 것은 아닐까? 답하지 못하는 나에게 오늘도 환자가 말을 건넨다.

"선생님, 너무 답답해요. 병동 안이랑 밖은요, 시간이 다르게 흘러요."

♣ 본 작품은 한국문화예술위원회의 〈코로나19, 예술로 기록〉 사업의 지원금을 받아 제작되었습니다.

제21회 장려상 수상작이다. 글쓴이 이한준은 국립공주병원 정신건강의학과 전공의로 수상 소감에서 "의사로서 돌발상황에 허둥대던 일을 공개하는 게 썩 내키지는 않았습니다. 특히 함께 구급차를 타서 고생했던 환자분들께는 죄송한 마음입니다. 미흡하게 대응했던 것에 대한 아쉬움을 느낄 때면 아마도 모든 의사들이 2020년을 힘들게 보냈으리라 생각하며 스스로를 위로했습니다. 무엇보다 폐쇄병동 입원 환자들이 겪는 단절에 대해 말하고 싶었기에 용기를 내서 가감 없이 써냈는데, 수상 소식을 듣고 의미 있는 기록이었을 거라고 생각하며 안심했습니다."라고 말했다.

# 죽음을 맞이하는 의사라는 직업

때로는 의사라는 직업이 어떤 벌이 아닌가 하는 생각이 들 때가 있다. 어쩌면 전생에 우리는 드라마 <도깨비>에 나오는 주인공 '김신'처럼 칼에 수많은 피를 묻힌 장수가 아니었을까.

나는 태생이 감정적인 인간이라 환자의 죽음을 맞이할 때 너무나도 괴롭다. 벌써 15년은 된 일이지만, 인턴 때 첫 코드블루가 떠서 달려가던 기억이 난다. 뛰어갈 때, 처음에는 마치 드라마에 나오는 의사가 된 것 같은 마음에 신이 나서 달려간다. 그게 정말 신이 난다기보다는 우리가 언제 또 이렇게 전속력으로 병원 내를 뛰어가겠나 하는 마음이다. 그러나 그렇게 CPR을 할 때면, 그때의 그 공기는 그렇게 무거울 수가 없다. 그 순간에는 마치 중력이 두세 배는 되는 것 같다.

사실 대부분의 CPR은 환자를 살리기 위한 것이 아니다. 물론 CPR 이후에 의식이 돌아오는 분들이 있다. 그렇기 때문에 우리는 필사적으로

CPR을 한다. 하지만 때로는 살리지 못하고 살리지 못할 것을 알면서도 한다. 그때의 CPR은 뭘까……, 돌아가시는 분의 저승길을 함께 걸어가는 느낌이다. CPR을 하고 있는 도중에 가족들은 주변에서 울고, 울다가 쓰러진다. 그 안에 있다 보면 내 압박의 순간순간이 떠나는 환자의 바짓가랑이를 붙잡는 느낌이다. 환자는 내 손길에 잠시 혈색이 돌아오다가 다시 혈색이 사라지고 그렇게 점점 천천히 떠나가는데, 어느 순간에는 눈물을 주체할 수가 없다. CPR을 하면서 눈물이 차오르는 의사라니. 나는 내 감정조차 컨트롤하지 못하는 못난이가 되어버리는 것 같고, 이 눈물이 흘러내리는 순간 내가 환자를 살리기를 포기하는 의사가 되는 것 같아서 이를 악물고 눈물이 흘러나오지 않게 눈물관을 열어본다. 하지만 또르르 눈물이 떨어지는 순간, 환자는 아마 그 순간에 더 이상 돌아오지 못할 강을 넘어버리는 것 같다.

사실 인턴 때 마주하는 죽음들은 어쩌면 피상적이다. 내가 아는 사람이 아니고, 어떤 환자 A가 돌아가시는 것이다. 그럼에도 눈물이 나는 이유는 죽음이라는 것이 어느 순간 딱 이루어지는 것이 아니라 30분에서 한 시간 동안 서서히 이루어지는 과정이고, 그 긴 순간을 온전히 느끼다 보면 순수하게 죽음에 대한 감정이 가득해지기 때문이다. 그런 것이다.

그 이후, 전공의 시절에 맞이하는 죽음은 이런 것이다. 내가 처음 신환 노트를 쓰고 수술 전에 검사들을 맡기고 수술 전에 설명을 하고 수술 후에 드레싱을 했던 환자, 이후 외래에 오고 어느 날엔가 나와 즐겁게 대화도 했던 그 환자가 암이 재발하고, 그 재발한 부위를 다시금 매일같이 드레싱하고, 어느새 환자는 죽음이 다가오는 것을 느낀다. 그리고 그 두려움을 나에게 호소한다. 그러나 나는 해줄 수 있는 게 없어 그저 매일 조금이라도 그 죽음을 붙잡을 수 있을까 하는 마음으로 드레싱을 하고 손을 잡으며 위로한다. 환자는 때론 조용히 숨을 거두지만 두경부외과의 환자들은 어느 날 갑자기 피를 토하고, 어느 날은 고통스럽게 호흡을 갈망하며 그렇게 떠나간다. 그때는 전공의로서 너무나 무력하다. 이 죽음 앞에서 내가 할 수 있는 것은 아무것도 없다. 우리는 몇 달간 천천히 다가오는 검은 안개 같은 죽음의 먹구름을 함께 바라본다. 뒷걸음쳐보지만 도망갈 수가 없다. 죽음은 때론 이슬비처럼, 때론 폭풍우처럼 다가온다. 환자는 속절없이 죽음에 젖어 드는데, 이때 의사가 할 수 있는 일은 비를 멈추게 하는 것이 아니라 그 죽음의 빗방울을 조금 덜 맞도록 우산을 씌워주는 일뿐이다.

사실 그 어떤 죽음도 절대로 무뎌지지 않는다. 그저 경험이 축적되며, 우리는 스스로를 보호할 뿐이다. CPR에 달려가서는 시시껄렁한 농담을 하기도 한다. 그 농담은 정말로 재미있는 농담이어서가 아니라, 그 죽음의 무거운 공기 속에서 그저 있는 힘껏 숨을 내뱉어 보는 것이다. 죄책감을 덜기 위한 것이 아니라, 내가 살아남기 위해 죽음의 한가운데서 죽음의 눈빛을 잠시 피해 딴청 하는 것이다. 그 죽음은 때론 나를 힐난하듯 바라본다. 하지만 나는 그것을 막을 힘이 없다. 그저 환자가 폭풍우가 아닌 잔잔한 이슬비 같은 죽음으로 떠나갈 수 있도록 그 비바람 앞에서 등 돌려 환자의 죽음을 대신 맞아준다. 나는 죽지 않으니까.

그리고 두경부외과의가 된 다음, 수술한 환자가 재발했을 때, 혹은 합병증이 생겼을 때, 혹은 기도폐색으로 응급실을 왔을 때 죽음을 예상하곤 하는데 이때는 나에게 드디어 수술 실력과 경험이라는 무기가 생겼기 때문에 이 죽음이라는 빗방울을 있는 힘껏 막아본다. 하루라도, 단 한 시간이라도 더 살 수 있다면 바들바들 떠는 환자에게 지팡이처럼 지지대가 되어주려고 한다.

그렇지만 이 순간에도 사실 너무나 무섭다. 환자가 죽을 것을 알고 있을 때, 내 손으로 환자를 놓아버려야 할 때, 그 무력감은 이루 말할 수 없다. 직접 수술을 하게 된 후부터는 이런 생각이 든다. 내가 수술하는 환자들에게 내 삶의 하루하루를 나누어 준다는 생각. 환자가 하루 더 살 수 있다면 나는 하루 덜 살아도 괜찮다는 듯, 그럴 수만 있다면……, 그럴 수만 있다면…….

음주로 인한 중증 간경화증으로 도저히 수술할 수 없는 상태의 45세 여자 설암 환자가 있었다. (항암도 할 수 없어서) 우리는 고심 끝에 방사선치료를 하기로 했는데, 방사선치료가 끝났을 때 환자가 금주를 하기도 했고 종양이 줄어들어서 그런지 식사도 조금 잘할 수 있게 되어 조금씩 컨디션도 좋고 간경화 지수들도 좋아졌다. 그러나 종양이 사라지지는 않았다. 종양은 다시 자라기 시작했다. 환자의 입에서는 다시 피가 나기 시작했다. 이제는 수술 이외에 더 이상 방법이 없었다. 고심 끝에 수술을 해보고자 수혈을 하고 피검사를 했는데 혈소판이 3만으로 더 이상 오르지 않았다. 아무리 고민해도 너무 위험하여 수술할 수가 없었다. 환자는 수술장에서 죽더라도 수술을 받겠다고, 어차피 죽는 것 아니냐며 수술을 해달라고 했다. 몇 번을 용기 내어 수술을 할까 고민했지만, 며칠간 고민 끝에 이건 도저히 수술할 수 없다는 결론이 났다. 그나마 이제는 약간 간수치가 좋아져서 암치료를 시도해볼 수 있겠다고 하여 보존적 항암치료를 시작했다. 종양내과에 입원해 있는 환자에게 내가 할 수 있는 것은 힘내라는 말뿐이었다. 그러다가 너무 바빠서 어느 금요일에 회진을 못 갔고, 주말이 지나서 월요일에 환자를 보러 갔는데 환자가 나를 보며 "교수님이 오셔서 힘이 나요. 교수님이 안 오셔서 너무 무서웠어요."라고 말하면서 눈물을 글썽였다. 내가 그렇게 오래 안 갔나 생각하니, 하루 회진을 안 간 것뿐인데 환자는 나를 하루 종일 기다린 것이다.

사실 수술한 환자도 아니고, 결국 수술을 포기한 환자였기에 그 과정이 나에게도 너무 힘들었다. 내가 수술을 포기하는 것이 환자를 포기하는 것처럼 느껴졌다. 일종의 죄책감도 들었다. 이 환자는 결국 힘들고 고통스럽게 죽을 것이라는 것을 알고 있다. 그래서 사실 볼 때마다 너무 힘들었다. 그래서 사실 너무 자주 가고 싶지 않은 마음도 있었다. 그런데 내가 안 가서 그 하루가 너무 무서웠다는 환자의 말에 더 깊은 반성과 다짐이 다시 생겼다. '이 환자는 폭풍우를 지나고 있구나. 이 환자의 죽음으로 가는 길에 내가 우산이 되어주어야겠다.'

날마다 환자를 찾아가 5~10분 정도 이야기를 나누며 힘내라고, 잘하고 있다고 칭찬한다. 무서워하지 말라고, 내가 곁에 있다고 다독인다. 사실 이 시간은 나에게도 마음의 큰 부담이다. 나도 죽음을 바라보는 것이 너무 괴롭다. 아무리 무뎌지려 해도 무뎌질 수 없다.

하지만 이 환자가 견디는 그 두려움에 손잡아 줄 수 있다면, 우리는 이 이길 수 없는 싸움을 함께하게 될 것이다.

제22회 장려상 수상작이다. 글쓴이 김연수는 건양대학교병원 이비인후과 교수로 수상 소감에서 "익숙해지지 않는 죽음을 겪으면 겪을수록 의사는 환자를 살리고 싶어서 손을 놓지 않으려고 발버둥을 치는 느낌이 들기도 하지만, 결국 우리는 환자가 죽음으로 걸어가는 길에 지팡이처럼, 죽음이라는 비를 함께 맞고 걸어가는 동반자 같은 존재가 되어가는 것이 아닌가 싶습니다."라고 말했다.

# 제5장

# 다시 환자 곁으로

"다시 그때로 돌아간다. 소란한 응급실,
커튼을 열고 그녀에게 걸어가 울고 있던 그녀를 껴안아본다.
그녀의 신발을 신은 채."

# 내 어린 고양이 유자

        나는 어린 시절 한 번도 고양이를 키워본 적이 없다. 나는 늘 도심 한복판 속 아파트에 살았다. 아파트 주변을 기웃대는 길고양이들을 간혹 마주쳤지만, 엄마가 더럽다고 근처에도 못 가게 하셨다. 엄마 말씀만 믿고, 위험한 생명체인줄로만 알았다. 그렇게 자란 내가 의대를 다니고, 병원에서 수련을 받고, 내과 전문의가 되기까지 고양이에는 아무런 관심도 없었다. 환자에 관심을 두기에도 늘 바빴고, 주변에 고양이 이야기를 하는 사람은 아무도 없었다. 그러던 내가 심각한 고양이 애호가인 남편을 만나고 나서, 나이 서른 중반 이후에 비로소 고양이라는 생명체를 제대로 마주하게 되었다. 결혼 직후부터 남편은 고양이를 입양해서 키우자고 졸라댔다. 하지만 생명을 거두는 일의 무게는 일반인과 의사의 입장이 똑같을 수는 없었다. 어리고 예쁜 시절이 지나고 나서 늙고 병들고 먼저 고양이 별로 떠나보내는 일까지, 5년이라는 시간을 공부하고 고민하며 망설였다. 그러다 올해 가을, 그것도 마침 내 생일날 저녁, 우여곡절 끝에 어린 남매 고양이 두 마리가 우리 집에 들어오게 되었다.

남매 고양이 중 암컷 아이는 처음부터 수컷보다 체구가 많이 작고, 목소리도 작았다. 이 아이들의 부모는 총 열 세 마리의 동배 자식들 중 열 마리를 생존시켰고, 끝까지 분양가지 못하고 남은 세 남매 중 두 아이를 내가 데려왔다. 아무리 동물이라도 열 마리를 한 태에 품을 수 있었다는 사실이 놀라웠고, 아마도 미숙아로 작게 태어나지 않았을까 염려되었던 것은 사실이다. 하지만 너무나 활발하고 눈부신 생명력에 반해서 긴 고민 없이 품게 되었다. 이 아이에게는 내가 제일 좋아하는 술인 '유자 하이볼'을 따서 '유자'라는 이름을 붙여주었다.

태어난 지 6개월이 조금 넘은 고양이들은 너무 귀엽고 사랑스러웠지만, 사고뭉치에다 무엇보다 말이 통하지 않았다. 너무나 당연한 사실이지만 너무나 생소한 경험이었다. 함께 공간을 공유하면서 지켰으면 하는 아주 사소한 규칙조차도 이해시킬 수가 없었다. 일방적인 배려와 무조건적인 애정만이 가능한 관계에 조금씩 익숙해져갈 때쯤, 중성화 수술을 시켜야 했다.

모든 산모들이 아이를 낳지만, 그렇다고 출산이 그다지 안전하거나 간단한 일은 아니다. 모든 반려동물들이 건강을 위해 중성화 수술을 필수적으로 하지만, 이 역시 그다지 간단한 수술은 아니다. 나는 그 사실을 누구보다 잘 알고 있었다. 나름 열심히 수소문하고, 신중한 고민 끝에 병원을 정했다. 그리고 더 신중히 고민해서 수술 날짜를 정했다. 이 작은 생명체를 수술시킬 생각에 일주일 전부터 매우 심란했지만, 그래도 꼭 필요한 일이었기에 마지못해 유자를 병원에 맡기고 왔다. 내키지 않는 발걸음을 겨우 돌려 집에 돌아온 지 몇 분 지나지 않아서 수술이 잘 끝났다고 병원에서 연락이 왔다. 비로소 안도감에 가슴을 쓸어내렸고, 두 시간쯤 지나서 유자를 집에 데리고 왔다.

유자는 졸려 보였고, 짜증이 가득해 보였다. 얼마나 힘들었을까 안쓰러워서 푹 자라고 집에 오자마자 이불에 돌돌 말아 눕혀놓았다. 한참이 지나도 유자는 미동도 없었다. 해가 어둑해질 무렵, 이제는 깨워서 뭐라도 먹여야지 싶어서 억지로 일으켰는데 유자가 힘없이 쓰러졌다. 제대로 서지도 못하고 멍했다. 가슴이 덜컥 내려앉았지만, 아직 마취가 덜 풀렸나 싶어서 한숨 더 자라고 눕혔고, 유자는 기력이 없어 보였다. 그렇게 하룻밤이 지나고 다음 날 새벽, 걱정으로 잠을 설치다 일어나 보니 유자가 멍하니 앉아 있었다. 우리 유자가 이제 괜찮은 건가 싶었는데, 유자의 두 눈에 초점이 없었다. 순간 불길한 느낌이 들어서 부랴부랴 집에 있던 펜 라이트로 동공 반사를 확인해보았다. 다행히 동공 크기는 변화가 있었지만, 유자는 눈앞에 바짝 다가온 물체에 아무런 반응이 없었다. 우리 유자는 두 눈 모두 시력을 잃었다.

수의학 자체가 의학에 바탕을 둔다. 아직까지 동물만을 위한 검사, 진단, 치료약은 없는 것으로 알고 있다. 그렇다면 내가 아는 한도 내에서 이 현상을 진단하고 치료 방법을 찾아내야 할 것인데, 솔직히 너무 막막했다. 수의학 논문도 찾아보았지만 국내에 겨우 한 사례, 전 세계적으로도 몇 개 보고된 바가 없는 희귀한 경우라고 한다. 여기저기 동물병원들을 찾아다녔지만 속 시원한 답을 해주는 이는 없었다. 애초에 왜 시력이 없어진 것인지 알 수가 없으니 어떤 치료를 해야 하고 얼마

만큼의 확률로 시력이 돌아올지 아무도 몰랐고, 아무도 경험해보지 못했다 하니 어떠한 대답도 들을 수 없었다.

나는 늘 내가 주치의였고, 내가 주치의면서 동시에 보호자였고, 내가 보호자일 때조차 내 환자의 모든 경과를 이미 알고 있었다. 그것이 좋든 나쁘든, 이미 과정과 결과를 수긍하고 다음 단계를 준비할 수 있었다. 그래서 정말 몰랐다. 아무것도 모르는 보호자들이 어떤 마음으로 의사를 마주하고, 어떤 대답을 기대하고, 어떤 말 한마디에 마음이 하늘을 날았다가 바닥으로 추락했다 하는지 전혀 몰랐다.

나는 내가 감정에 휘둘리지 않고 최대한 담담하게, 이해하기 쉽게, 장황하지 않게 환자들에게 설명해왔다고 생각한다. 하지만 내가 설명할 수 없는 부분에 대해서는 늘 칼같이 잘라왔다. 점점 의료 소송이 많아지고 있는 삭막한 의료계에서 나도 나 자신을 보호해야 한다고 생각했고, 책임질 수 없는 말 한마디 한마디를 신중히 걸렀다. 좋아진다는 말은 절대 함부로 하지 않았다. 대부분의 경우는 별다른 문제없이 회복하지만 경과를 끝까지 봐야 안다고 설명했고, 그건 사실 전혀 틀린 말은 아니었다.

하지만 막상 내가 너무나도 무력한 보호자의 입장이 되어서 눈이 보이지 않는 작은 고양이를 안은 채 눈물을 줄줄 흘리며 여기저기 절박하게 뛰어다닐 때, 나에게 하나님 같았던 한마디가 있었다. "본인이 봤던 경우에서는 모두 어느 정도 회복되긴 했다"라고 말씀해주신 고양이 안과 전문 수의사 선생님의 한마디였다. 그 선생님이 본 경우가 몇이나 되는지, 어느 정도가 어느 정도인건지, 그 기간이 얼마나 되는지는 중요하지 않았다. 그 한마디가 희망이고, 전부였다.

만약에 차라리 절대 시력이 돌아오지 않을 것이라고 해줬다면, 나는 눈이 보이지 않는 고양이를 보살피는 법을 찾아서 집을 다 뜯어 고쳐서라도 유자를 위한 공간을 만들었을 것이다. 만약에 회복에 일 년이 걸린다고 했다면, 기쁜 마음으로 365일을 하루하루 손꼽아 기다렸을 것이다. 그 과정이 우리 유자에게 너무 고되고 힘들지라도 최선을 다해 도와주면서 함께 버틸 수 있었을 것이다. 하지만 언제가 될지도 모르고, 어떻게 될지도 모르는 그런 막막한 상황 속에서 의지할 곳이 하나 없었다. 모르는 것이 사실이니 모르겠다고 하는 것을 누구보다 잘 알고 있었다. 그렇게 밖에는 말할 수 없는 입장인 것도 세상에서 내가 제일 잘 알고 있었다. 그렇지만 너무 지독하게 절망적이었다. 내 환자를 진료하면서도 틈틈이 눈물을 닦아야 했고, 괜히 내가 거둬서 이 어린 생명이 캄캄한 어둠 속에서 남은 긴 생을 살아내야 하나 싶어서 너무나 아득해졌다.

악몽 같던 그날 밤 이후, 한 달 하고도 열흘이 지났다. 우리 유자는 이제 오른쪽 눈은 제법 잘 보인다. 왼쪽은 아직 시야가 좁은 듯싶지만 그래도 잘 오르내리고, 여기저기 호기심 왕성하게 뛰어다닌다. 가끔 작은 간식은 잘 못 보고 냄새로 찾아 헤매는 모습이 보여서 집사의 가슴을 저리게 하지만, 그래도 일상적인 생활은 아무 일도 없었다는 듯 매끄럽게 이루어진다.

매일매일 어린 고양이를 데리고 시력이 돌아왔는지, 얼마나 돌아왔는지를 확인하는 일은 쉬운 일이 아니었다. 사실 내가 의사 생활을 하면서 이렇게까지 어려운 환자는 처음 마주한다고 해도 과언이 아니었다. 내과 전문의가 만나는 환자들은 늘 자기 발로 걸어서, 적어도 휠체어를 타고 내 진료실로 들어왔다. 어디가 아픈지, 언제부터 아픈지를 대답하지 못하는 사람들은 극히 드물었다. 이렇게 말이 통하지 않고 협조가 되지 않는 데다, 그날 기분에 따라 변덕스럽기까지 한 환자는 처음이었다. 귀찮게 구는 집사를 피해 요리조리 숨어 다니는 유자를 쫓아다니며 "보이면 꼬리를 들어 보세요"라고 외치던 순간을 지금은 웃으며 이야기할 수 있다.

유자의 시선이 따라와준 날은 햇살이 눈부셨고, 유자의 시선이 멍하게 비껴간 날은 하루 종일 귓가에 빗소리가 들렸다. 아침에 눈떠서 출근하기 전까지, 그리고 저녁에 퇴근하자마자부터 잠들기 직전까지, 모든 관심은 유자의 시선 끝에 있었다. 그런 내 모습이 이제는 조금 과한 것 같다는 걱정과 민원들이 하나둘 쌓여갈 때쯤부터 유자의 시선이 조금씩 또렷해지기 시작했다. 보이지 않을 때는 무조건 손길을 피하며 겁내던 유자가 어느 날인가 또랑또랑한 예쁜 호박색 눈망울로 나를 똑바로 마주 봐줬을 때, 그 순간은 평생 잊지 못할 것이다.


어느덧 중년에 접어든 내 나이 마흔둘, 그중 6년은 의대생으로 15년은 의사로서 살았다. 수많은 환자와 보호자들을 매일 만나왔다. 검사 결과나 치료 예후를 설명하는 것은 끝없이 무수히 반복되는 나의 일들 중 하나였다. 그리고 앞으로도 계속하게 될 나의 일이다.

매일 위내시경을 하다 보면 조직검사 하나가 나에게는 그냥 아무렇지도 않은 일에 불과했다. 당사자인 환자 입장에서는 뭔가 나쁜 소식이 오는 것은 아닐까 불안에 떨면서 잠 못 이룰 수 있는 일이라고는 생각해본 적이 없었다. 조금이라도 모양이 안 좋으면 몇 프로의 확률이라고 교과서에 적힌 대로 설명해주긴 했지만 "걱정하지 마세요, 괜찮을 것입니다"라고 말해준 적은 없었다. 괜찮을 것이라는 말 한마디가 가진 힘을 몰랐었기 때문이다.

매일 환자에게 증상을 묻고, 가족력을 묻고, 수술력을 묻고, 또 다른 무엇인가를 끊임없이 물으면서도 그 대답에만 귀를 기울였다. 대답이 빨리 나오지 않으면 답답했다. 대답을 생각하는 사이에 눈동자가 어떻게 흔들리는지, 표정이 어떤지, 목소리가 떨리는지, 자세가 어떤지는 신경 써서 관찰해본 적이 별로 없었다. 때로는 말보다 비언어적인 요소들을 지켜보면서 의외의 정보를 얻을 수 있다는 사실을 몰랐기 때문이다.

이제는 확실하지는 않지만 걱정할 정도는 아닌 것 같다고, 잊어버리고 계셔도 괜찮을 것 같다고 조심스레 말해본다. 그 말 한마디에 얼굴이 확 환해져서 진료실을 나가는 환자를 보면서, 이게 뭐라고 싶다. 그럭저럭 괜찮다고 대답하는 환자의 표정을 보면서 정말 괜찮은 것 맞느냐고 재차 물으면, 사실은 별로 안 괜찮다는 대답이 나오기도 한다. 의과대학 시절에 의사와 환자 관계 수업을 열심히 들었지만, 그럼에도 결코 배울 수 없던 것들을 내가 하나하나 겪어보고 나서야 비로소 깨닫게 된다. 다시 생각하고 싶지도 않은 힘든 시간들이었지만, 그 시간들을 통해 머리로 알던 것들을 가슴으로도 알게 되었다. 그리고 매일 유자의 예쁜 눈동자를 마주치다 보면 절대 다시 잊어버리지는 않을 것 같다.

제22회 장려상 수상작이다. 글쓴이 박진선은 해븐리병원 내과 과장으로 수상 소감에서 "우리 유자의 이야기는 지나고 나서도 다시 생각하면 주책 맞게 눈물부터 차오르는 기억이다. 짧은 시간동안 너무 격한 감정들이 소용돌이쳤고, 그 감정들이 나뿐만 아니라 가장 가까운 내 가족과 주변 지인들까지도 삼켜버렸었다. 나이 마흔이 넘고 나서 어지간한 일에는 크게 기쁘지도 슬프지도 않던 일상이 갑자기 엄청나게 슬펐다가 엄청나게 기뻤다가 널을 뛰었다. 마냥 반갑지만은 않은 격함이었고, 이러고 앞으로 남은 긴 세월을 어떻게 살아가나 겁이 날 지경이었다. 그렇지만 그 또한 지나갔고, 지나가고 나니 애틋하고 소중하다."라고 말했다.

# 국경 없는 마을

"Hello? Good morning nurse nice to meet you."

"Good morning doctor? I am student nurse innu marhajan."

"I'm doctor……."

네팔의 수도 카트만두 외곽에 있는 마을 벅터푸르의 아침, 도시빈민들을 위한 의료캠프 첫날, 나는 진료를 도와줄 네팔 간호대학 학생과 인사를 나누고 있었다.

"선생님, 한국말로 하셔도 됩니다." 옆에 있던 현지인이 갑자기 한국말을 한다. 통역을 해줄 팀원이란다. 놀랍기도 하고 반갑기도 했다,

"오, 안녕하세요. 한국말 잘하네요? 어떻게 배웠어요?"

"한국에서 10년 살았어요."

"그래요? 한국 어디에 있었어요?"

"안산이요." 나는 더욱 놀랍고 한층 더 반가웠다.

"진짜요? 안산 어디요?"

"원곡동이요."

이럴 수가, 멀고 먼 네팔에서 내가 있는 동네에 살던 외국인을 만나다니! 이런 인연 때문인지는 몰라도 우리 파트는 손발이 유난히 잘 맞았다. 그뿐만 아니라 진료를 시작하기 전부터 줄을 길게 서서 대기하는 환자들 모습이 한국 의사를 인정하는 것 같아 힘든 줄을 몰랐다. 아니 신이 났었다.

안산시 원곡동, 나는 이곳에서 의사 생활을 시작해 30년 넘게 이어오고 있다. 처음에는 내국인 환자만 있었으나 근처 중소기업 공단에 인력난이 심해지면서 외국인 노동자들이 유입됨에 따라 외국인 환자들이 점차 늘어났다. 이제는 열에 7~8명이 외국인 환자다. 초기에는 탐탁지 않았다. 의료보험이 안 돼서 진료비를 제대로 받을 수 없을뿐더러 나는 그네들의 말을, 그네들도 한국말을 거의 못하기에 의사소통이 어려워 진료 시간을 너무 많이 뺏기는 문제점이 있었다. 시간이 흘러 중국·몽골·러시아·동남아시아·아프리카인들이 더욱 많아지고, 그들을 피해 내국인들이 떠나면서 원곡동은 '국경 없는 마을'이라는 별칭으로 불렸다. 한글 간판보다 외국어 간판이 더 많고 들리는 말도 외국말이 대부분인 다문화 거리, 처음 방문하는 사람에게는 이국적이지만 한편으로는 불안감마저 느낄 수 있는 있는 이색 지대다.

나도 중간에 병원을 옮기려고 이전할 장소를 찾아다니다 마땅치 않아 그냥 적응하기로 했다. 중국말과 러시아말도 배웠다. 서로 양끝에 있던 외국인 환자와 한국인 의사는 서로 가까워져서, 환자는 반 정도가 한국인으로 바뀌었고 의사인 나는 반 정도 외국인으로 바뀌었다. 국경도 희미해져서 잘 보이지 않는다. 워드 작업을 하면서 영어 단어를 치려고 할 때 키를 영어로 바꾸지 않으면 이상한 글자가 화면에 뜨는 것처럼, 외국인 환자는 진료실 의자에 앉아 한국말을 기대하고 있는데 의사인 내가 그네들 말을 하면 엉겁결에 "나 한국말 말 몰라요" 하는 재미난 경우가 있다. 재차 물어보면 그제야 알아듣고는 자기 나라 말을 어떻게 배웠느냐며 엄청 좋아한다. 중국인 환자들을 진료하다가 러시아인 환자가 왔는데도 그냥 중국말을 하는 경우도 다반사다. 서남아시아 출신 환자에게는 영어를 써야 한다. 우즈베키스탄이나 카자흐스탄 같은 중앙아시아인과 헷갈려 러시아말을 하면 간호사들이 국적을 정정해주기도 한다.

세 살 된 중국인 아이가 고열과 구토로 인해 축 늘어진 상태로 왔다. 링거 주사로 열을 내리고 탈수를 교정해야 했다. 링거를 놓은 후 다른 환자들을 진료하는 중에 간호사가 갑자기 "원장님, 애가 이상해요. 빨리 와보세요."라고 소리쳤다. 링거실로 달려가니 아이가 새파랗게 질려 있었다. 쿵하고 심장이 떨어졌다고 할까. 링거는 이상이 없었다. 뭐지? 아나필락시스? 아니었다. 그때, 아이 엄마 곁에 빵 봉지가 보였다. '질식'이라는 진단이 번개처럼 떠올라 그 즉시 아이를 들어 올려 엎드린 자세로 껴안고는 하임리히법(Heimlich maneuver)을 시작했다. 배우긴 했으나 실제로는 처음 해보는 응급처치다. 몇 번을 시행해도 반응이 없자 질식이 아닌가? 뭘 잘못하고 있나? 실패하면 어찌 되지? 사망 사건? 재판? 구속? 등등 오만 가지 걱정들이 고속으로 돌아가는 동영상처럼 스쳐 지나갔다. 그래도 당장 해줄 것이라고는 이것밖에 없어 계속 처치를 하는 중에, 아이 입에서 '컥'하는 소리가 나면서 빵 덩어리가 튀어나오는 게 아닌가. 그러고는 아이가 '으앙' 하고 울기 시작했다. 온몸에 소름이 짜르르 돋았다. 나도 모르게 "워 찌아오니 뿌야우츠 니 쩜머츠라? 워 찌아오니 뿌야우츠 니 쩜머츠라?"라고 마구 소리를 질렀다(먹지 말라고 했는데 왜 먹었느냐는 말이다). 링거대는 쓰러져 있지, 바늘은 뽑혀서 침대며 바닥이 피로 뒤범벅이지, 영락없는 전쟁터였다.

넋이 나간 엄마는 울먹이며, 아이가 링거를 맞디니 열도 떨어지고 생기가 돌며 배가 고프다고 해서 빵을 먹였다고 했다. 그 후로 난 실력 있는 의사로 소문이 났지만 후유증도 만만찮았다. 의과대학부터 시작해 전문의가 되기 위한 모든 과정을 마치고 나서도 오랫동안 시험 보는 꿈을 꾸며 가위에 눌렸다가 가까스로 해방됐었는데, 그 꿈을 또 꾸게 된 것이다. 긴 문장까지는 능숙하지 못해 소통에 문제가 생기긴 해도 어려움보다는 보람이 더 많은 외국인 진료다.

유럽의 역사문화 유적을 탐방하면서 종종 주눅이 들었었다. 머리로는 그러지 말자고 해도 가슴이 먼저 그랬다. 극복하기도 쉽지 않았다. 건물이 크고 화려할수록 그 건물에 살던 사람이 더 독재자이며 백성을 덜 보듬는 지도자라는 사실이 보이고, 그 건물이 드리운 그림자에서 핍박받던 백성들의 잔상이 보이기까지는 적잖은 시간이 필요했다. 서구의 앞선 과학기술이나 사회제도, 아름다운 문화는 본받아야 한다. 그렇다고 서구인들의 겉모습까지 부러워할 필요는 없다. 같은 논리로 아시아나 아프리카 여러 나라에서 온 사람들의 피부색이 우리보다 더 진하고, 돈을 벌기 위해 온 노동자들이라는 이유로 무시하면 안 된다. 그 일이 정당하다면 서구인들이 우리를 무시하는 것도 정당하다는 의미가 되지 않겠는가. 우리도 한때 달러를 벌기 위해 외국으로 나갔던 광부요, 간호사요, 건설노동자였음을 기억해야 한다.

"한국에서 10년 열심히 일하면 네팔에서 40년 일한 것과 같아요. 그러기에 사람들이 한국에 가려고 하는 겁니다. 전 카트만두 시내에 4층짜리 건물을 사서 은퇴했어요. 그래서 여기에도 올 수 있었고요. 한국에서 일한 사람들 반은 친한파(親韓派)이고 반은 반한파(反韓派)예요. 왜 그런지 아세요? 돈을 벌고 좋은 인상을 받은 사람과 여러 가지 사정으로 돈도 못 벌고 나쁜 인상까지 받은 사람이 반반이란 뜻입니다."

네팔 의료캠프에서 통역을 해주던 팀원의 말이다. 환자를 보는 일은 기본적으로 비즈니스라지만 국경 없는 마을에서의 진료는 약간 다르다. 플러스알파가 있다. 우리 사회의 여러 모습 가운데 보건의료 분야에 대해 외국인들에게 첫 선을 보이는 이미지메이커, 아니면 일종의 민간외교사절 역할? 그러기에 가능하면 그들을 존중해주고, 좀 더 관심을 가지려 노력하고 있다. 그들이 운영하는 식당을 찾아가거나, 마스지드(masjid, 이슬람 교회)에 들러 예배를 참관하고 바닥에 둘러앉아 함께 음식을 나누는 것도 그런 노력의 일환이다. 요즘은 코로나 예방접종을 온라인으로 예약하기 어려운 외국인들을 위해 간호사들이 친절한 수고를 해주고 있으며, 그 덕분에 바쁜 나날을 보내는 중이다.

제21회 장려상 수상작이다. 글쓴이 유인철은 유소아청소년과 원장으로 수상 소감에서 "코로나로 무척이나 힘들었던 21년, 그래도 마무리를 수상 소식을 들으며 할 수 있어 기뻤습니다. 감사합니다. 악기연주와 더불어 글쓰기는 제가 좋아하는 깐부입니다. 평생을 함께 갈 여정에서 받은 격려의 박수라 생각하며 더 공부하고 노력하겠습니다."라고 말했다.

# 평양 일기

　　평양의 하늘은 맑았다. 심양을 거쳐 14시간 만에 도착한 평양을 바라본 나의 첫 소감은 이랬다. 서울에서 차를 몰아 달려도 두어 시간이면 족한 길을 이렇게나 멀리 돌아오니, 그간 일과 연구에 바빠 한 번도 제대로 생각지 못했던 분단국가라는 내 시대의 현실이 체감된다.

　　나는 지난 9월 27일부터 약 일주일을 평양에 머물렀다. 통일부 정책사업의 하나인 '북한 의료진 교육사업'에 초청받은 것이 그 이유다. 처음 제안을 받았을 때에는 미처 고민해볼 새도 없이 대뜸 참가 의사를 밝혔다. 북한의 이름난 의료진을 만나볼 기회가 언제 또 있을까 했던 것이 첫 번째 이유였고, 북한의 의료 현실을 견학해보고 싶었던 것이 두 번째 이유였으며, 무엇보다도 내 분야의 일로 북한에까지 초청되는 것이 내가 이 분야에서 지금껏 성실히 일하여 인정받았다는 증거가 되는 것만 같았기 때문이다.

무작정 승낙을 해놓고 나니 그제야 내가 무엇을 준비해야 할지가 걱정이었다. 그간 다소 경직된 국가로 비춰진 북한이지만 의료 분야에 있어서는 나름의 노력을 해왔을 것이다. 교육자이기 전에 한 사람의 의사로서 흥미로운 견학이 될 것이다.

그렇게 생각하고 보니 '교육 사업'이라는 표면적인 목적도 좀 부담스럽다. 혹자는 한국의 현 의료 수준이 세계 최고 수준이라고 바삐 속단하기도 하지만, 내가 만날 사람들은 나름 북한 의료계의 권위자들일 텐데 교육이라니. 그냥 교류 정도로 타이틀을 바꾸자는 제안은 내내 머릿속에만 맴돌고 끝내 하지 못했다.

평양에 도착한 다음 날은 마침 일요일이라 일정에 여유가 있었다. 마음에 여유를 가지려고 아침 일찍 양각도국제호텔 주변을 산책했다. 대동강 둔치와 그 주변은 현대적인 감각으로 정비되어 있어서 그 유유함을 바라보고 있자니 비엔나를 흐르는 다뉴브 강의 흐름을 연상케 했다.

만경대와 김일성 주석 생가를 거쳐 평양 시내를 구경하고 나니 그제야 내가 사회주의 국가에 와 있다는 실감이 났다. 평양에는 교통신호등 대신 교통보안원이 수신호로 교통을 통제하고 있었고, 차가 많이 보이지 않았다. 차가 없이 통제되고 있는 평양 시내를 보고 있자니 이와 대조적으로 서울 시내에 가득한 자동차들이 마치 인간의 욕망을 그대로 표현한 것 같은 느낌을 받았다.

평양의학전문학교(평양의전)에 도착하여 북한의 '인민 의사' 칭호를 받은 흉부외과 전문의 류환수 선생의 환대를 받았다. 류환수 선생은 평양의전에서 40년을 근무해온 분으로 언변이 뛰어나고 품위가 있었다. 현직으로는 유일한 인민 의사이자 과학적 성과가 뛰어나 '공훈 의사'라는 칭호도 겸한 분이다. 나 역시 한평생 한 분야의 공부를 해온 만큼 그것이 다소 신기하면서도 생소하게 느껴졌다. 아무래도 자본주의 사회를 살아온 사람에게는 국가에서 부여하는 칭호라는 것은 쑥스러운 것이 아닌가 하는 생각이 앞섰다.

점심 식사 후 한숨 돌리고 난 후, 본격적으로 공동 콘퍼런스가 시작되었다. 40여 명의 소아과 의사들이 우리를 맞이했다. 참석한 의사들의 명찰에는 하나같이 '정성'이라는 글귀가 있었다. 그것을 보니 우리는 당연한 것이라 생각하고 어쩌면 등한시하는 것을, 이들은 표면화하고 선전한다는 느낌을 받았다. 아무튼 그렇게 매우 비슷하면서도 이질적인 두 집단이 함께하여 이론 토의(강의)가 시작되었다. 기대했던 바와 다르게 북측의 의사들로부터 질문은 없었다. 임상 부분에서는 어느 정도 대화와 소통이 가능했지만 북측 의료계에서는 연구가 전혀 이루어지지 않는 듯했다. 연구적인 부분에서는 토의가 이루어지지 않았다. 북측의 박미란 선생에 따르면, 북한에서는 2년에 한 번씩 소아과 학회를 하며 <초록집>을 출간한다고 하였다.

기관지 천식치료에 대한 기본적인 아이디어는 양측이 동일했다. 그러나 지속성 천식치료의 가장 중요한 장기간 유지요법(maintenance therapy)에 있어서는 관점의 차이가 확연했다. 내가 궁금하게 여겼던 장기 유지요법에 대한 설명이 없어 질문했더니, 그때까지 쾌활하고 똑 부러진 인상을 보이던 박미란 과장이 대뜸 "거, 밑 빠진 독에 물 붓기 아닙네까?" 하고 퉁명한 소리를 했다.

남측에서 매우 보편적으로 장기 유지요법에 사용하는 흡입용 스테로이드(Inhaled steroid)가 없어 유지치료를 하지 않음을 알아차렸다. 나중에서야 확인한 사실이지만 북한 최고의 대학병원에서조차도 유지치료와 완치에 대한 개념이 적다는 것을 알고 나니, 이들이 주목하는 '효율적인 의료'가 무엇인가를 고민하게 되었다.

그러나 의외인 것은 이들의 반응이었다. 장기 유지치료가 필요하고 중요하다는 것을 이들이라고 모를 리는 없다. 그럼에도 이들이 '밑 빠진 독에 물 붓기'라고 표현하는 것, 그것은 자조적인 것을 넘어 체념에 가까운 반응이다.

사실 의료계의 업무라고 해야 본질적으로 크게 다를 것은 없다. 다른 분야와 마찬가지로 효율적이고 안정적인 운영이 우선이다. 다만 어찌 되었든 생명을 대하는 일인 만큼 인간을 모든 판단과 가치의 최우선으로 놓을 뿐이다. 가장 간단하게 말하면, 이것이 우리 일의 기본적인 정체성이다.

하지만 이곳의 의사들은 우리와는 전혀 다른 효율성을 추구하고 있다. 서로 교류하는 일정 내내, 이러한 차이점이 우리로 하여금 북한의 의료 현실에 대해 우려와 연민을 느끼게 했다. 우리로서야 최대한 조심한다고 언행을 삼갔지만 저들의 열등감까지 어쩌지는 못했다. 가끔 도전적인 질문, 우리를 떠보는 듯한 언행, 그래 봐야 남측의 의료 수준도 완벽하지 않다는 결론으로 이끌어가려는 분위기가 잦아졌다. 그럴수록 내 마음에는 이들에 대한 연민이 짙어갔다. 그 의사로서의 자존심을, 같은 의사가 살피고 공감하지 못한다면 누가 이들을 이해하랴 싶었다.

남한의 지원으로 평양의전 부속 소아병원이 준공을 앞두고 있었다.

그렇지 않아도 온 김에 환자들을 보고 싶던 차에 진료 한번 보시겠냐는 제안을 받았다. 나는 진홍이라는 초등학생 또래의 천식 환자를 마주했다. 한눈에 봐도 또래보다 작고 까맣게 보여, 건강해 보이지 않았다. 아이는 심한 천식을 앓고 있었다. 오랫동안 전신 스테로이드(Systemic steroids)를 사용하여 성장 장애의 징후가 뚜렷했다. 북측 의사에게 물으니 폐렴으로 입원 중이라 했다. 소아의 경우 바이러스 감염에 의한 천식발작이 가장 흔한 것인데, 그런 환자들을 모두 폐렴으로 분류하고 있었다. 명확한 천식치료 가이드라인만 있었어도 무난하게 관리받으며 정상적으로 생활할 수 있었으리라. 며칠 동안의 경험으로 내심 짐작은 하고 있었으나 막상 현실을 눈으로 보고 나니 의사로서 느끼는 감회는 무거웠다. 북한에 비해 남한의 의료 수준이 뛰어나다는 우월감 또는 연민을 느끼기보다는 서로 협력해야 할 당위성을 절감했다.

진홍이는 씩씩한 아이였다. 오래 앓은 아이답지 않게 눈망울이 말똥했다. 자신의 상태를 염려하거나 자신의 병에 대한 예후를 궁금해하는 기색도 없었다. 아이들은 이렇다. 의사를 자기 병의 든든한 지원군 또는 믿음직한 영웅쯤으로 생각하는 것이다. 이런 눈빛으로 나를 보는 아이들을 대할 때마다, 늘 내가 의사인 것이 새롭다. 비록 오랫동안 곁에서 이 아이를 치료하지는 못하더라도 따스한 마음을 담은 손길이야 아낄 것이 없었다.

예정되었던 평양의전 부속 소아병원의 콘퍼런스는 무사히 끝났다. 그로부터 10년의 세월이 지났으니 그 이후로 지금까지 많이 발전된 조건에서 활발한 연구와 치료가 이루어지고 있기를 늘 바랄 뿐이다. 얼마 전 소아천식 공동연구차 내몽골 자치구를 방문하였다. 산업화가 한창인 사막도시에 호흡기 질환이 급격히 늘고 있었다. 환경과 기후로 인한 질환을 여러 나라가 공조하여 연구하니, 이제 의료도 국경을 넘어 국제적으로 통합되어가는 것 같아 감회가 새롭다. 이번에는 미국에서 의과대학을 준비하는 딸아이도 함께했다. 본격적인 의사가 되기 전에 여러 경험과 견문을 통해 봉사하는 마음을 갖겠다는 본인의 의지였다.

일정을 주도한 것은 우리 한국 팀이었으나 참가자 중에는 연변 일대의 젊은 의사들이 많았다. 말씨나 연배, 특히 까맣고 작은 체구를 보니 평양에서 만난 진홍이가 아른거렸다. 저만한 또래려니……, 나는 일정 내내 그 젊은이들과 자주 어울리고 많은 대화를 나눴다.

현지에서 의료봉사에 바쁘던 딸에게도 이런 내력을 이야기했다. 아비이자 선배로서 뭔가를 강요하기보다는 이런 경험을 전해주는 것이 맞는다고 생각했기 때문이다. 딸아이도 북한의 어린아이들에게 많은 관심을 갖는 눈치였다.

문득 나는 이곳 드넓은 내몽골의 평원을 바라보았다. 제2, 제3의 진홍이를 위해 딸과 함께 북한 어린이들을 돌보는 미래를 꿈꾼다.

제23회 장려상 수상작이다. 글쓴이 김창근은 인제대학교 상계백병원 천식알러지센터 소장으로 수상 소감에서 "북한의 의료 현장을 견학하고 그곳 의료진들과 콘퍼런스를 하면서, 직접 진료를 한 장면과 함께 민족적 동질감과 의료인으로서의 동질감을 느끼면서도 한편으로는 어쩔 수 없는 거리감을 느끼게 되는 분단국 국민만이 가져볼 수 있는 양가감정을 표현해본 글이었습니다. 학회나 의학 교류를 위해 많은 나라를 방문했지만 한국말로 대화할 수 있는 국가는 북한이 유일합니다. 평양에서의 며칠의 경험은 지금도 선명하며, 나의 경험과 지식이 북한의 천식아이들을 위해 도움이 되기를 바라는 마음이 간절했었습니다."라고 말했다.

# 반찬통과 테트리스

앗, 하는 순간에 열 개도 넘는 빈 반찬통이 찬장에서 우르르 쏟아진다. 얼마 전까지 갈비찜이며 장조림, 내가 좋아하는 물김 치와 우엉볶음 등이 들어 있던 반찬통이다. 색깔도 모양도 크기도 전부 다른 반찬통이 다시 쏟아지지 않게 가지런히 쌓으면서 마치 내가 테트 리스 게임을 하고 있는 것 같다는 생각을 했다. 모양과 색깔이 각각 다 른 블록을 빈틈없이 쌓는 그 게임 말이다. 그 순간 날카로운 한 목소리 를 떠올렸다.

"그러니까 선생님은 지금 우리 애가 이렇게 게임만 해도 괜찮다는 말 씀이세요?"

내 앞에서 항의하던 어머니의 아이는 부모와 싸우고 자해한 뒤 집을 나갔다. 원래 모범생이었던 아이는 엄마, 아빠와 대화가 통하지 않는다 는 말을 학원 선생님에게 했다고 한다. 진료실에 먼저 도착한 어머니는 나중에 아이가 오면 아이에게 게임을 더 하지 말고, 차라리 공부를 하지 않는 시간에 운동을 하도록 말을 해달라고 나에게 부탁한다.

가출하기 전에 학원 선생님에게 부모와 대화가 통하지 않는다고 이야기한 것은 자신의 이야기를 충분히 들어줄 어른이 필요하다는 호소다. 부모가 절대로 그 존재가 되어주지 못한다는 사실에 절망해서 집을 나간 것일 테고. 그런 아이에게 원하지도 않는 운동을 게임 대신 하라고 할 수는 없는 노릇이다. 아무리 설명해도 어머니는 듣지 않는다. 정신과 의사가 아니더라도 이 상황에서 정답은 누구나 알지 않을까. 지금은 공부가 중요하지 않다는 것을.

처음 그 어머니가 방문했을 때 나는 학원 선생님이 어떤 사람인지 물었다. 부모는 듣지 않는 말을 들어주는 학원 선생님, 그런 선생님이 아이에게 어떤 존재인지 나에게 부모가 이야기하는 과정에서 스스로 깨닫는 부분이 있었으면 했다. 그 과정에서 아이가 부모에게 원하는 것이 무엇인지, 그리고 그것이 좌절되는 동안 아이가 얼마나 외로웠을지도 알았으면 했다.

신참 전문의의 순진함이 낳은 오판이었다. 어머니는 학원 선생님이 부모와 상의하지 않고 아이와 상의해서 수시와 정시 전략을 짰고, 공부에 대해 전혀 압박하지 않고 아이에게 맞춰주는 편이라 마음에 들지 않았다는 이야기를 했다. 스스로 자기 몸에 상처를 내고 집을 나가는 자식을 앞에 두고 부모는 입시를 이야기한다. 어떤 이야기를 해도 대학으로 귀결되는 결말에 숨이 막혀왔다. 비교적 젊은 나이의 내가 못 미더웠던 것일까. 맞은편에 앉아 있는 의사는 중고등학교 때 공부만 했을 것이 분명한데 지금 공부가 중요하지 않다고 이야기한 것이 위선으로 들렸던 것일까. 무슨 말을 해도 요지부동인 그녀, 작은 체구의 어머니는 만날 때마다 점점 더 견고하고 거대해져서 진료실을 꽉 채웠다. 마치 포커페이스를 유지하는 노련한 승부사 같은 느낌이었다.

의사로서의 나의 능력에 의심이 점점 커질 무렵이었다. 면담이 약속된 날, 아이는 오지 않았고 어머니만 왔다. 이 시간에는 도저히 뺄 수 없는 학원을 갔다고 했다. 문과와 이과의 차이를 늘어놓으며 앞으로는 학원 시간 때문에 규칙적인 상담도 어렵다고 어머니가 말하는 순간, 나는 어머니의 카운터파트에서 쫓겨나 체스판의 말로 전락했다.

아, 아이도 이런 느낌을 받았겠구나. 주도적으로 아무것도 하지 못하는 답답함, 누군가의 의지로만 움직여지는 불쾌함, 그래서 아이는 게임에 몰두했구나. 내가 전략을 세우고 결정을 내리는 게임 속에서의 삶, 게임을 할 때는 내내 긴장이 고조되다가 해소되는 순간의 짜릿함이 있다. 속이 뻥 뚫리는 느낌이랄까. 목적지를 향해 달리지 못하고 꽉 막힌 고속도로에 계속 서 있다가 잠시 들른 휴게소 같은 곳이 아이에게는 게임일 수도 있겠다는 생각을 했다.

그러나 잠시 쉬어가는 정도는 괜찮아도 자해하는 방식의 이탈은 위험하다. 이대로 가다가는 큰일이 날 수도 있다. 하지만 나와 하는 이 치료는 한계가 있다. 나는 반드시 치료가 필요하다는 말을 여러 차례 반복하고 진료의뢰서를 썼다. 부디 나보다 더 유능하고 연륜 있는 선생님을 만나 아이가 다시 적당한 속도로 달릴 수 있기를 바라는 마음으로. 처음부터 지금까지 자기 확신에 차 있는 어머니가 진료실을 떠나고 난 뒤 나는 멍하니 있었다. 지금 나는 환자를 위한다는 명분하에 기권을 선언한 것이 아닐까. 그 이후 한동안 열패감에 시달렸다.

공부 잘하는 아이를 둔 어머니의 마음은 어떠한 것일까. 나는 나의 엄마를 떠올렸다. 고등학교를 졸업하고 의대에 진학하고 전공을 선택하는 과정에서 우리 엄마는 매번 나의 인생에 개입했다. 그때마다 나는 정색을 하며 맞섰다. 어쩌면 나는 혼자서도 이만큼 잘해낼 수 있다고 엄마에게 보여주고 싶었던 것 같다.

이제 나는 부모로부터 독립했고 조촐한 가정이 생겼다. 죽이 되든 밥이 되든 배우자와 함께 구축한 이 세계에서 먹고 자고 입는 것을 해내려고 했다. 그러던 내가 지금은 못 이기는 척, 엄마가 주기적으로 공수하는 반찬을 받고 있다. 모유수유를 하는 딸을 위해 엄마는 며칠에 걸쳐 신경 써서 장을 보고, 새벽에 반찬을 만들어서 반찬통에 종류별로 차곡차곡 담은 후 따뜻한 상태로 딸네 집에 가져다준다. 그렇게 독립을 외쳤던 내가, 이 반찬을 잘 먹어야 우리 아이에게 좋은 영양분이 가겠지 하며 매번 엄마의 반찬통을 맛있게 비워낸다. 내 아이에게 조금이라도 좋은 것을 주고 싶은 나, 그리고 그런 나에게 고생하더라도 좋은 것을 주고 싶은 엄마.

젖을 먹는 아이는 빈틈없이 나와 밀착되어 있다. 부모로부터 잠시라도 분리되면 생존이 불가능한 아이도 언젠가는 나에게서 독립할 날이 올 것이다. 대체 부모 자식 사이의 독립이란 무엇일까, 아니 완전한 독립이란 가능한 것일까. 그러면서 몇 년 전의 그 어머니에 대해서 생각한다. 전업주부인 그 어머니는 왜 아이를 하나만 낳았는지, 그럴 수밖에 없는 사정이 있었는지, 결혼 전에는 어떤 일을 했는지, 아이를 낳고 나서는 왜 일을 그만둘 수밖에 없었는지, 그런 어머니에게 매번 좋은 성적을 받아오는 그 아이는 어떤 존재인지. 왜 이런 것을 나는 그때 그 어머니에게 물어봐줄 생각조차 하지 못했는지. 정신과 의사가 아니더라도 누구나 알고 있는 정답만을 만고불변의 진리처럼 되풀이했던 과거의 나. 몰라서 안 하는 것이 아니라는 것, 머리로는 알아도 가슴으로는 어렵다는 것에 대해 알게 된 현재의 나.

깨달음은 늦게 오고 후회는 동반된다. 지난날을 회상할 때 후회스러운 지점은 누구나 있다. 나는 잘 몰랐고 미숙했기에 넘어져 울 수밖에 없었던 지점을, 내 자식은 무사히 통과하기를 바라는 마음이 부모라면 안 들 수가 없다. 그러기에 부모의 잔소리가 있는 것이다. 그리고 그 과정에서 때때로 없어야 할 강압이, 고성이, 충돌이 동반된다.

상담하는 동안 내가 의사로서 그 어머니에게 했던 이야기는, 내가 딸로서 나의 엄마에게 하는 이야기였다. 왜 그냥 지켜봐주지 않는지, 시행착오를 통해 스스로 깨닫는 기회를 줄 수는 없는지, 혼자 할 수 있는데 왜 번번이 간섭하려 하는지. 그리고 그 어머니에게 듣지 못했던 이야기는 아마도 나의 엄마의 가슴속에 있는 이야기였을 것이다.

그 어머니에게도 나의 엄마에게도 물어볼 생각조차 하지 못했던 이야기. 나 또한 엄마가 되고 나서야 어렴풋이 짐작이나마 할 수 있게 된 이야기. 그리고 앞으로는 내가 진료실에서 만날 모든 어머니로부터 온 마음을 다해 들을 준비가 되어 있는 이야기.

제23회 장려상 수상작이다. 글쓴이 성혜윤은 정신과전문의로 수상 소감에서 "육아를 하는 시간은 제 인생에서 이전에는 없었던 새롭고 귀한 경험이었습니다. 그럼에도 불구하고 마음 한편으로는 예전과 똑같이 일을 할 수 있을지 걱정이 드는 것은 어쩔 수 없었습니다. 의사로서도 엄마로서도 어느 쪽으로도 제대로 해내지 못하는 것이 아닐까 하는 생각에 괴로울 때도 있었습니다. 이번 한미수필문학상 수상 소식은 그런 저에게 의사로서의 정체성을 일깨워주었고, 앞으로 의업에 복귀해서도 예전만큼 해낼 수 있으리라는 격려이자 위로가 되었습니다. 아직 어려서 엄마가 상을 받은 것도 모르는 아이와 좌충우돌하며 함께 아이를 키우고 있는 남편에게 사랑을 전합니다. 그리고 이 수필의 시작이 되었던 어머니께 늘 감사하고 죄송하고 사랑한다는 말씀을 드립니다."라고 말했다.

# 철심鐵心 의사 분투기

수술 환자 대기실에 들어서려는데 뭔가 어수선한 기운이다. 타임아웃(환자 신원, 수술명, 수술 부위 등의 확인)을 하라고 나를 불렀던 간호사가 찡그린 얼굴로 입구에서 슬며시 내 옷깃을 잡는다.

"교수님, 환자가 대성통곡하고 있어요."

정말 그랬다. 갑상선암 수술을 앞둔 내 환자는 대기실에서 명패를 찾지 않아도 알아볼 만큼 큰 소리로 울고 있었다. 발걸음을 멈추고 잠시 바라보고 있는데, 옆자리 할머니 환자와 맞은편 중학생 환자도 이내 얼굴이 일그러지는가 싶더니 두 손으로 얼굴을 가리고 훌쩍이기 시작한다. '아, 곤란한데.'

마취과 전공의와 젊은 외과 간호사들이 티슈를 뽑아다 주며 연신 "걱정 마라, 울지 마라" 한다. 당연하지만 소용없다. 그런다고 걱정이 안 되겠는가? 암이라는 진단명만 해도 청천벽력일 텐데, 난생처음 수술이란 걸 받게 생겼다. 잠시 후면 목을 열었다가 닫을 것이고, 출혈이 심할 수도 제 목소리를 잃을 수도 있다는 설명을 들었지만 자기 손으로 동의서에 서명하고 내려온 상태다. 방금 보호자들과 헤어지며 지나온 자동문 밖은 이역만리 같을 것이고, 다시는 그들을 볼 수 없을 것 같은 불길한 생각만 가득할 것이다. 매일 밥 먹듯 환자 기관지에 마취가스를 불어넣고 목을, 가슴을, 배를 열고 닫는 우리들의 눈에는 보이지 않는 저 많고 많은 불안과 공포에서 나온 눈물이다.

그랬다. 나도 무서웠다.

쉼 없이 날개를 젓는 히터 밑에서 순서를 기다리는 동안 등허리가 서늘했다. 밤새 뒤척이며 자는 둥 마는 둥 하고도 정신은 말똥말똥했다. 처음 스텐트를 넣었던 관상동맥이 다시 막혔다. 심혈관센터의 대기실에서 함께 기다리고 있는 환자들은 병색이 완연하거나 나이 지긋한 어르신들이었다. 40대 초반에 두 번째 스텐트, 기가 막히지만 그건 우리 부부만 감당하기로 하고 다른 가족들에게는 알리지 않았다. 가슴을 열고 다리에서 혈관을 떼어다 심장에 연결할지, 한 번 더 스텐트를 넣을지 결정을 못 해 아내에게는 알렸다. 한없이 미안하다.

아내의 어색한 표정과 가느다란 손을 뒤로하고 시술실로 들어갔다. 안면이 있는 직원이 오늘따라 더 커다랗게 보이는 방사선 기계 아래의 침대로 몸을 옮기라고 한다. 불과 몇 주 전, 나는 이 침대로 달려왔었다. 응급 방송을 듣고 수술실에서 뛰어온 이 침대에는 심장 시술 중 의식을 잃고 숨을 쉬지 않는 환자가 심폐소생술 중이었고, 나는 피와 침이 범벅인 입을 벌려 기관삽관을 하고 앰부백으로 숨을 불어넣었었다. 침대에 눕자 갑자기 무서워졌다. 제발…….

스텐트를 넣고 중환자실에 누워 있는 동안 흰 가운의 면회객들이 여럿 다녀갔다. 몸과 마음은 천근인데 귀는 한껏 가벼워진 우리 부부는 면회객들이 다녀갈수록 서울행을 고민하게 되었다. 주치의의 배려와 몇 개월의 기다림 후, 이윽고 마주한 서울의 큰 병원 교수님은 백과사전처럼 두툼한 내 기록지를 이리저리 넘기다 멈추고 묻는다.

"문 선생님, 뭘 해드릴까요?"

아, 그건 내가 묻고 싶은 말이다. 뭐부터 얘기해야 하나? 길을 걷다가 가슴에 번개를 맞은 느낌으로 가로수를 붙잡고 쓰러지지 않으려 안간힘을 쓰던 첫 흉통 이야기? 다시 막혀버린 관상동맥을 찢어가면서 넣었던 두 번째 스텐트 이야기? 내가 여기 왜 왔던가? 음……, 그래. 원인을 밝혀주십시오! 담배는 입에 대본 적도 없고, 주 4회 새벽 수영으로 갈고닦은 실력으로 사회인 수영대회에서 심심찮게 입상했고, 체중이며 피검사 수치며 내 몸뚱어리에서 나올 수 있는 수치는 어느 것 하나 정상이 아닌 것이 없었습니다. 내가 고집해서 피를 한 바가지 뽑으며 시행한 유전자 검사, 구역질을 참아가며 시행한 심초음파에서도 이상은 없었습니다. 그런데 제 관상동맥은 막혔습니다. '대체 원인이 뭡니까? 그래야 치료를 하든, 예방을 하든, 하다못해 생활 방식이라도 바꿀 것 아닙니까?' 내가 외래에서 그렇게도 피하고 싶던 환자들, 묻는 말에 답은 하지 않고 화인지 하소연인지 구별이 안 되는 장황한 호소를 늘어놓던 환자들의 모습이 한꺼번에 뿜어져 나오려 했다. 다짐을 한 나는 짧게 한숨을 쉰 뒤 입을 열었다.

"답답해서 왔습니다."

찰나에 스친 저 모든 검사와 시술의 이야기는 이미 교수님의 손 아래 백과사전에 빼곡히 적혀 있다.

"원인을 밝힐 수 있다면 좋겠지만 제 발버둥으로는 알 길이 없었습니다. 앞으로 어찌해야 할지 막막해서 왔습니다."

이럴 줄 알았다고 속으로 위로해보지만 서운한 건 어쩔 수 없다. 덕담만 듣고 병원을 나오는 길에 시종 웃으려 애쓰던 아내가 손을 잡았다. 언제부터인지 내 손보다 따뜻했다. 아내의 손은 유난히 가늘고 길다. 손을 움직이면 그 선이 고와서, 넋 놓고 바라본 적도 있었다. 아이 둘을 낳아 키우고, 병약한 남편 시중이며 집안 대소사를 온전히 맨살로 받아낸 그때 그 섬섬옥수는 이제 장풍이라도 나올 듯 기운차다. 따뜻하고 당찬 손을 잡고 귀향길에 올랐다.


이제는 대기실의 거의 모든 환자가 훌쩍이고 있다. 노련한 회복실 간호사가 달려와 우는 환자의 침대를 움직이더니 다른 환자들에게서 멀찍이 떨어뜨려 놓으며 빨리 어떻게든 하라는 얼굴로 나를 바라본다. 뭘 어찌하겠는가? 답이 없다. 그 와중에도 타임아웃을 하겠다고 환자에게 이것저것 묻는 직원을 뒤로 물렸다. 계속 주머니에 넣고 있던 손을 꺼내 환자의 두 손을 마주 잡고 잠시 눈을 감는다. '이분에게 용기를 주소서.' 그리고 두 손을 꼭 잡은 채 가능한 한 천천히 또박또박 얘기한다.

"어머님, 저는 20년간 마취를 했습니다. 어머님과 같은 수술을 20년간 봐왔지요. 마취가 시작되면 이내 주무시겠지만, 잠든 사이에도 제가 계속 곁에서 기도하며 지키고 있을 겁니다. 저뿐만 아니라 지금 보시는 이분들 모두 수술이 끝나고 마취에서 깨어날 때까지 어머님 곁에서 함께할 거랍니다. 저랑 같이 숨을 한 번 크게 쉬어 봅시다."

내 위로가, 내 마취가 환자의 불안과 두려움을 조금이라도 덜 수 있기를 바라며 수술실로 향한다. 전에는 왜 안 보였을까? 보지 않으려고 한 걸 수도 있겠다. 환자들의 두려움, 불안, 공포, 슬픔……. 가슴에 철심을 넣고서야 철이 드는 건지, 예전에는 보이지 않던 게 조금씩 보여서 스스로 놀라곤 한다. 환자에게는 미안하지만, 나는 사실 무신론자에 마취는 17년 차다. 내 심장의 불온전함에 대한 두려움을 극복했는가 하면 아직도 무섭고 불안하다.

정기적으로 하는 검사 날이 다가오면 이 두려움은 슬픔이나 우울 같은 제 동무들까지 스멀스멀 데리고 온다. 다만 무섭고 불안하다는 걸 알아차리려 애쓰는 중이다. 원인을 구하고, 막연하게 원망하는 마음 역시 사라진 건 아니다. 앙금으로 남아 있다가 잊을 만하면 다른 감정들과 섞여서 나타난다. 이것 역시 답이 없다. 답이 없다는 걸 알기까지가 이리도 지난했나 싶다. 하지만 심장에 철심을 두 번이나 넣고도 아직 가족과 소중한 사람들을 볼 수 있고, 게다가 내 손으로 밥도 벌고 있다.

살아내고 있는 매 순간이 사람들 사이에서 도움을 주고받는 과정이라면 나는 도움 부자다. 운 좋게도 정말 많은 이의 도움을 받았다. 무시로 아내와 아이들을 안고, 볼을 부비는 버릇이 생겼다. 그러고 있으면 살아있음을 감사하게 된다. 그야말로 덤 같은 삶이 하루하루 덧대어지는 중이다. 그래서 오늘도 숨 한번 크게 쉬고, 감사한 마음으로 우는 환자의 손을 잡고 수술방으로 들어간다.

제22회 장려상 수상작이다. 글쓴이 문성호는 인제대학교 해운대백병원 마취통증의학과 부교수로 수상 소감에서 "조각들을 꿰어 맞추는 데는 오히려 여러 날이 걸렸습니다. 맞추면 맞출수록 잊은 줄 알았던 슬픔과 부끄러움이 스며 나와서 여러 번 손을 놓아야 했습니다. 나의 부끄러운 기록이 누군가에게는 의미가 될 수도 있을 것이라고 스스로 위로하면서 간신히 완성에 이를 수 있었습니다. 보잘것없는 제 경험담입니다만 읽어주셔서 감사합니다."라고 말했다.

# 구멍 뚫린 날

원무과에서 연락이 왔다. 나는 양손에 짐을 들고 아내와 큰길로 나섰다. 아내가 짐을 달라고 했지만 들은 척도 안 했다.

"별로 아프지도 않은데 뭘."

말은 그렇게 했지만 가슴은 쿵쾅거렸다. 택시를 탔다. 아내와 나는 말없이 창문만 바라봤다.

"멀리 가주셔서 감사합니다."

기사는 백미러를 보면서 웃는다. 택시는 곧 성수대교를 올라타고 있었다.

지금으로부터 5년 전, 나는 고혈압에 의한 만성신부전으로 진단을 받았다. 출근 중에 갑자기 숨이 차고 어지러워 쓰러질 것 같았다. 며칠 후 병원에 입원을 했고 만성신부전으로 진단을 받았다. 그 후 5년 동안 남아 있는 신기능을 유지하려고 많은 노력을 했지만, 점점 신장기능은 나빠졌다. 신장내과 교수는 혈액투석을 권했으나 나는 동업하는 의사에게 책잡히기 싫었고, 조금이라도 진료에 지장을 덜 주면서 활동은 자유로운 복막투석을 선택했다. 2개월 전에 수술과 입원을 해야 된다고 동업하는 선배에게 말했을 때, 냉대와 도끼눈은 잊을 수가 없었다. 그동안 어떻게 될지 몰라 5년간 휴가도 없이 일을 얼마나 많이 했는데 말이다. 그냥 아픈 사람은 무조건 죄인이다.

택시는 언덕 위의 병원에 도착했다.

"연락받고 왔는데요."

"성함이?"

입원계 직원은 친절했지만 지극히 사무적이었다.

"83병동에 입원하시면 됩니다."

"예."

입원장을 들고 병실로 올라갔다. 2년 전인가, 83병동을 퇴원하면서 '평생 이 병동에 오지 않을 거야'라고 혼자서 약속했지만, 다시 입원하게 되었다. 이번이 마지막 입원이었으면 좋겠다. 83병동 간호사는 입원장을 확인하고 병실로 인도했다. 병동 끝의 2인실이 열흘 이상 내가 입원해야 하는 병실이다. 하루에 몇 번은 창밖으로 하늘을 봐야 그나마 답답하지 않을 것 같아 창가 쪽으로 자리를 배정받게 해달라고 했다. 환자복으로 갈아입고 침대에 누워 있었다. 아내 역시 미동도 없이 천장에 매달려 있는 TV를 보고 있었다. 말은 안 해도 앞으로의 치료 과정도 걱정되고, 자기의 인생도 걱정되는 눈치였다.

5년 전, 평생 처음 입원을 했을 때 너무 답답해서 눈물만 나왔다. 불안감과 패배감에 가슴이 미어졌다. 옆 침대의 대장암 말기 할아버지가 나의 모습을 비웃듯이 빤히 쳐다봤다. 눈앞에 슬픔이 닥치니 환자들의 슬픔을 알게 되었다. 그동안 환자들을 잘 치료했고 그들을 위로해주었지만, 그 위로가 진실됐는지 의심스러웠다. 환자들이 나약해지고 힘들었을 때, 나는 그들의 하소연에 친절했지만 사무적으로 들었고 상투적인 위로만 늘어놓았었다.

오후 5시 30분쯤, 저녁 식사가 들어왔다. 내가 싫어하는 음식만 있는 병원 식사. 전공의 시절, 먹기 싫어했던 반찬으로만 구성되어 있었다. 두 수저를 뜨고는 숟가락을 내려놨다.

"왜 이걸 안 먹어. 이 맛있는 걸."

"응, 식욕이 없네. 그리고 싫어하는 음식만 있어."

"이런 음식이 몸에 좋은 음식이야."

"그건 알지. 그냥 당신이 먹어."

아내는 숟가락을 들어서 나머지 음식을 먹는다. 아내는 간병을 하면 잘 먹지를 않았다. 아내는 병원 식당에서 혼자서 밥 먹기를 싫어했고, 그냥 빵 조각만 먹었다. 그래서 음식이 맞지 않는다는 핑계로 조금만 먹고 나머지를 아내에게 먹인다. 식판을 반납해도 주치의가 병실에 오지 않는다. 할 일 없이 TV도 보고 핸드폰을 만지작거렸다.

침대 위 인터폰에서 연락이 왔다. 스테이션 한쪽에 레지던트 1년 차로 보이는 젊은 의사가 앉아 있었다.

"이쪽으로 오시죠."

전공의 옆에 앉았다. 요즘에는 청진이나 촉진도 없이 병력이나 증상에 대해 묻고 컴퓨터에 기입을 했다. 그리고 앞으로의 치료 방향에 대해서 설명을 해줬다.

"환자분! 일반외과 교수님에게 컨설트를 냈으니까, 교수님이 곧 오셔서 상태를 확인하고 수술하실 겁니다."

"네, 그럼 수술을 전신마취로 하면 안 될까요? 아프다고 하던데요."

"예?"

전공의의 목소리가 높아졌다.

"무슨 이런 수술을 전신마취를 합니까? 전신마취를 하려면 검사나 준비할 게 더 많아요."

귀찮다는 말이다. 나도 전공의 때 복잡하게 여러 가지를 묻고 원하는 환자가 제일 싫었다. 내과 전공의도 별것도 아닌 수술을 더 힘들게 준비하고 싶지 않았기 때문이다. 하지만 직접 당하면 다르다. 조금이라도 덜 아프고 덜 무서운 방법으로 치료받고 싶었다.

"네, 알겠습니다. 그래도 교수님에게 한번 물어나 봐주십시오."

고개를 숙이고 병실로 돌아왔다. 나도 모르게 한숨이 났다.

그동안 아파서 힘들었지만 슬퍼할 겨를이 없게 하려고 정말 열심히 일했다. 또 아프다고 무시하는 눈초리도 보기 싫었다. 그러자 점차 마음이 안정되었다. 그리고 환자 진료도 더 진지해졌고 설명도 더 자세히 해주었다. 하지만 언제나 크레아틴 수치에 따라 울고 웃었다. 잠들기 전에는 그냥 슬퍼서 눈물이 났고, 아침에는 영원히 일어나고 싶지 않았다.

아침 식사가 왔지만 입맛이 없어 제대로 먹지를 못했다. 아침 8시쯤 새 가운을 입은 젊은이가 병실을 방문했다. 가운에 이름만 적혀 있는 의과대학 실습 학생이었다. 병실에 들어와서는 나의 이름을 부른다.

"네."

"환자분! 몇 가지만 질문하겠습니다."

아내와 나는 서로의 얼굴을 쳐다봤다. 학생은 자기가 맡은 환자를 진찰하고 리포트를 제출하기 위해 내 앞에 서 있었다. 정말 오래된 일이지만 나도 새로 맞춘 흰 가운을 입고 으쓱거리면서 병실에 가서 문진도 하고 청진도 하면서 리포트를 썼다.

"언제부터 불편하셨어요?"

"특별한 증상은 없으세요?"

아마도 전공의가 쓴 차트의 내용을 보고 왔는지, 똑같은 내용을 또 물어본다. 나는 가능하면 상세하게 대답해주었다. 만약에 퉁명스럽거나 무시를 하면 환자에 대한 트라우마가 생길 수도 있다. 두서없이 질문을 한 실습생은 고맙다고 말하고는 병실을 나갔다. 아내와 나는 서로의 얼굴을 보면서 환하게 웃었다. 30년 전의 나의 모습이었다. 나도 저 나이에는 웃음도 크게 웃었고, 꿈과 희망이 있었다. 또 개똥철학에 심취하여 실체가 없는 이상과 현실에서 힘들어했다. 이제는 이상도, 꿈도 없고 빡빡한 현실과 아픈 몸뚱이만 남아 있다는 생각에 서글퍼졌다.

창밖을 보았다. 여름의 더위가 창밖의 풍경을 점점 싱그럽게 변화시키고 있었다. 오전 10시쯤이었다. 전공의가 병실에 들어와서 의자를 한쪽으로 치운다. 곧 신장내과 교수가 들어왔고, 이어서 학생들과 간호사가 들어와 병풍처럼 교수 뒤에 섰다. 학생 중에는 아침에 나에게 왔던 친구도 있었다.

"안녕하세요."

"예, 교수님."

신장내과 교수는 후배이지만 병원에서 나는 그녀의 환자일 뿐이다.

"수술은 일반외과 교수님에게 컨설트를 냈으니까, 오셔서 스케줄을 잡아주실 겁니다. 그리고 전신마취를 원하셨는데, 전신마취는 질환에 영향이 있으니 특별한 문제가 없으면 부분마취로 하시는 것이 좋겠어요."

"그러죠, 뭐."

고개를 끄덕였다. 교수는 고개를 돌려서 학생들을 쳐다보더니 다시 나를 쳐다봤다.

"죄송합니다, 선배님. 학생이 리포트 때문에 왔던 것 같은데요. 이런 일이 없도록 하겠습니다."

"아닙니다. 저는 괜찮았습니다."

그 젊은 실습생은 고개를 숙이고 있었다. 나는 그 실습생이 계속 상태를 파악해주기를 바랐다. 하지만 그 이후에 그는 오지 않았다.

회진 후 얼마 지나지 않아 작은 키에 통통한 외모를 가진 젊은 의사가 병실로 들어왔다. 일반외과 교수였다.

"환자분, 교수님에게 얘기 들었습니다. 수술은 가능하면 빨리하려고 합니다. 아니면, 내일 해드릴까요?"

"가능하면 빨리해주세요."

"예, 그럼 오늘 오후 2시에 스케줄을 잡아드려도 괜찮겠습니까?"

"예, 감사합니다."

"지금부터 금식해주세요."

오후 1시 40분이 되자 간호사가 들어와서 수액을 바꿔달고 배의 털도 깎았다. 배에 원래 털이 없는데도 깎았다.

"자, 이제 수술실로 가실게요."

이송반 아저씨가 침대를 끌고는 수술실로 내려간다. 아내는 침대 옆에 있었다. 천장이 움직인다. 나는 수동적으로 움직이는 천장도, 지나가던 사람들의 눈빛도 싫어 담요로 눈을 가렸다. 엘리베이터에 태워진 나는 F층 수술실로 들어갔다. 수술실의 문이 열렸고 천장의 움직임이 잠시 후 멈췄다. 나는 회복실에 누워 있었다. 옛날 전공의 시절에 뻔질나게 드나들었던 곳이다. 일반외과 선생님이 옆에 와서 차트를 들여다본다.

"자, 환자분! 수술실이 준비되는 데로 들어갈 겁니다. 누워서 잠시 쉬시고 긴장 푸세요."

긴장이 많이 됐지만, 한편으로는 포기도 됐다. 누워서 천장의 등을 바라보고 있었지만 귀에는 수술실에서 들리는 모든 소리가 들렸다. '침대 끄는 소리' 'EKG 모니터 소리' '슬리퍼 발자국 소리' 등 모든 소리가 선명하게 들린다. 잠시 후 침대가 수술실로 들어갔다.

"환자분, 이쪽 침대로 이동해주세요."

침대에서 수술대로 이동했다. 무영등이 켜지고 가슴에 EKG 모니터가 달렸다. 일반외과 교수가 다가왔다.

"선생님, 조금 차갑습니다."

배 위에 소독을 하고 수술포를 덮었다.

"수술포를 덮겠습니다."

그는 의사인 나를 배려해주고 있었다. 수술의 전 과정을 하나씩 설명해주고 있었다. 설명을 안 해도 되는데, 그는 계속 말했다.

"자, 이제 마취합니다."

그는 배의 한쪽에 리도카인으로 부분마취를 했다. 리도카인이 몸에 들어오자 기분이 이상해졌다. 마취하고 몇 분 후, 그가 말했다.

"피부, subcu(피하) 엽니다."

아, 말하지 않아도 되는데. 배 위에 보비가 지나가는 느낌과 지혈하는 '찍찍'거리는 소리가 들렸다.

"지방층입니다."

"복막입니다."

배에 찌르는 통증이 왔고, 나는 신음소리를 냈다.

"아프시죠, 잠시만 참으세요."

복막이 열린 후에는 통증이 가라앉았다. 복막 관을 집어넣기 위해 30도 정도 상체를 낮추었다. 몸에 뭔가 들어오는 느낌이 들었다.

"자 복막 투석관을 집어넣습니다."

"슈처(suture)하겠습니다."

교수는 생생한 라이브를 하고 있었다. 끔찍했다. 과정을 모르면 그냥 누워 있을 텐데, 머릿속에는 수술 장면이 생생하게 그려지고 있었다.

수술 후에 회복실에 누워 있었다. 얼마 후 나는 이송반 아저씨가 미는 침대에 누워 다시 병실로 돌아왔다. 병실이 낯설다. 배를 쳐다봤다. 배에는 무색의 긴 선이 달려 있고, 주위는 거즈와 반창고로 싸여 있다. 아내는 표정이 어두워졌다. 나는 웃으면서 아내를 쳐다봤지만, 마음은 나 역시 너무 어두웠다. 창밖은 역시 싱그러운 초록색이었다.

오늘부터 새로운 인생이 시작되었다. 배에 꽂혀 있는 관이 이제 생명줄이다. 배를 쳐다보면서 희망보다는 그냥 서글픔이 느껴졌다. 그래도 그냥 잘 살아봐야지.

제22회 장려상 수상작이다. 글쓴이 박희철은 닥터박의원 원장으로 수상 소감에서 "30여 년 전부터 의사라는 직업으로 살아오면서 지금까지 수많은 환자들을 만나 좌충우돌하면서 그들과 함께 그들의 슬픔을 나누고 나름대로 최선을 다해 치료했다고 자평했습니다. 하지만 내가 병에 걸려 절망하고 가슴속에 깊은 슬픔을 느껴보니, 환자들의 슬픔을 알게 되었습니다. 인간적인 감정이 없고 의학적인 문제에 차디찬 보통 의사였던 내가 그동안 환자들의 슬픔과 절망에 얼마나 진실됐었는지 의심스러웠습니다. 환자들이 나약해지고 힘들었을 때, 나는 그들의 하소연에 친절했지만, 사무적으로 들었고 상투적인 위로만 늘어놓았습니다. 앞으로 좀 더 인간적인 의사가 되려고 나의 투병기를 투고하게 되었습니다."라고 말했다.

# 수술방의 온도

        뜬금없이 예전 바티칸 여행 때 봤던 시스티나 성당의 천장 벽화가 떠올랐다. '이렇게 침대에 누워서 보면 훨씬 편하게 볼 수 있었겠는데. 그런데 대기실부터 수술방까지 거리가 이렇게 멀었나?' 휙휙 지나가는 하얀 천장을 바라보며 '걸어갈 수도 있는데⋯⋯.' 하는 생각을 했다. 침대차에 실려 드디어 도착한 2번 수술방은 서늘하고 다소 어두웠다. 내가 집도할 때는 느끼지 못했던 냉기가 온몸을 휘감았다. 같은 수술방 온도라도 의사와 환자가 느끼는 온도차가 이러했던 것인가. 그러나 지난 약 두 달 간의 고뇌는 이미 끝났기에 마음은 편안했다. 동시에 아내를 수술할 집도의 남편이 느낄 정신적 고뇌와 육체적 힘듦에 진심 동정을 느꼈다. 대기실부터 도합 다섯 번째 환자 확인, 즉 'sign in'을 마지막으로 마취를 시작한다고 했다. 수면유도제가 들어가자 목에서 약 냄새가 훅 나더니, 마치 소주 한 병쯤 마신 듯 몽롱해졌다. 점점 눈꺼풀을 들고 있을 수 없게 되자, 나는 안도감을 느꼈다. 어젯밤 시간마다, 나중에는 분마다 깨어나서 잠을 설쳤던 게 기억났다. '이제 좀 잘 수 있겠구나' 하는 생각에 마음이 놓였다.

유난히 더웠던 8월초 저녁, 그날 남편은 저녁을 먹자마자 내 골반 MRI 소견에 난관암이 의심된다고 했다. 갱년기 증상으로 여겨지는 생리불순과 부정출혈이 원래 가지고 있던 근종과 연관성이 있는지 검사를 해본 것이었다. 나름대로는 초음파 검사를 꾸준히 해온 터라 뭔가 잘못된 것이라고 생각했다. 어쨌든 암이 의심되니 수없이 많은 추가 검사가 시작되었다. 나는 이전까지의 동료였던 의료진 앞에서 발가벗겨졌고, 몸 안으로 각종 의료 기구들이 들어갔다 나왔다. 혈관은 성한 곳이 없을 정도로 터지고 멍들었다.

정밀검사를 하면서 의사로서는 알 수 없었던 환자들의 고통을 또 하나 알게 되었다. 환자복을 입고 있으면 병원의 권위에 절대적으로 복종해야 한다. 아무리 자존심이 강해도 굴욕적인 검사들을 감내해야 하는 것이다. 결국 정밀검사에서도 역시나 골반 쪽에 암이 의심된다고 했다. 이제는 상태를 알기 위해서 배를 열어보는 수밖에 없게 되었다.

나는 평소에 내가 상당히 쿨하다고 생각했다. 하지만 위급상황이 되자, 내가 그렇지 않다는 것이 드러났다. 극명한 것은 흉터 문제에서 드러났다. 의사로서의 내 입장은 확고했다. 살 수 있다면 흉터가 무슨 문제인가. 환자나 지인이 수술 시 흉터를 문제 삼으면 나는 이해가 되지 않았다. 부인암은 복강 내부를 완전히 드러내고 암세포까지 최대한 없애주는 것이 생존율에 큰 영향을 미친다. 임파선에 전이가 되었는지도 치료 방향에 영향을 미친다. 그러니 암의 상태가 심각할수록 복부의 흉터는 더욱더 커질 수밖에 없다. 근데 내가 막상 환자가 되자 우선적으로 가장 연연한 것은 흉터였다. 남편은 시원스럽게 절개하고 깨끗하게 수술하자며 흉터를 누가 보느냐고 했지만, 그런 말을 쉽게 하는 것이 원망스러웠다. 무엇보다 나는 20년 넘게 부인과 환자를 봐왔다. 암 수술 후 그녀들의 흉터가 어떠한지 안다. 나는 절대로 쿨하지 않았다. 하지만 결국 수술 전에는 흉터에 대한 것은 마음을 비웠다. 사는 게 중요하지, 흉터가 뭐가 중요할까 싶었다. 환자들이 이렇게 한 가지씩 포기하는구나 싶었다. 처음에는 흉터를, 다음에는 해오던 일을, 종국에는 아파서 마약성 진통제로 연명하더라도 살아서 애들이 크는 걸 조금만 더 볼 수 있다면……, 이런 식으로.

아무튼 나의 경우에는 진단적 복강경을 시행한 후 배 안의 상태에 따라 배의 절개 방향을 결정하기로 했다. 남편에게 딱 봐서 암이면 시원스럽게 배꼽 위까지 절개하라고 했다. 그러나 만약 수술 중 임시 조직 검사에서 암이 아니거나 아주 초기이면 적은 절개로도 수술이 가능할 것이었다. 수술 방법이 문제가 아니었다. 가능성은 적지만 양성이라면 이후 치료의 예후는 크게 달라질 것이었다. 그리고 그 모든 것을 결정하고, 힘들게 수술을 하는 것은 남편의 몫이었다.

일주일 중 쉬는 날에만 검사를 진행하면서도 나머지 날은 평소와 똑같이 병원에서 일을 했다. 수술을 하고 나면 당분간 일을 쉴 생각이었기에 모든 일상들이 예사롭지 않았다. 해마다 돌아오던 독감 예방접종 공고가 뜨자, 이마저도 내게는 특별하게 다가왔다. 아침마다 출근해서 컴퓨터를 켜고, 의료 기구들을 챙기고, 커피를 내리는 일상들이 신선해 보였다. 그리고 집에서 무슨 일이 있었든 이 모든 루틴을 아무 생각 없이 활기차게 시작할 수 있는 직원들이 부러웠다. 마지막으로 볼지도 모르는 환자들을 대할 때도 기분이 묘했다. 단골 환자나 산모를 볼 때는 특히 더 그랬다. 시간을 내어 좀 더 설명해주고, 인계장도 열심히 썼다. 그나마도 이렇게 진료를 보는 일상생활에서는 내 개인적인 사건은 잊을 수 있었다.

하지만 집에 와서 내 상황을 생각하면 마음이 태풍 속의 조각배처럼 요동을 쳤다. 암일 수도 있고 아닐 수도 있으니 긍정적인 기분일 때도 많았다. 처음에는 울지도 않았다. 그러나 눈물이 한 번 쏟아지니 수시로 터졌다. 밥을 먹다가도, 샤워를 하다가도, 책을 보다가도 울었다. 마치 눈물이 습관이라도 된 것만 같았다. 암 진단을 받고 지나갔던 환자들과 친구들이 떠올랐다. 나는 안다고 생각했으나, 그들의 충격과 아픔이 어떠한지 사실은 몰랐던 것이다. 그만하길, 또는 암 초기에 잘 발견했으니 다행이라는 말을 환자들에게 쉽게도 하였다. 당사자에게는 사실 그렇게 위로가 되지 않을 수도 있었을 것이다. 정신적 충격도 있지만, '병'은 어떤 방식으로든 일상을 파괴한다. 그걸 의사로서는 몰랐다.

마취하고서 얼마나 시간이 지났을까. 소리가 들려오기 시작해서 눈을 떴다. 꿈도 꾸지 않은 마취에서 깨어난 것이다. 남편이 보였다. 남편은 따뜻한 손으로 내 손을 잡아주었다. 그리고 그가 반복해서 내 귀에 들려준 말은 임시 조직검사가 괜찮으니 걱정 말라는 것이었다. 다른 것은 아무것도 기억나지 않는다. 내가 마취가 덜 깬 상태에서 만세를 불렀고, 남편이 눈시울을 붉혔다는 것은 나중에서야 들었다. 오로지 괜찮다는 말만 기억났다.

지난 두어 달 동안 내가 가장 들들 볶은 사람은 남편이었다. 그는 나를 수술할 산부인과 의사이면서 가족이었고, 나는 환자이자 산부인과 의사였다. 어쩌면 세상 가장 불편한 관계일 수 있었다. 나는 끊임없이 내 수술 방법을 시뮬레이션했고, 자꾸 내 마음대로 수술 방법을 바꿨다. 수술 후 비뇨생식기 계통의 문제 등 필연적으로 따라오는 부작용을 해결하는 방법을 더 연구하라고 요구했다. 같이 의사였지만, 이제 한 명은 환자였다. 그가 아무 생각 없이 내뱉은 말에도 서운해서 물고 늘어져 그를 힘들게 했다. 수술 후 남편도 부인 종양 전문의로서 이번에 많은 것을 깨달았다고 했다. 그에게도 이 사건은 좀 더 환자와 가족들을 깊이 이해하는 계기가 되었던 것이다.

수술한 지 삼일 째인 지금도 나는 이 행운을 믿을 수가 없다. 혹시라도 영화 <식스 센스>에서처럼, 이것이 내가 지어낸 현실은 아닐까 하는 생각에 자다가 벌떡 일어나 앉았다. 열어놓은 병실 창문으로 가을 바람이라고 하기에는 차가운 새벽 공기가 들어와 오싹했다. 창문을 닫으려고 보니 이슬처럼 늦가을 비가 난간에 초롱초롱 맺혀 있다. 차가운 공기는, 그러나 내 폐포를 하나하나 채우며 내가 살아 있음을 느끼게 한다. 감사하다.

촉나라 말에 제갈공명은 하늘에 자신의 운명을 물은 뒤, 자신에게 더 이상 여명이 남아 있지 않음을 알고 한탄했다. 시간이 남아 있다면 그는 천하를 통일할 능력이 있었기에. 나에게 주어진 이 행운은 무엇을 위한 것일까. 세파에 휘둘리며 느슨해지는 의사로서의 소명을 잊지 말고 더욱 매진하라는 채찍질이 아닐까. 나는 하늘이 내게 다시 기회를 준 의미를 되새기며 내 인생의 이 사건을 뚝 떼어내어 가슴 한쪽 구석에 걸어놓고 두고두고 꺼내어 볼 것이다.

제23회 우수상 수상작이다. 글쓴이 박천숙은 이샘병원 진료원장으로 수상 소감에서 "45억 년 전 지구의 탄생도 지켜보고 천년의 세월도 한순간의 빛임을 알고 있는 태양이었죠! 그 자신도 언젠가는 소멸할 것을 알지만 인간의 한 생은 그에 비하면 찰나임을 잘 알고 있는 그였어요. 하루쯤 좀 더 많은 인간이 지켜본다고 해서 흔들릴 리가 있겠습니까. 올해 소감은 태양의 빅 팬이 된 사연으로 갈음하겠습니다."라고 말했다.

# 그녀의 신발

"선생님 아이라면 어떻게 하실 건가요?"

소아청소년과 의사로서 자주 듣게 되는 질문이다. 의사로부터 아이가 힘든 검사나 치료가 필요하다는 말을 들으면 부모는 고민에 빠진다. 그 괴로운 선택의 순간에서 그들은 어김없이 나를 붙잡고 묻는다.

"당연히 그렇게 할 겁니다." 길게 고민하지도 않고 쉽사리 대답한다. 당연하다. 이런 질문에 "제 아이는 안 되죠"라고 말하는 의사가 어디 있을까? 교과서도, 교수님도 필요하다고 하는데, 왜 이런 빤한 대답밖에 나올 리 없는 질문을 하는 것일까? 잠시 물음표를 띄우지만 쓱 지워버린다.

전공의 시절, 응급실에서 만난 그녀도 내게 물었다.

"선생님 아이라면 어떻게 하실 건가요?"

지겨운 이 질문, 속으로 혀를 쯧쯧 찼지만 처음부터 다시 친절하게 설명했다.

"당연히 검사해야죠. 우리 이준이는 태어난 지 90일도 안 되었잖아요. 이때, 열나는 것은 매우 드문 일이에요. 엄마한테 바이러스에 대한 항체는 충분히 받아서 바이러스 감염은 잘 안되거든요. 그런데도 열이 난 것이기 때문에 세균에 의한 요로감염, 뇌수막염, 패혈증의 위험이 높습니다. 이끼 말씀드렸디시피 혈액검사랑 뇌척수액검사를 빨리하고 항생제를 써야 해요."

"첫째도 감기거든요. 그냥 감기 아닐까요?"

"그럴 수도 있죠. 하지만 아니면요? 치료가 늦어지면 위험할 수 있어요."

대학병원에서 수련하는 동안 한두 번 설명한 내용이 아니었다. 노래 가사를 외우듯이 줄줄 말할 수 있었다. 이 정도 설명하면 대부분의 부모들은 백기를 들고 동의서에 서명했다. 하지만 종종 어떤 일이 일어나도 책임을 묻지 않겠다는 자의퇴원서까지 쓰고 돌아가는 부모들도 있었다. 자기 아이를 왜 위험에 빠트리지? 너무나도 소중한 아이라 이성적인 판단이 되지 않는 것일까? 물론 항생제를 쓰며 입원해도 대부분은 세균이 자라지 않는 것을 확인하고 건강하게 집으로 돌아간다. 그러면 '괜히 했어. 별것도 아닌데.' 이렇게 생각할 수 있다. 하지만 아주 드물지 않게 어떤 아기들은 패혈증으로 죽음의 문턱까지 가기도 하고, 뇌수막염으로 심각한 후유증이 남기도 한다. 나는 그런 끔찍한 상황을 봐왔기에 지긋지긋한 내용이지만 그녀를 설득하기 위해 최선을 다했다.

결국 그녀는 내게 설득당했다. 그녀는 펜을 잡은 손을 파들파들 떨면서 척수천자 동의서에 자신의 이름을 간신히 써넣었다. 응급실이 떠나가라 우는 아기를 인턴 선생님이 무자비하게 새우처럼 둥그렇게 말아 붙들고, 내가 등에 바늘을 꽂아 넣었다. 커튼 너머에서 아기와 함께 대성통곡을 하는 그녀를 보며 마치 내가 아기를 괴롭히는 악당이 된 것만 같아 입 안이 쌉싸름했다. "당연하죠"라고 '이성적으로' 대답했던 그때의 나는 몰랐다.

아이를 낳았다. 첫아이는 다행히 백일 동안 열 없이 건강하게 자랐다. 네 살 터울의 둘째를 낳았다. 첫째가 어린이집을 다니면서 감기를 달고 살아 걱정이었다. 그래도 출산 두 달 전까지 진료하며 온갖 바이러스에 노출되어 쌓아놓은 내 고급 항체들을 받았을 테니 괜찮지 않을까 우스갯소리도 했다. 첫째가 열이 났다. 나도 열이 났다. 결국 둘째도 열이 났다. 둘째가 태어난 지 89일째였다. 90일에서 하루가 모자랐다. 딱 하루.

"선생님 아이라면 어떻게 하실 건가요?"

인디언 속담 중 그 사람의 신발을 신고 오랫동안 걸어보기 전까지는 그 사람을 판단하지 말라는 말이 떠올랐다. 이제 그녀의 신발이 내 앞에 놓여졌다. 그녀의 질문이 이제야 화살처럼 박혀왔다. 열이 올라 끙끙 앓는 내 아이를 안고 고민했다. 그때는 당연했는데, 내 아이는 당연하지 못했다. 89일이었고, 첫째랑 나도 열이 나니 바이러스 감염의 가능성이 매우 높아 보였다. '그래도 검사해야지.' 내 귓가에 대고 교과서가 속삭였다. 교수님도 말씀하셨다. 귀를 막았다.

내 아이는 황달이 오래 지속되어 생후 30일, 50일쯤 두 번의 혈액검사를 했다. 포동포동한 팔은 혈관이 보이지 않아 양쪽 팔을 여러 번 찔리고 나서야 결국 목에서 피를 뽑혔다. 셀 수도 없이 아이들을 혈액검사 했지만 내 아이의 울음은 듣기 힘들었다. 응급실에 간다면 혈액검사를 하고 뇌척수액검사를 하고 입원하겠지. 그 과정이 머릿속에 너무나도 선명히 그려져서 더욱 하고 싶지 않았다. 요새 독감이 유행이니 집 근처의 소아과의원에 가서 독감검사를 하고 해열제를 한번 먹여본 뒤에도 계속 열이 나면 그때 가기로 결정했다. '의사'가 아니라 '엄마'로서 내린 결정이었다.

89일 된 아기가 열났다고 하자, 의사 선생님이 단번에 진료의뢰서를 줄 테니 대학병원에 가라고 하셨다.

"선생님, 제가……."

내 말을 끊고 단호하게, 내가 수백 번은 말했을 이야기를 줄줄 읊어주셨다.

"아기가 너무 어려요. 대학병원 응급실에 가서 다 검사해야 됩니다. 위험할 수 있어요."

"그런데 선생님, 실은…… 제가 소아과 의사인데요. 저도 열이 났고 첫째도 열이 나서 바이러스 감염 같거든요. 독감검사 해주시고 해열제를 주시면 안 될까요? 제가 컨디션 봐서 밤에라도 응급실에 가겠습니다."

말을 하면서도 부끄러웠다. 날 어떻게 생각하려나. 선생님은 난감해하면서도 내 부탁을 들어주셨다. 아기 엄마가 이성적으로 판단하기 어려워 보이니 옆에서 잘 도와주라고 신신당부하셨다며, 뒤늦게 남편이 의사 선생님의 말을 전했다. 다행인지 불행인지 독감 양성이 나와 약을 처방받고 집으로 돌아왔다. 해열제와 약을 먹이고 초조하게 열을 재며

밤을 지새웠다. 응급실의 그녀가 나에게 따져 물었다. '선생님, 당연하다고 하셨잖아요.' 못 들은 체하며 열이 올라 뜨끈뜨끈한 아기를 붙들고 제발 좋아지기를 기도했다. 별일도 아닌데 눈물이 흘렀다. 끝날 것 같지 않던 그 밤이 지나 아침이 되었고, 다행히 열은 떨어졌다.

그녀의 신발을 신고 걸어보니 이제야 보였다. 질끈 묶은 머리와 화장기 하나 없던 그녀의 얼굴, 출산한 지 얼마 지나지 않은 몸으로 손목 보호대를 차고 밤새 보채는 아기를 달랬겠지. '내가 뭘 잘못해서 열이 났을까? 그때 손을 안 씻었나, 기저귀를 늦게 갈아줬을까?' 괴로움이 가득한 눈으로 스스로를 질책했겠지. 그리고 지금의 나처럼 울었으리라.

다시 그때로 돌아간다. 소란한 응급실, 커튼을 열고 그녀에게 걸어가 울고 있던 그녀를 껴안아본다. 그녀의 신발을 신은 채.

제23회 장려상 수상작이다. 글쓴이 유새빛은 소아청소년과 전문의로 수상 소감에서 "한 해의 마지막, 산타의 선물처럼 수상 소식을 알게 되어 기쁩니다. 올해는 둘째 출산과 함께 일을 그만두었고 가족과 행복한 시간을 보냈습니다. 두 아이를 재우고 노트북을 펼쳐 쓴 글이었습니다. 부족한 글임에도 상을 주시고 또 읽어주셔서 감사합니다. 계속 멈추지 않고 글을 쓸 수 있는 응원이 되었습니다."라고 말했다.

# 이번엔, 제 차례입니다

현재 내가 몸담고 있는 병원에서 근무한 지 2년이 다 되어간다. 기존에 7년가량 근무하던 지역에서 나를 따라 이동한 환자들이 내 전체 환자 중 상당수를 차지한다. 자가용이 있으면 몰라도 그 지역에서 현재 병원까지의 거리는 왕복 2~3시간이 걸리는, 오기가 꽤 부담스러운 수 있는 위치다. 이렇게까지 환자들이 나와 함께 치료를 이어가려 노력한다는 것은 나를 믿고 의지하기 때문일 것이라 생각했지만, 당사자들에게 직접 확인해봤을 때 환자들의 대답은 나의 예상과 많이 달랐다.

환자 A : "선생님에 대한 믿음은…… 완전히 믿는 것이 100%라면 한…… 3%?"

환자 B : "저는 선생님을 믿을 수는 없어요."

환자 C : "저는 선생님을 다이어리라고 생각해요. 무생물이요."

환자 A와 함께 한 시간은 4년 정도다. 우리는 정말 많은 대화를 나누었다. 내가 말이 통해서 좋다고, 다른 사람들이랑은 말이 안 통한다고 했던 A가 나에 대해 가지고 믿음이 3%라고 말했다. 자신도 당황스러웠는지 A는 멋쩍게 웃었다. 환자 B는 특별한 날이 아니어도 서울의 유명 과자점에서 한정판 초콜릿과 멋진 케이크를 예쁜 손 편지와 함께 나에게 주곤 하며 "선생님, 파이팅!"이라고 응원해주던 환자다. 나를 믿지 못한다고 말한 뒤에 미안했는지 다음 진료 시간에 "앞으로는 선생님을 믿으려고 노력하겠다"라는 편지를 정성스레 써왔다. 마지막으로 환자 C도 그렇다. 우리는 다른 사람들과는 절대 나누지 않을 이야기들을 한 사이였지만, 그건 내가 무생물이라 가능했던 것이었다. 세련된 이미지의 무표정한 C가 던진 '다이어리'라는 말에 나는 묘하게 의기소침한 심정이 되었다.

환자들이 나를 신뢰할 것이란 생각에는 근거가 없지만은 않다. 여느 정신과 의사와 환자가 그러하듯이, 우리는 만날 때마다 깊은 대화를 나누고 환자들이 자신에 대해 몰랐던 사실들을 함께 발견해왔다. 게다가 환자들이 나를 따라 이렇게 멀리까지 따라와 준 것은 그들이 그만큼 나를 의지한다는 증거라고 믿었다. 지금까지 내가 착각한 것에 지나지 않았다는 사실에 머쓱해졌지만, 한편으로 환자들의 입장에서는 참 불안했겠구나 싶다. 온전히 믿을 수는 없는 대상에게 자신의 감정과 비밀스러운 이야기를 하면서 안전하다고 느낄 수 있었을까? '그래서 나와 면담을 할 때마다 무표정한 얼굴로 전혀 감정 변화를 보여주지 않거나 눈

물이 나오면 불안해했던 것이구나.'

누군가를 믿는다는 게 마음먹는다고 되는 것이 아닌지라, 환자 입장에서도 그런 상황이 답답하거나 혼란스러웠을 수 있다. 실제로, 나를 믿지 못한다고 말하던 어떤 환자는 눈물을 펑펑 흘리며 슬퍼했는데, 내 눈에 비친 그의 모습은 자신이 나를 믿을 수 없다는 사실에 깊이 상처를 받은 사람처럼 보였다. 스스로를 보호하기 위해 아무도 믿지 않지만, 믿을 수 없기에 그들은 슬퍼하고 있었다. 아무도 믿을 수 없다는 것은 참 외로운 일이다. 환자의 기밀을 누구에게도 누설하면 안 되는 안전한 시스템 안에 존재하며 꽤 오랜 기간 함께한 치료자조차도 그들은 믿을 수가 없다.

전공의 1년 차 시절, 처음 의국에 들어가 느꼈던 당혹감을 지금도 기억한다. 개인적으로나 인간적으로 위 연차와 교수님들은 좋은 분들이 대부분이었지만 그들이 속해 있는 거대한 시스템은 인간적이지 않았다. 인간의 기본적인 욕구가 박탈되는 환경인 것은 차치하고서라도 아래 연차의 감정을 신경 써준다는 사치를 부릴 만한 환경은 절대 아니었다. 쏟아지는 업무와 급변하는 환자들, 응급실과 병동에서 쏟아지는 콜에 나는 신속하게 대응할 수 있는 사람이 되어야 했고, 나를 그런 사람으로 만들기 위해 위 연차들은 나를 맹렬히 트레이닝시켰다.

아침 회진을 돌고 나의 선택과 판단들을 위 연차들이 평가하는 시간이 있었는데, 그 시간만은 정말 피하고 싶었지만 절대 피할 수 없는 시간이었다. 잠도 못 자고 온 병원을 돌아다니면서 면담하며 보낸 어제 하루에 대한 성적을 1시간 동안 신랄하게 평가받는 시간이 지나고 나면 눈물이 나거나 화가 나기 일쑤였는데, 그런 감정을 달래줄 때도 가끔은 있었지만 대개는 스스로 추스르고 오늘의 업무를 해치우려 출동하곤 했다. 나의 감정을 달래줄 수 있는 대상은 의국에 존재하지 않았다. 수직적인 사회 안에서 가끔 하는 회식은 업무의 연장선상일 뿐, 아래 연차에게 위로가 되는 시간이라고 느껴지지 않았다. 내가 겪고 있는 어려움을 알아준다면, 그 시간에 병원에 남아 일을 할 수 있게 해주는 게 더 맞는다는 생각에 분노가 치밀어 오르기도 했다.

그맘때의 나는 인간에게 다소 적대적이었으며, 안전하고 편안하다는 느낌을 거의 느껴본 적이 없었고, 내 마음을 알아주는 사람이 없다는 생각에 외로웠다. 그러나 가끔 위로가 되었던 순간들도 분명히 있었다. 조증 상태였던 화가 할아버지 환자에게 나의 색연필을 내어드렸을 때 환희에 찬 표정을 지으시던 순간, 난폭한 치매 할머니 환자가 증상이 호전되어 매일 꼬집어 뜯기만 하시던 나의 얼굴을 가만히 바라보며 "넌 코만 하면 되겠다"라고 말하여 간병인과 함께 빵 터지던 순간, 외래에 약을 타러 왔다가 나와 마주쳤을 때 반가워했던 환자들의 얼굴, 고맙다며 직접 농사지은 참외를 한 바구니 가지고 오셨던 보호자분. 나의 노력에 감사해주는 사람들, 나에게 진심 어린 말을 건네는 이들의 존재는 내가 수용 받는 경험을 하게 해주었고 계속 힘을 낼 수 있게 해주었다. 그들이 없었다면 내가 어떻게 버텼을지 모르겠다.

이처럼 나는 어떤 환경에서 인간이 사람을 믿을 수 없게 되고 경계 태세가 되는지, 어떤 순간에 그런 마음이 말랑말랑해지고 이완되는지 극명하게 느껴봤기 때문에 나를 믿지 못하는 그들의 마음 또한 이해한다. 과거에도, 그리고 현재에도 그들이 맞닥뜨리고 있는 바깥세상은 그들에게 안전하다고 느껴지는 곳이 아니다. 무언가 믿었다가는, 의지하려고 했다가는 실망하고 상처받을 것이 빤한 곳이라고 생각한다면 과거의 내가 그러했듯이 믿지 않는 게 맞는 것이다.

그러나 나는 안다. 환자들은 두려운 마음을 안고서도 나를 믿으려고 부단히 노력하고 있다. 나 또한 그들이 나를 믿을 수 있게끔 노력하고 있으며, 우리의 관계 안에 변화는 계속 일어나는 중이다. 환자 A와 나는 한 팀이 되어 노력한 결과로서 3%라는 신뢰를 형성했으며, 나는 개인적으로 이를 영광스럽게 생각한다. A와 관계를 맺은 인물 중 가족을 포함해서 아직 거기까지 도달한 사람은 현재까지 나밖에 없기 때문이다. 환자 B는 나에게 선물을 가져다주지 않는 연습을 하는 중이다. 나는 B가 선물을 가져다주지 않아도 우리의 관계가 변함없이 유지될 수 있다는 것을 B에게 확인시켜주는 중이다. B는 우리의 관계 안에서 자신의 감정을 자유롭게 표현하고 권리를 주장하며, 상대방보다 자신의 욕구를 우선으로 생각하는 연습을 해나가는 중이다. 평소 진료실에서 눈물이 나면 무척 당황해하던 B가 지난 치료 시간에 눈물을 담담히 닦으며 의연하게 나의 앞에서 감정을 드러내던 모습을 나는 기억한다. 마지막으로 환자 C는 나를 다이어리에서 안전한 장소(safe place)로 승격시켜 주었다. 사람이 많은 곳에 가면 불안하고 힘들었기에 집에서만 머무르던 C는 현재 아르바이트를 시작하여 몰아치는 업무량과 인간관계의 갈등 속에서도 꿋꿋이 버티는 중이다. 과거 내 환자들이 나에게 해주었던 것처럼, 그들에게 전달하려는 나의 마음이 그들을 변화시키는 것이 아닐까 짐작해본다.

나는 본능적으로 환자에게 다가간다. 나의 환자들은 훌륭한 스승님의 가르침보다도, 무서운 선배의 위협적인 지시보다도 더 강한 힘으로 자연스럽게 나를 이끈다. 그들의 감정에 귀를 기울이며 그들이 겪은 일들의 의미를 찾아나가는 여정을 함께하다 보면 우리는 자연스럽게 친밀해진다. 함께 울고 웃는 순간들은 점점 늘어가고 깊은 감정을 나누다 보면, 친밀함이라는 건 자연스럽게 자라나니까. 환자마다 친밀해지는 속도도, 친밀함을 표현하는 형태도 다르지만, 그것은 결국 믿음이 자라나고 있음을 뜻하기에 나는 그런 변화를 감지할 때마다 안도한다. 환자들이 나와 함께해주었던 순간들이 그랬듯이, 치료자와 나누는 친밀함이 해독제로 작용하여 그들을 방어적인 상태에서 벗어나게 도와줄 것이라 믿기 때문이다. 상처에서 새살이 돋아나듯 믿음이 자라나면 그들은 더 이상 나를, 이 세상을 두려워하지 않아도 된다. 우리는 개인일 때 취약하다고 느낀다. 하지만 우리가 서로 연결되어 있다고 느끼면 든든하고 의지가 되며 편안해진다. 환자들이 과거에 혼자라고 느꼈던 나를 돌봐주었듯이 이제는 내가 그들을 돌봐줄 것이다.

제23회 장려상 수상작이다. 글쓴이 박미희는 도담정신건강의학과의원 진료원장으로 수상 소감에서 "어렴풋이 느끼기만 할 뿐 그것으로 무언가를 해야겠다는 생각이 없었던 우뇌 같은 저에게 좌뇌 역할을 해주시는 임미정 원장님이 있었기에 새로운 공부도 용기를 내어 시작할 수 있었고, 감정을 언어화하여 글로 표현할 수 있게 되었습니다. 그리고 그 덕에 이렇게 상도 타보고 수상 소감도 말해봅니다. '사람은 누구와 함께 하느냐에 따라 변할 수 있구나, 그렇기에 좋은 사람과 인연을 맺는다는 것은 고마운 선물이구나'를 느끼는 요즘입니다. 이렇게 원장님이 저를 바꾸어놓으신 것처럼, 지금까지 만나왔던 환자분들은 제가 환자를 좋아하는 의사가 될 수 있게 해주셨습니다. 여러분을 만날 수 있게 되어 너무나 좋았고, 앞으로도 오랫동안 여러분과 함께하고 싶습니다."라고 말했다.

# 너의 가족이 되어줄게

"여보세요."

"네, 김용식 씨 누나 되시죠?"

"(……)네, 맞습니다."

낯선 지역번호로 걸려온 전화 너머로 흘러나온 '김용식'과 '누나'라는 두 단어의 조합은, 이질적이면서도 한편으로는 반가웠다. 만약의 사태를 대비해 용케도 내 번호를 외워가서 비상연락망에 적어둔 그 녀석이 기특했다.

"○○ 구치소에서 전화드렸습니다. 김용식 씨 금일 재판에서 실형선고 되어 법정구속 후 ○○ 구치소로 이감되었음을 알려드립니다."

"아, 네……. 알려주셔서 감사합니다."

그래도 아니길 바랐었는데. 엊그제 병원에서 본 모습이 마지막이었다고 생각하니, 밀려오는 허탈감은 짧은 탄식으로 이어진다.

용식이와의 인연은 이른 봄, 꽃샘추위가 채 가시기 전 시작되었다. 피곤한 토요일 당직이 마무리되고 교대하기 1시간 전, 응급실 전원 전담팀에서 전화가 걸려왔다.

새벽 1시, 건물 화단에서 머리에 피를 흘린 채 쓰러져 있는 20대 남성을 인근 병원으로 이송하였으나 다발성 중증외상이 의심되어 전원 문의가 온 것이었다. 떨어진 건물의 높이는 목격자가 없어 알 수 없다고 했다. 흉부 및 복부의 활동성 출혈 및 폐 손상이 심해 인공호흡기를 적용하고 있음에도 불구하고 산소포화도가 확보되지 않는 상태이나, 현재 병원에서는 외상외과 의사가 없어 치료가 불가능하단다.

신속히 전원이 결정되었다. 이송까지 남은 시간 동안 활동성 출혈에 대한 응급혈관 색전술 및 심폐손상에 대비한 에크모(체외막 산소공급 장치) 삽입이 필요할 것으로 생각되어 영상의학과 당직과 흉부외과 에크모팀에게 연락해 스탠바이를 부탁했다.

사고가 난 시간은 새벽 1시, 전원 문의는 6시간 뒤인 오전 7시. 이미 중증외상 환자 치료의 골든아워는 지나간 상황으로 이송 중 심정지가 발생해도 이상하지 않은 상태일 것이다. 전날의 당직으로 인한 피로감 따위는 잊어버릴 정도로 긴장감 속에 소생실에서 환자를 맞을 준비를 했다.

2시간 뒤인 오전 9시, 요란한 사이렌 소리가 들렸다. 이윽고 소생실로 환자 카트를 밀고 들어오는 구조사들의 익숙한 모습이 보였다. 역시나 환자는 죽음의 문턱에 한 발을 이미 디딘 상태였다. 인공호흡기 세팅 값이 최대치였음에도 불구하고 산소포화도는 유지되지 않았고, 흉부와 복부 모두 출혈이 진행되고 있었다.

병원에 있는 모든 혈액을 끌어다 수혈하면서, 출혈 부위를 잡기 위한 혈관 색전술을 하기 위해 혈관조영실로 옮겨졌다.

"선생님! 혈압 50에 세츄레이션(saturation) 40%까지 떨어져요!"

혈관조영실 간호사의 다급한 외침과 모니터상의 빨간 신호음이 뒤엉켜 혈관조영실 안을 휘감고 있었다. 심한 폐 손상으로 더 이상 인공호흡기만으로는 산소 공급이 되지 않아 에크모 삽입을 결정했다. 혈압과 산소포화도가 계속 떨어지고 있는 상황에서 절차를 갖춘 소독과 준비과정은 사치다. 혈관조영실 베드에서 소독약을 들이붓고, 에크모 기계를 세팅하고 있는 사이 에크모 팀이 도착했다. 15분 뒤 에크모가 삽입되고 기계가 돌아가자, 환자의 활력 징후는 조금씩 정상으로 돌아오기 시작했다. 이 모든 것들은 불과 환자가 응급실에 도착한 후 1시간 내에 이루어진 일이다.

머리, 경추, 폐, 갈비뼈, 대동맥, 간, 신장, 척추뼈, 팔, 다리 등등 어느 곳 하나 온전한 곳이 없었고, 특히 대동맥 손상으로 인해 당시 생존 확률은 5% 미만이었다. 외상의 중증도를 나타내는 손상 중증도 점수는 무려 41점이었다. 손상 중증도 점수가 15점을 초과하면 '중증외상'이라고 하는데, 용식이는 한참을 초과한 수치였다. 더군다나 주말이어서 일손이 부족했고, 다친 지 8시간이 넘어서야 우리 병원으로 왔기 때문에 아무도 용식이가 생존할 것이라 생각지 않았다. 하지만 그래서 더 살리고 싶었던 것 같다.

주변 사람들에게 우스갯소리로 외상외과 의사는 자신의 수명을 갈아서 환자의 숨을 붙들어 놓는다는 이야기를 하곤 했다. 사지가 붙들려 저승으로 끌려가고 있는 환자의 옷자락을 얼마나 간절히 당기느냐에 따라 환자의 예후가 달라지는 것을 종종 경험했기 때문이다.

간절함이 닿았던 걸까. 27팩의 수혈과 3번의 수술, 20일 간의 중환자실 치료 끝에 드디어 일반 병실로 옮길 수 있었다. 비 외상 환자들은 중환자실 치료가 끝나면 대부분 한시름 돌리지만, 외상 환자들은 일반 병실로 옮겨지는 순간부터 또 다른 전쟁이 시작된다.

돈과의 전쟁.

병원 치료비야 어찌어찌 후원금으로 막아본다손 쳐도, 그놈의 간병비가 항상 문제였다. 보호자라도 있으면 다행이련만 우리 센터로 오는 환자들은 절반 이상이 보호자가 없거나 버림을 받은, 소위 독거인들이다. 살기 위해 필요한 모든 치료 행위들이 돈으로 직접 연결되기에, 질병과 재난은 가난한 자들에게 더욱 잔인하다. 더군다나 간병비는 대표적인 비급여 항목으로, 온몸이 부서져 꼼짝없이 누워 대소변을 받아내야 하는 중증외상 환자들은 일주일에 돈 백만 원은 우습게 간병비로 날아간다.

중환자실에서부터 의식 없는 용식이의 각종 시술과 수술동의서를 받기 위해, 경찰로부터 받은 보호자 연락처로 수십 번 전화를 돌려보았으나 그 누구도 받지 않았다. 분명히 부모님 연락처인데, 의아했다. 간신히 연락이 닿은 친구라는 사람으로부터 그제야 용식이의 사정을 전해 들었다. 세 살 남짓 무렵, 보육원 문 앞에 버려졌고 갖은 구타와 폭언을 견디다 못해 중학생 때 보육원을 뛰쳐나와 지금까지 길거리 생활을 했단다. 그래도 열심히 돈을 벌어보겠다고 온갖 일을 다 하며 살던 친구인데, 왜 건물에서 뛰어내렸는지 이해가 안 된다는 말을 끝으로 통화는 끝났다.

동정과 딱한 감상에 젖어 있을 시간은 없었다. 간병비가 확보되어야 병실로 갈 수 있으니까. 할 수 있는 모든 방법은 다 써보았지만 후원 기준에 맞지 않아서, 신분을 증명할 수 있는 서류를 동사무소에서 발급받아야 하는데 보호자가 없어서 등등 갖가지 이유로 간병비 후원은 거절당했다. 환자 상태가 좋지 않아 잠을 못 자고 집에 못 가는 건 이제 이골이 나서 힘들지 않지만, 의술로는 해결할 수 없는 이런 문제들 때문에 치료에 차질이 생기면 절망감을 넘어선 회의감이 든다.

결국 담당 지정의인 내가 지불 보증을 하고서야 간병인을 구할 수 있었다. 환자의 돈을 대신 내주는 의사라는 타이틀은 요즘 같은 시대에는 전혀 자랑이 아니다. 사회 시스템의 허점을 일개 개인이 영웅인 것처럼, 메우려는 것 같이 보일 수 있기 때문이다. 그렇기에 용식이는 물론, 병동 간호사와 전공의들에게는 개인 후원자가 있다고 둘러댈 수밖에 없었다.

많은 우여곡절 끝에 다친 지 한 달 만에 용식이는 걸어서 병원 밖으로 나갔다. 나가서도 갈 곳이 없는 처지인 것을 잘 알기에, 퇴원하는 날 용식이에게 명함을 건넸다. 언제든 힘들 때 연락하라고.

용식이와 함께 찾아왔던 꽃샘추위는 어느덧 지나가고 벚꽃이 떨어질 무렵, 꽤 씩씩한 표정으로 외래에 찾아온 그 녀석은 친구 집에서 잘 지내고 있다고 했다. 피검사 수치와 영상검사 결과 모두 안정적이었다.

그렇게 봄이 오려나 싶었다.

"띠링"

몇 시간째 모니터만 응시하던 피곤한 시선을, 한 통의 문자메시지 알림 소리를 듣고서야 돌릴 수 있었다.

'교수님, 저 용식이입니다. 다름이 아니라 조만간 멀리 떠나야 할 것 같아서, 평소 하지 못했던 말과 하고 싶은 말을 하려 글을 적습니다. 사실, 퇴원 후 방황을 했었습니다. 가야 될 집이 없어서 노숙도 해봤고, 심지어 무료급식소로 가서 끼니를 해결했습니다. 교수님한테는 친구 집에서 지낸다고 했지만, 차마 말을 못 하겠기에 이제라도 말씀드립니다. 저 정말 죽고 싶었습니다. 하루가 너무 길었고, 지옥이 이런 건가 싶었습니다.'

그 뒤의 말은 읽지 않고, 바로 전화를 걸었다.

"너, 내일 시간 날 때 병원에 좀 와라. 커피 사 줄게."

"네, 교수님……."

이튿날 오후, 계절에 맞지 않는 옷차림을 한 녀석을 병원 카페에서 만났다. 말없이 커피만 마시던 용식이는, 어렸을 때 보육원에서 가출한 뒤 갈 곳이 없어 방황하다가 비슷한 처지의 또래 아이들과 어울려 다니기 시작했다는 말로 입을 열었다. 그때 어울리던 친구들이 저지른 일에 같이 휘말려 재판을 받고 있는데, 너무 억울해서 술김에 건물에서 뛰어내렸다고 했다.

"교수님, 제가 퇴원 후에 떨어진 건물에 찾아가서 CCTV를 확인해 봤는데요. 제가 떨어진 건물 옥상이 27층이었답니다. 제 눈으로 봐도 이해가 안 됩니다. 정말 교수님 덕분에 기적처럼 살 수 있는 것 같아요."

전원 올 당시에도 목격자가 없어, 떨어진 높이는 미상이라고 아직 차트에 적혀 있다. 그런데 27층이었다니. 운이 좋아 주변 가로수 가지에 걸려도 즉사할 수 있는 높이다. 아마도 전국의 권역외상센터에 추락으로 내원하여 생존한 환자 중 최고 높이일 것이다.

최종 공판을 이틀 앞두고 감사하다는 말을 하고 싶어서 찾아왔단다. 애써 무덤덤한 척 어깨 한번 툭 쳐주고, 주전부리를 한가득 사서 돌려보냈다. 공판 결과는 좋을 것이니 기죽지 말라는 말과 함께. 착잡한 마음을 애써 추스르고, 용식이를 돌려보낸 뒤 회진을 돌기 위해 병동으로 갔다. 용식이가 예전에 머무르던 병동에 들어서자, 간호사님이 웬 음료수 상자를 보여주는 것이 아닌가.

"이게 뭐죠?"

"아까 글쎄 김용식 환자가 병동에 찾아와서 감사하다며 이걸 주지 뭐예요. 전 처음에 못 알아봤어요. 너무 멀쩡히 걸어 들어와서 다른 환자 보호자인 줄 알았어요."

이렇게 멀쩡하게 인간 구실을 하고 살지 몰랐다며 눈물을 글썽이는 간호사님의 모습에, 간신히 누른 마음이 다시 울렁거렸다.

최종 공판일 아침, 용식이에게 마지막 문자가 왔다.

'아마 교수님이 아니었다면 저는 죽었습니다. 다치고 난 후, 교수님의 호의가 너무 감사했지만 혼자 망상도 하고 착각도 했습니다. 이제는 확실히 알겠습니다. 저 사실, 인생 살면서 제 이야기에 귀 기울여주고 제 말을 믿어주는 어른과 사람을 본 적이 없습니다. 항상 가족을 갖고 싶었는데, 교수님은 저에게 진정 부모님 같은 분이십니다. 재판 결과를 떠나, 두 번 다시 이런 행동과 마음조차 안 먹겠습니다. 실망시켜드리는 일 없이 어려운 사람들 도우며 베풀면서 살겠습니다. 정말 감사합니다. 재판 잘 받고 오겠습니다.'

어느덧 겨울이다.

용식이가 떠난 후에도 많은 환자들이 갖가지 사연을 안고 외상 센터로 실려오고 있다. 코로나로 생계가 어려워져 사는 게 죽는 것보다 못하다며 칼로 배를 찌른 어느 동네 호프집 사장님, 먹고살기 위해 배달 일을 하다가 졸음운전 차량에 치인 청년, 서울에 사는 아들을 보려고 시골에서 올라와 아들 집을 찾다가 뺑소니 사고를 당한 아줌마, 그리고 최근 전 국민을 가슴 아프게 한 이태원 참사 환자들까지.

병원 안에서는 모두 똑같은 환자복에 인공호흡기를 달고 온몸에 주삿바늘투성이인 많은 환자들 중 한 명이지만, 그들은 사실 모두 우리의 가족이었고 친구였으며 이웃이었다.

외상외과 의사를 포함한 대다수의 의사들은 응급실, 중환자실, 병실, 외래 등 병원 지붕 아래에서만 환자들을 만나고 있다. 그들이 원래의 삶으로 복귀하는 시점부터는 어떤 삶을 살아가고, 어떤 문제를 겪고 있는지 알 수가 없다. 혹자는 이렇게 말할지도 모른다. 치료 잘해서 퇴원시키는 것으로 의사의 임무는 끝나는 것이라고.

세계보건기구 WHO에서는 '건강'을 이렇게 정의하고 있다.

"단지 질병이 없는 상태를 의미하는 것이 아닌 신체적, 정신적, 사회적으로 완전한 상태."

신체적인 아픔만 치료해준다고 해서, 환자가 건강하다고 이야기할 수는 없을 것이다. 사회적인 기능 회복의 책임을 환자와 보호자들에게만 지울 것이 아니라, 의사도 관심을 가져준다면 우리의 환자들이 병원 밖에서도 '건강'해지지 않을까?

병원에서도 보호자가 없던 용식이는, 2평 남짓한 창살 안 공간에서도 보호자가 없어 나를 '누나'라 부르며 편지로 소식을 전하고 있다.

이 겨울도 결국 지나갈 것이고, 다시 봄은 온다. 찾아올 봄과 함께 용식이가 돌아오는 날을 기다리며, 이렇게 편지를 보낸다.

"너의 가족이 되어줄게."

제22회 장려상 수상작이다. 글쓴이 이신애는 서울대병원 외상외과 진료교수로 수상 소감에서 "낯선 만큼 복지나 사회적인 관심의 사각지대에 놓인 외상 환자들이 많습니다. 교통사고, 산업재해뿐만 아니라 자살, 자해, 범죄사건 등 스스로 목소리를 내기 힘든 사람들이 외상센터 환자의 상당 부분을 차지하기 때문입니다. 이런 외상 환자들의 목소리가 되어주고 싶어, 어렵게 용식이의 이야기를 공개하였습니다. 병원 안팎에서의 '돌봄'의 문제는 암 환자, 말기 환자, 연명치료 중단 환자들을 포함하여 중증외상 환자들에게도 중요한 이슈입니다. 가족들과 환자 주변인들에게만 무겁게 지어지는 돌봄의 문제를 국가와 공동체가 나누기 위해서는, 환자의 가장 가까운 곳에 있는 의료진들의 관심이 필요합니다."라고 말했다.

# 한미수필문학상
## 심사평 & 소개

# 제21회 한미수필문학상 심사평

홍기돈 교수 · 정호승 시인 · 한창훈 소설가

 

 

예심을 통과한 작품들은 어느 하나 만만한 작품이 없었던 까닭에 심사가 쉽지 않았다. 그래서 각 심사자가 일곱, 여덟 편의 작품을 추천한 뒤, 각 작품의 장단점을 토론하면서 대상 및 우수상을 선정하였다. 각자의 추천작을 전반적으로 살피면서 진행된 장려작 선정에서도 각 작품의 장점을 되짚어야 할 만큼 예심 통과작의 수준이 고르게 높았다는 사실을 밝혀둔다.

지난한 논의 끝에 심사자들은 대상 작품으로 <법으로 막을 수 없는 것>을 선정하였다. 이 작품에서 가장 인상적인 것은 의사의 역할이 강렬하게 부각되었다는 사실이다. 법의 한계로 인하여 생명이 위태로운 환자를 치료할 수 없는 상황에서 의사는 어떠한 선택을 하여야 하는가. 이 대목에서 의술은 곧 인술이라는 명제가 문득 되새겨진다. "만약 잘

못될 경우, 누가 감옥에 갈 것인지에 대하여" 토론하는 상황은 상황의 엄중함을 환기시키며, 단문으로 툭툭 끊으며 전개하는 글쓰기 또한 퍽 안정적이라 할 수 있다.

우수상으로 선정된 작품은 다음과 같다. 먼저 마지막까지 대상 후보로 김토했넌 작품이 <벼랑 끝에 서서>였다. 탄탄한 문장뿐만 아니라 표현의 완성도까지 상당한 수준이다. 또한 긴박한 순간에서 휘돌아가는 여유가 드러나는 것이 상당한 내공을 드러내고 있다. 다만 마지막 부분에서 코로나 상황으로 나아가며 일반적인 당위로 흐르는 탓에 그 장점이 희석되는 면이 있어서 아쉬움을 남겼다.

<철을 깎는 파도>는 의무기록의 적용을 둘러싼 문제를 다룬 수작이다. 정작 치료가 필요한 이들은 경제적 곤란으로 인해 정신과 치료를 제대로 받지 못하는 한편 치료 기록이 없는 탓에 군 복무에서 혜택을 받지 못하는 현실이 자리하고 있다. 거꾸로 병역을 회피하기 위하여 짜맞춘 서류를 제출하고 연기를 펼치는 부유층도 있다. 소재의 독특함이 주효하였을 뿐만 아니라, 대조되는 경우가 양립하여 건조해질 우려가 있었음에도 불구하고 이를 장점으로 만들어낼 줄 아는 솜씨가 돋보인다. 물론 이를 가능케 했던 것은 현실에 대한 분노와 약소자에 대한 인간 본연의 공감이었다. 글쓴이의 그러한 감정은 독자로서의 심사자에게도 그대로 전해졌다.

<합력하여 선을 이루는 기적, 뇌사자 장기기증> 또한 의사의 헌신적

인 역할이 긴박하게, 그래서 적극적으로 드러난 작품이다. '생명이 꺼져가는 환자들의' 입장에서 촉급한 상황 가운데서 지검, 법원으로 뛰어다니고 국립장기이식관리센터를 경유하여 병원에서 수술을 가능케 하도록 만든 과정이 상당한 흡입력을 확보하고 있다. 그 가운데에서도 검사 앞에서 주눅이 든 심정 표현 등은 의사로서의 사명감을 부각시키면서 동시에 웃음이 떠오르도록 한다. 의사의 이러한 노력들이 제대로 알려진다면 뇌사자 장기기증 문화는 한결 개선되지 않을까 싶다.

## 제22회 한미수필문학상 심사평

성석제 소설가(심사위원장) · 박혜진 문학평론가 · 장강명 작가

올해 한미수필문학상에 응모된 글은 총 126편이다. 해를 거듭할수록 더 많은 글이 응모된다는 사실이 글 쓰는 의사의 수가 조금씩이나마 증가하고 있다는 정량적 의미만 지니는 것은 아닐 것이다. 글은 서로 다른 입장에 있는 사람들을 연결해주는 최적의 매체이자 최선의 매체다. 그렇다면 늘어나는 편수가 환자의 자리에 서보려는 의사들의 마음이 증가하고 있다는 의미로 읽는 것도 과장은 아니지 않을까. 이번에 응모된 126편의 글을 읽으며 환자와 보호자 그리고 의사라는 삼각의 결속체 안에서 의사들이 겪는 고민과 갈등, 깨달음과 부끄러움, 다짐과 반성을 섬세한 렌즈로 들여다볼 수 있었다. 각별하고도 뜻깊은 시간이었다. 그중 본심에 오른 작품은 30편으로, 환자이면서 의사이고, 의사이면서 보호자이며, 보호자이면서 환자인 입장에서 쓴 글들의 증가가 눈에 띄었다.

제22회 한미수필문학상 대상으로 선정된 작품은 <유방암 환자의 군가>다. 이 글은 암 환자에게 케모포트를 삽입하던 영상의학과 의사가 겪은 일화를 그린 작품이다. 케모포트를 삽입하기 위해 마취를 하고 기다리던 중, '나'의 귓전으로 환자가 부르는 군가 '멸공의 횃불'이 들려온다. 오늘 부르려고 어제 아들에게 배워왔다는 환자는 이런 말도 덧붙인다. "힘들고 어려울 때 부르는 게 군가잖아요." "선생님, 저 살고 싶어요." 암 선고 이후 행해지는 첫 번째 시술을 받고 있는 이 순간은 환자에게 있어 더없이 힘들고 두려운 한순간인 반면, 의사인 '나'에게는 비교적 간단한 과정으로 끝나는 반복적 일상이다. 흑과 백이 만나는 것처럼 강렬한 대비를 담고 있는 한순간의 발견이 아닐 수 없다. 더욱이 건강한 육체로 합창하는 군가가 약한 육체의 여성이 홀로 부르는 노래로 전환되는 순간 발생하는 전복은 흑과 백처럼 갈라져 있던 두 사람을 뒤섞으며 '삶'이라는 하나의 색깔을 만들어낸다. 지난한 치료 과정을 앞둔 환자의 마음에 대한 주의 깊은 관찰, 의사의 일상과 환자의 비일상이 만나는 시공간으로서의 '병원'에 대한 성찰이 빛나는 글이다.

우수상으로 선정된 작품은 <애기, 엄마>, <말 한마디의 무게>, <마지막 재회>다. <애기, 엄마>는 희귀병을 앓고 있는 환자를 치료하던 중 추가 시술이 불가능하다는 것을 인지한 의사가 가능한 조치만 마무리한 뒤 보호자와 대화를 나누던 중 자신의 역할을 포착하는 글이다. 수술 결과를 있는 그대로 정확하게 전달하자 보호자가 한 가지만 물어볼게 있다고 한다. "뭐라고 설명해야 우리 애기가 실망을 하지 않을 수 있을까요?" 서른이 넘었지만 몸은 130센티미터가 채 되지 않은 아들을

'애기'라 부르는 보호자의 말에서 지난 세월을 짐작할 수 있기도 하거니와 돌봄에 있어 가장 중요한 소통은 정확한 사실을 전달하는 일뿐만 아니라 실망과 낙담으로부터 환자를 지켜내는 것이기도 하다는 깨달음을 주는 글이다. 의사와 환자, 환자와 보호자만이 아니라 우리 일상에도 소중한 앎을 준다.

<말 한마디의 무게> 역시 보호자 및 환자와의 대화 속에서 의사의 말하기, 의사의 듣기, 요컨대 의사의 태도에 대해 고민하는 글이다. 10년 전, 아직 초보 주치의였을 무렵, '나'는 잊지 못할 사건을 경험한다. 환자에게 의사인 자신이 하지 않은 '희망의 말'을 마치 한 것처럼 전하는 보호자를 불러 잘못을 지적해주었던 일이다. 그러나 보호자는 상황을 잘못 알고 있기는커녕 누구보다 정확하게 환자의 상태를, 그러니까 섣불리 희망을 말할 수 없는 환자의 상태를 잘 알고 있었다. 그리고 중요한 한 가지를 더 알고 있었다. 따뜻한 말 한마디의 무게다. 치료는 몸에서만 일어나는 일은 아니다. 잊을 만하면 떠올라 자세를 곧추세우게 하는 그날의 기억은 마음을 잊고 사는 모두에게 시사하는 바가 크다.

<마지막 재회>는 시의성과 현장성이 가장 돋보이는 글이자 외면할 수 없는 시대의 화두를 담고 있는 글이다. 코로나 거점 전담병원으로서 요양원에서 온 어르신 환자들을 치료하며 화자인 의사가 보호자들에게 가장 많이 한 질문 중 하나는 연명치료에 동의하느냐는 것이었다. 부모님의 연명치료에 동의하지 않는 수많은 대답들 속에는 떨림과 자책으로 가득한 침묵의 목소리가 있다. 생의 마지막 순간을 결정짓는 상

황의 무게 앞에서 우리는 어떤 것을 묻고 답해야 할까. 코로나가 지나
간 자리에 남아 있는 중요한 질문이 아닐 수 없다.

성석제 소설가(심사위원장) · 박혜진 문학평론가 · 장강명 작가

병은 삶을 변형시킨다. 달라진 삶을 엄습하는 건 우선 고통일 테지만 그러한 고통만이 가르쳐주는 진실이 분명히 있다. 삶의 잔인함이기도 하고 삶의 자비이기도 한 진실에 노출될 때 우리는 비로소 자기 인생의 주인공이 된다. 병원은 저마다 자기 인생의 주인공으로 거듭나는 무대다. 환자는 그 무대의 주인공이고 의사는 그들의 변화를 지켜보는 화자이자 때로는 화자인 동시에 주인공이다. 의료 현장을 배경으로 한 수필이 그 자체로 하나의 장르가 될 수 있는 이유다. 작년에 이어 올해도 심사에 참여하면서 어느새 의학수필의 독자가 되어 있는 스스로를 발견했다. 클리셰 앞에서도 의학수필 특유의 장르적 재미를 느낄 만큼 푹 빠진 독자가 바로 나였다. 23년 동안 축적된 의학수필의 미학적 성취를 확인할 수 있는 시간이었다.

제23회 한미수필문학상에 응모된 글은 총 153편이다. 그중 본심 대상작은 29편으로, 예년과 비교해 색다른 형식으로 쓰인 글이 유독 많아 심사 과정이 더 즐거웠다. 무겁고 어두운 소재를 가볍고 일상적인 에피소드를 통해 경쾌한 터치로 풀어내는 글도 예년에 비해 증가했다. 이는 코로나를 지나면서 의료 현장을 휘감았을 무겁고 어두운 분위기가 오히려 밝고 희망적인 이야기를 전하고자 하는 반대급부로 나타난 것이 아닌가 짐작케 만드는 변화였다. 비극이 사회를 관통할 때 최전선에서 그 비극을 겪어낸 영역만이 도달할 수 있는 변화이기도 할 것이다.

대상작으로 선정된 <미워도 다시 한번>은 그러한 변화를 보여주는 대표적인 작품이다. 산문은 시나 소설이 아니지만 좋은 산문에는 시적인 서정도 있고 소설적인 서사도 있다. 어느 고도비만 환자에 관한 기억을 소재로 한 이 글은 2년 전 '비만 유발성 급성호흡곤란증후군'으로 중환자실에 들어와 두 달의 치료 끝에 60킬로그램을 감량하고 살아난 환자가 2년 만에 다시 중환자실에 입원하며 시작된다. 병원에 온 이유는 단 하나, 도로 살이 쪘기 때문이다. 글의 대부분은 180킬로그램에 육박하는 환자가 CT통에 끼어서 들어가지 않거나 아무리 진정제를 투여해도 잠이 들지 않는 등 난감한 상황에 대한 생생한 묘사다. 다음 장면을 예상할 수 없는 긴박한 전개, 전형적이지 않은 캐릭터 등 소설적인 재미가 컸던 이 글은 산문의 미덕이 무엇보다 높은 접근성과 가독성에 있음을 상기시켰다. 그러나 재미를 넘어서는 통찰도 빛났다. 삶과 죽음이 교차하는 심각한 문제와 비만과 다이어트라는 일상적 소재의 만남 속에서 의료 현장은 비극적인 공간만이 아니라 삶이 잘 통제되지 않는 우리 이웃들이 오고가는 희비극의 공간으로도 인식된다. 병원이라는 무대 위, 그동안 잘 알려지지 않았던 부분에 조명을 비추는 글이었다.

우수상으로 선정된 작품은 <수술방의 온도>, <확률과 선택>,<창 밖에 핀 여름꽃은 당신인가요>다. <수술방의 온도>는 솔직함이라는 매력이 돋보이는 동시에 의사가 환자가 되었을 때, 남편이 아내의 수술 집도의가 되었을 때, 아내가 남편의 환자가 되었을 때마다 변하는 입장을 차분하게 들려준다. 한 편의 짧은 글 안에 이토록 극적인 입장의 전환이 있을 수 있다는 사실과 그럴 때마다 바뀌는 심리적 변화의 다층적 부분들이 설득력 있게 깊이를 자아낸다. 인간이 성장한다고 할 때 그 성장의 방식이란 상상할 수 있고 이해할 수 있는 세계가 넓어진다는 뜻일 테다. 환자가 되어보기 전에는 결코 알 수 없었던 것들을 직접 경험하면서 필자는 능력 있는 의사에서 환자를 품은 의사로 거듭난다. 인생의 사건을 마주하고 넘어가며 기어이 성장하고 마는 담담하고 담대한 태도가 인상적인 글이다.

<확률과 선택>은 이지적인 분석과 감성적 호소가 균형 잡힌 글이다. 망막모세포종에 걸린 아이들의 안구적출을 하면서 경험하는 한계 상황과 그 상황을 개선하기 위해 필요한 조건이 설득력 있게 제시된다. 50%라는 확률은 사실상 어떤 의미도 없는 숫자 그 자체일 수 있다. 충분한 근거를 제공해주지 못하는 확률 앞에서 환자들은 어떤 선택을 해

야 할지 알지 못한 채 결국 후회를 불러올 선택을 하기도 하고 아무런 선택도 못한 채 시간을 보내기도 한다. 이 글은 환자에게 사실상 무의미한 확률 50%가 좀 더 의미 있는 근거가 되기 위해 어떤 변화가 필요할지 고민하고 제안한다. 의사과학자의 역할과 필요한 약을 스스로 만들 수 있는 독립적인 환경이 생겨날 때, 즉 "나의 존재가 선택의 이유"가 될 수 있을 때 확률로부터의 소외는 확률이라는 정보로 바뀔 것이라는 사유에는 현장에서 치열하게 고민하는 자만이 다다를 수 있는 전문성이 엿보인다. 더불어 의사의 존재는 환자의 근거일 수 있어야 한다는 당위는 '모두'가 의사를 꿈꾸는 시대에 정작 의사의 직업의식에 대한 각성이 결여된 사회를 비춘다.

<창밖에 핀 여름꽃은 당신인가요>는 잊을 수 없는 환자를 회상하는 의사의 글이다. 위암과 복막전이라는 진단을 받은 환자의 주치의가 된 필자는 거듭거듭 불행의 메신저가 된다. 항암치료를 하는 환자에게 추가로 발견된 유방암 얘기를 해야 하는 상황도 모자라 뇌 전이가 의심되는 상황을 거쳐 끝내 뇌 전이가 확인되는 과정을 거치며 필자는 불길한 소식을 전하는 전령의 역할을 피할 수 없다. 그러나 끊이지 않는 불행의 연쇄와 그때마다 저승사자가 된 기분을 느껴야 했던 곤란함 때문에 그 환자를 기억하는 것은 아니다. 감당하기 힘든 상황 속에서도 농담을 건네던 밝은 환자는 병이 삶을 변형시킬지언정 삶을 가져갈 수는 없다는 것을 일깨워준다.

의료수필은 병으로 인한 고통, 그로 인해 얻게 된 깨달음과 성장 말

고도 특징이 하나 더 있다. 병과 죽음이라는 명백한 끝 앞에서도 인간은 선택할 수 있는 존재라는 것이다. 자신에게 주어진 삶을 끝까지 끌어안는 환자들을 기억하는 것은 독자들이 의학수필을 읽는 첫 번째 이유이자 가장 중요한 이유일 것이다.

# 심사위원 소개

○ **정호승**

정호승은 시인이다. 1950년 하동에서 출생해 대구에서 성장했으며, 경희대 국문과와 동 대학원을 졸업했다. 1973년 〈대한일보〉 신춘문예 시 '첨성대', 1982년 〈조선일보〉 신춘문예 단편소설 '위령제'가 당선되어 문단에 등단했다. 《슬픔이 기쁨에게》, 《서울의 예수》, 《별들은 따뜻하다》, 《외로우니까 사람이다》, 《슬픔이 택배로 왔다》 등 다수의 시집과 《내 인생에 힘이 되어주는 한마디》, 《내 인생에 용기가 되어주는 한마디》, 《외로워도 외롭지 않다》, 《고통 없는 사랑은 없다》 등의 산문집을 냈다. 소월시문학상, 정지용문학상, 상화시인상, 공초문학상 등을 수상했다. 대구에 〈정호승문학관〉이 있다.

○ **한창훈**

한창훈은 소설가다. 1963년 여수시 삼산면 거문도에서 출생했다. 음악실 디제이, 트럭 운전사, 커피숍 주방장, 건설 현장 막노동꾼 등의 이력을 얻은 후 전업 작가의 길로 들어섰다. 1992년 〈대전일보〉 신춘문예에 단편소설 '닻'으로 당선된 후, 《바다가 아름다운 이유》, 《세상의 끝으로 간 사람》, 《홍합》, 《꽃의 나라》 등 다수의 장편, 소설집을 냈다. 한겨레문학상, 요산문학상, 허균문학작가상 등을 수상했다.

○ **홍기돈**

홍기돈은 문학비평가다. 1970년 제주에서 출생했다. 1999년 '작가 세계' 신인상을 수상하면서 문학비평가로 등단했다. 《페르세우스의 방패》, 《인공낙원의 뒷골목》, 《문학권력 논쟁, 이후》 등 다수의 평론집을 냈다. '김동리연구', '작가세계' 등의 편집위원을 역임했다. 현재 가톨릭대학교 국어국문학과 교수로 재직 중이다.

## ○ 성석제

성석제는 소설가이자 시인이다. 1986년 잡지 〈문학사상〉에서 시 '유리 닦는 사람'으로 신인상을 받으며 등단했다. 1994년에 소설집 《그곳에는 어처구니들이 산다》를 내며 소설가로도 활동하기 시작했다. 소설집으로 《그곳에는 어처구니들이 산다》, 《황만근은 이렇게 말했다》, 《이 인간이 정말》 등과 장편소설 《왕을 찾아서》, 《투명인간》 등이 있으며 산문집에 《소풍》, 《유쾌한 발견》, 《말 못하는 사람》, 《꾸들꾸들 물고기 씨, 어딜 가시나》 등과 명문장들을 가려 뽑아 묶은 《성석제가 찾은 맛있는 문장들》이 있다. 현대문학상, 동인문학상, 이효석문학상, 한국일보문학상 등을 받았다.

## ○ 박혜진

박혜진은 문학비평가다. 1986년 대구에서 태어나 이화여자대학교 국어국문학과를 졸업했다. 2011년 민음사에 입사해 편집자로 재직하던 중 2015년 '조선일보' 신춘문예를 통해 문학비평가로 등단했다. 비평집 《언더스토리》와 서평 산문집 《이제 그것을 보았어》를 냈다. 젊은평론가상, 현대문학상, 김종철시학상을 수상했다. 민음사 문학팀에서 편집자로 재직 중이다.

## ○ 장강명

동아일보 기자로 일하다가 2011년에 등단했고, 2013년에 전업 작가가 됐다. 장편소설 《표백》으로 한겨레문학상을 받으며 소설가로 데뷔했다. 장편소설 《열광금지, 에바로드》로 수림문학상, 장편소설 《댓글부대》로 제주4·3평화문학상과 오늘의작가상, 《그믐, 또는 당신이 세계를 기억하는 방식》으로 문학동네작가상, 단편 《알바생 자르기》로 젊은작가상, 단편 《현수동 빵집 삼국지》로 이상문학상을 받았다. 그 외 장편소설 《한국이 싫어서》, 《우리의 소원은 전쟁》, 《호모도미난스》, 소설집 《뤼미에르 피플》, 《산 자들》, 논픽션 《당선, 합격, 계급》, 《팔과 다리의 가격》, SF소설집 《지극히 사적인 초능력》, 에세이 《5년 만에 신혼여행》, 《책, 이게 뭐라고》를 썼다.

## 한미수필문학상 제정 취지 및 선정 방법

한미수필문학상은 날로 멀어져가는 환자-의사 관계의 신뢰 회복을 희망하는 취지에서 제정되었다. 신문 〈청년의사〉가 주최하고, 한미약품㈜이 후원하는 본 상은 수필 공모전으로서 지난 2001년부터 매년 하반기에 작품을 공모해왔다.

대한민국 의사면허 소지자라면 누구나 응모할 수 있으며, 자신이 진료한 환자를 소재로 하여 원고지 20매 내외로 작성된 수필이 공모 대상이다. 심사는 제22회부터 소설가 성석제가 심사위원장을, 작가 장강명과 문학평론가 박혜진이 심사위원을 맡아 진행한다. 시상식은 다음 해 1월 말 경에 있다. 대상 1인에게는 상금 1000만 원과 상패, 우수상 3인에게는 상금 각 500만 원과 상패, 장려상 10인에게는 상금 각 300만 원과 상패가 수여된다.

의사가 자신이 진료했던 환자를 소재로 쓴 수필을 대상으로 하는 본 상은, 환자와 의사 사이의 이해관계를 돕고 올바른 환자-의사 관계 재정립에 기여하고 있다.

## 제21회 수상작

**대상**   최세훈 〈법으로 막을 수 없는 것〉

**우수상**   박관석 〈벼랑 끝에 서서〉
박성광 〈합력하여 선을 이루는 기적, 뇌사자 장기기증〉
이진환 〈철을 깎는 파도〉

**장려상**   김준기 〈불확실성 견디기〉
문윤수 〈사망진단서〉
우샛별 〈언제든, 어디에서든〉
유새빛 〈심장이 뛴다〉
유인철 〈국경 없는 마을〉
이수영 〈엄마의 눈물〉
이한준 〈한 뼘의 벽을 사이에 두고〉
채명석 〈거북이의 눈물〉
한언철 〈회색, 그 모호한 경계에 대하여〉
허지만 〈운명의 무게, 430g〉

## 제22회 수상작

**대상**   최상림 〈유방암 환자의 군가〉

**우수상**   이도홍 〈마지막 재회〉
이수영 〈애기, 엄마〉
정다정 〈말 한마디의 무게〉

장려상　　김기경 〈뽀뽀를 하재요〉

　　　　　김연수 〈죽음을 맞이하는 의사라는 직업〉

　　　　　문성호 〈철심(鐵心) 의사 분투기〉

　　　　　박진선 〈내 어린 고양이 유자〉

　　　　　박천숙 〈폐경 유감(有感)〉

　　　　　박희철 〈구멍 뚫린 날〉

　　　　　유은혜 〈아기가 향수를 먹었어요〉

　　　　　유정주 〈의사 생활하면서 정신이 번쩍 든 순간〉

　　　　　이신애 〈너의 가족이 되어 줄게〉

　　　　　이영준 〈어떤 인연〉


## 제23회 수상작

대상　　　정진형 〈미워도 다시 한번〉

우수상　　박천숙 〈수술방의 온도〉

　　　　　안상현 〈창 밖에 핀 여름꽃은 당신인가요?〉

　　　　　조동현 〈확률과 선택〉

장려상　　강준원 〈평안입니다〉

　　　　　구본대 〈우리들의 블루스〉

　　　　　김창근 〈평양일기〉

　　　　　박관석 〈마지막 소원〉

　　　　　박미희 〈이번엔, 제 차례입니다〉

　　　　　박지욱 〈밤 인사〉

　　　　　성혜윤 〈반찬통과 테트리스〉

　　　　　유새빛 〈그녀의 신발〉

　　　　　이동준 〈각자의 파란만장〉

　　　　　장준호 〈Que Sera, Sera(케세라세라)〉

# 유방암 환자의 군가

의사와 환자의 만남, 감동적이고 생생한 그날의 이야기

| | |
|---|---|
| 지은이 | 정진형 · 최상림 · 최세훈 외 |
| 펴낸날 | 1판 1쇄 2024년 10월 30일 |

| | |
|---|---|
| 대표이사 | 양경철 |
| 편집주간 | 박재영 |
| 편집 | 지은정 |
| 디자인 | 박은정 |

| | |
|---|---|
| 발행처 | ㈜청년의사 |
| 발행인 | 양경철 |
| 출판신고 | 제313-2003-305호(1999년 9월 13일) |
| 주소 | (04074) 서울시 마포구 독막로 76-1(상수동, 한주빌딩 4층) |
| 전화 | 02-3141-9326 |
| 팩스 | 02-703-3916 |
| 전자우편 | books@docdocdoc.co.kr |
| 홈페이지 | www.docbooks.co.kr |

ⓒ 청년의사, 2024

이 책은 ㈜청년의사가 저작권자와의 계약을 통해 대한민국 서울에서 출판하였습니다.
저작권법에 의해 보호를 받는 저작물이므로 무단전재와 복제를 금합니다.

ISBN  979-11-93135-25-9 (03810)

◆ 책값은 뒤표지에 있습니다.
◆ 잘못 만들어진 책은 서점에서 바꿔드립니다.